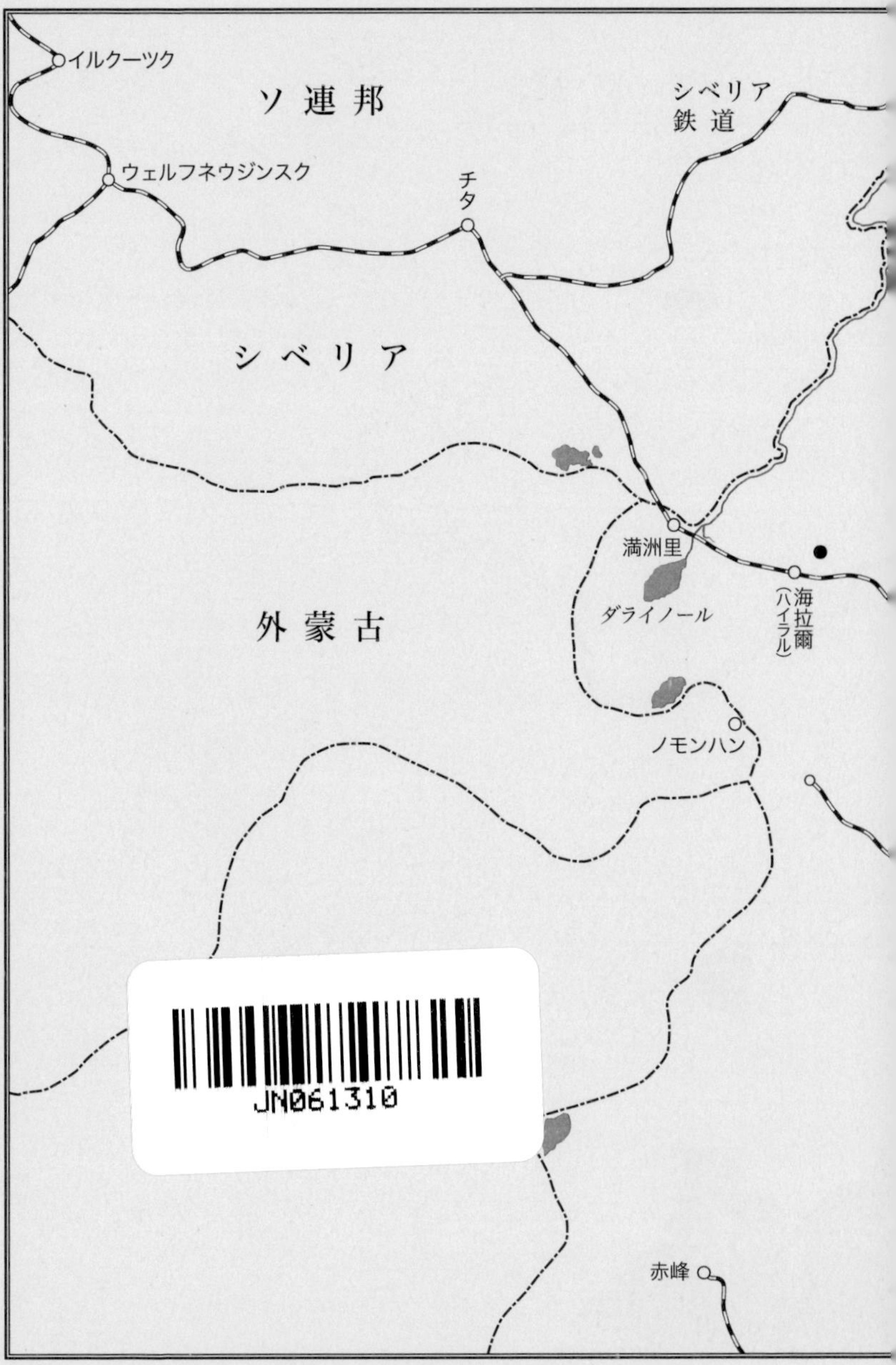
イルクーツク
ソ連邦
シベリア
鉄道
ウェルフネウジンスク
チタ
シベリア
満洲里
海拉爾
(ハイラル)
ダライノール
外蒙古
ノモンハン
赤峰

西田 勝 編

加藤秀造小説集

# 黒死病

不二出版

# 目次



カット　呂元明「北満風景」
装幀　秋田公士

# 凡　例

Ⅰ、語句表現などについては当時の雰囲気を出来るだけ保存するため、そのまま収録した。

Ⅱ、文字表記については次のように扱った。

1、かな表記については変体がなはひらがなに直し、かなづかい・送りがなも適宜改めた。

2、漢字は原則として常用漢字を用いたが、固有名詞など一部についてはもとのままにした。

3、原資料が印刷物の場合、明らかな誤記・誤植は訂正した。

(例)「一諸」→「一緒」、「日木人」→「日本人」など

4、難読の場合には適宜、原文には無いルビも付した。

5、中国語の発音ルビはおよそ5頁ごとに付した。

6、原文において同一対象について異なる呼称が用いられていたものは統一した。

(例)「ハルビン」「ハルピン」→「ハルピン」、「ロシヤ」「ロシア」→「ロシア」、「シベリヤ」「シベリア」→「シベリア」など

# 黒死病

## 一

その朝早く、ハルピンの埠頭を出航して、松花江《スンガリー》を遡った定期船は、ようやく黄昏近くになって、N県のお粗末な船着場に横づけになった。

まったく、船がそこに停泊していなければ、船着場とはわからないような、石を積んだ岸壁が十米ほど濁流にのぞんで続いているだけの、場所である。一日に上下便一回ずつだけだから、待合室も、切符売場もない。今、この船から降りた客は四人だけだった。新しく乗込む客は一人もいなかった。

附近の風景も、この船着場におとらず、味気なかった。だだっぴろい泥水の氾濫が曠野の中をうねうねと拡がっていた。低い土堤が流れを遠廻りにかこんでいたが、この土堤には青草も樹木も生えていない。ちょっとした雨でも河は忽ち溢れだし、土堤の土がむしりとられるので、草の生えるひまがないのである。

土堤の向うに平坦な野原が涯もなく波うっている。この地帯は松花江沿岸に多いアルカリ性土壌で、白っぽくひび割れた大地は、晩夏の炎熱にやかれてかさかさに干上り、微風に煽られた灰色の土煙が野づら一面にゆらいでいる。地平線に沈みかかった太陽は、この土煙の蔭で酸漿《ほおずき》色に色づいていた。

定期船は、やがて出航合図の鐘をならし、船尾の朱塗りの水車を烈しく回転させながら、ひとまわりぐるりと旋回し、蒼黒い渦を後に残しながら、上流の水路標に進路をもとめて遡江していった。

船から岸壁におりたって、しばらく茫然とまわりの風物を眺めていた石瑛《シィイン》は、やっとのこと腹をきめたように、ズックのボストン・バックをかつぎあげ、前を行く三人連れの男たちの後を追った。彼には始めての土地であった。めざす県城がどちらの方角にあるのかも知らなかった。三人連れにおいつくと、彼は早速声をかけた。

――もしもし、このあたりで、馬車を雇えないでしょうか？

――馬車、だって？

三人のうちの主人格らしい、でっぷり肥った男が笑って反問した。他の二人は大きな荷物を背負っているが、この男だけは脱いだ上着とパナマ帽を手にもち、片手で禿げ頭や胸元の汗をぬぐいながら歩いている。ハルピンに仕入れに行ってきた商人らしい。

――馬車どころか、県城までは一軒の家もないんだよ。ごらんのとおりの荒野原でね。で、学生さんも県城までおいでなさるのかね？

――ええ、県公署の王《ワン》事務官を訪ねていくのです、……

「学生さん」とよばれたので、少しどぎまぎしながら、石瑛がこたえた。彼はもう学生ではなかった。彼は大学を出て、新京の新聞社に勤めていた。結婚して、妻と共にアパートに暮していた。自分では結構一人前の大人であり、社会人であると思っているが、ひとがみると、まだ学生らしい幼さが残っているのだろうか。しかし、禿げ頭の商人はこの青年が県公署に行くのだと知ると、幾分言葉使いをあらためた。

――私どもと一緒に行けば、まちがいなく県城につきますよ。一時間とかからない道のりですからね。

ゆるやかな傾斜の丘を下ると、平原の彼方に夕映えをうけた聚落が見えてきた。城壁や望楼が家々の上に聳え、蒼い煙が幾条もたちのぼっている。

――県公署の王事務官といいなすったね。……王という姓の人はたくさんいるが、衛生科の王先生とちがいますかね？

――そうです、王樹芳《ワンシュウファン》です。衛生科勤務ということです。僕の大学時代の友人です。

この返事をきくと、商人は大きくうなずいた。それから、誰にもわからない笑いをその脂ぎった頰に浮かべた。

――僕たちは大学を出ると離ればなれになり、三年ぶりに会うのです。失礼しました。僕は新京の石瑛《シイン》という者です。

――いや、こちらこそ失礼申し上げました。私は、県城の竜江街《ロンジアンチエ》で綿布商を営んでいる康徳順《カンドウシュン》というものです。衛生科の王先生なら、常々御交際をねがっていて、よく存じていますよ。……

石瑛はこの商人の顔を注目した。暫らくぶりに会う友人の消息をこの男が語ってくれるだろうと期待したからである。だが、康徳順はそれっきり王事務官のことには触れなかった。それは彼が意地の悪い人間だからではなかった。彼は今に、この新京からやってきた青年をきっとびっくりさせるだろうことを考えていたのだった。その時、この青年は一体どんな顔をするのだろう。彼は年甲斐もなく、すばらしい悪戯を思いついた子供のように胸をわくわくさせていた。そして、それを相手に気どられぬように、何くわぬ顔で、道路の両側に点々とならんでいるポプラの並木を石瑛にさし示し、話しだした。

――どうです。大したポプラでしょう。これがずっと県城まで続いているのですよ。よその土地からきた方が賞めてくれるのは、この並木ぐらいのものですよ。……大きな声ではいえないが、日本人の中にも私たち同胞のためになる仕事をする人間もいるものです。このポプラがそうなのですよ。……

その日本人というのは康の話によると、前任の副県長（中国人の県長を補佐する、というよりも指導し監督する役目を与えられていた）であった。この副県長はN県に着任すると官民を説いて植樹をすすめ、アルカリ地帯を農耕に適するよう改造するために、木を育てることと、潅漑用の堀をほる予算を計上した。最初は誰もが半信半疑だった。しかしポプラの苗木が道路の両傍に年々植えられ、水溝が東西南北にのびるようになると、草ののび具合が今までと違うことが百姓達に理解された。少しずつ耕地が増えはじめ、従来立ち枯れのまま放置されてきた貧弱な草原に、牛馬の姿がみられるようになり、乾草の山がいくつも積まれるようになってきた。

——ところが、良いことは長続きしない譬えのとおり、今の副県長に代ってしまいましてね。これがこちこちの役人で、きめられたことだけすませると、後は舌を出すのも厭だという男です。ほら、よくいうでしょう、上を見るときはニコニコ顔、下を見るときは苦虫かみつぶした顔つき。まさにそのとおりで、あの乾草の供出も関東軍の命令と称して、今年は去年の倍近い割当がくるそうです。前の副県長のときは、地方の牧畜を保護するために供出は免除されていたものです。今年の冬は乾草が足りなくなることがわかっているので、悪賢い奴等は今に役所にとりいって買いしめる、闇値はあがる、荘稼人《ひゃくしょう》は泣きつら、ということになるわけですよ。……

青年は商人の話の合い間に周囲を見渡した。ゆるい起伏のあちこちに、饅頭《マントウ》の形につみあげられた野乾草の山が黒ずんで散在していた。風が冷えびえとした空気をはこんできて、薄闇が地の底からはいあがっていた。土平房《トゥピンファン》とよばれるカマボコ形の土造の屋根が町はずれの近いことを示している。

——ところで、県城には暫らくご滞在ですか、石《シィ》先生、……

——ええ、まあ、一寸ゆっくりしていきたいと思っているのです。王《ワン》君と相談したいこともありますので、……

このとき石瑛は暗い、気むずかしい表情を額のあたりに漂わせた。彼は出来ることなら、もっと長い時間この世馴れた商人と世間話を続けていたかった。そして、折を見て、彼の胸の中に溜っているものを吐きだしたかった。しかし、もう一行は県城の明るい電灯のともった町にはいりかけていた。商人は別れる前に、この青年がそのうちにびっくりした顔つきで、また自分の前に現われることを想像して、ニヤニヤしながら、愛想のいい挨拶をした。

——時にはこんな辺ぴな田舎で休息されるのも結構なものですよ。都会では朝から晩まで騒々しくて、面倒が多くて困りますが、此処は至って平穏です、事がなくて無聊に苦しむくらいです。……まあ、退屈なさったら、うちの店にでも遊びにおいでなさい、若い者もおりますから、……いや、ほんとにおいでになって下さい、お待ちしておりますよ。……

大同時報の記者、石瑛《シイイン》がN県に出掛けるようになったのは、こんな経緯からであった。

この新聞は、新京が張学良政権下に長春といっていた頃から、城内（中国人居住区域）で発行されている古い新聞で、市内の漢字新聞ではもっとも優秀な記者と、多くの固定読者をもっていた。日華事変が始まると、政府は宣伝機関としての新聞の価値をあらためて見直し、有力漢字紙に日本人の幹部を強制的に入れさせた。大同時報には、岡崎という実業家が董事《トンスウ》（理事）として就任した。彼は二つ三つ軍需会社に関係していたが、日本内地で新聞記者をしていた経歴があり、新聞の経営については満更素人でもなかった。

この岡崎が最近、松花江で採れる魚類を加工する事業を思いつき、加工場をハルピンに、販売関係の会社を新京に設ける計画で、着々準備を進めていた。ところへ、岡崎の友人筋から、N県のある水産会社が増資をして、新京に進出する企画をもっているという情報が入ってきた。そして、それと殆んど時を同じくして、通信社のニュースが、N県では最近松花江上流で獲れた珍しく大きな鯉を、皇帝陛下に献上することになった旨を伝えた。

——俺にはこの二つの話に結びつきがあると思えるのだ。それで、君に現地に行って、調べてきて貰いたい。新京進出が本音だったら、だまって見逃しておけないから、うつ手を考えなくちゃならないからね。出資者の内容や営業成績、それに増資がほんとうかどうか、確実に調べたいのだ。

——N県には、たしか、大学時代の同級生がいる筈ですから、調査にも都合良いでしょう。しかし、社の方は構いませんか。

——それは、編集局長に諒解させているから心配はいらない。ただ、形はどこまでも社の仕事で行くのだから、記事だけは送ってもらいたい。もっともひどい田舎だから、ロクなニュースはないだろうがね。

……

そして、岡崎はそのあとに、

——たまに、田舎の空気を吸うのも、よろしいものだ。都会生活を続けていると、えてして神経が参るものだからな。

とつけ加えた。石瑛は急に頰をひきつらせて、岡崎の表情を凝視した。妻の問題で悩んでいることを、この人は感づいているのだろうか。彼はここ暫らくの間、ぬけきれない迷路の中でゆきつもどりつしながら、自分の考えをまとめかねていた。欝々とした日が続いた。岡崎がN県行きを話しだしたとき、彼はすぐ自分と親しかった王樹芳を思い出した。（そうだ、彼に事情をうちあけ、彼の意見をきいてみよう。王は賢明な男だから、きっと良い解決策を考えついてくれるにちがいない。）だが、岡崎が石瑛にN県出張を命じたのは、この青年が役に立つ有能な男かどうか、ためしてみて、もし有望だったら、新設の加工会社に採用しよう、という腹だった。それだけだったのだ。

八月中旬もすぎようとするある朝、彼はいつもの服装で出掛けるときに、N県出張の話を妻の美蘭《メイラン》にした。妻は複雑な眼で彼を見返した。

——何日ぐらい、いってらっしゃるの？……それとも、もうお帰りにはならないの？

——仕事の都合だけど、おそくとも月末には帰ってくるよ。それから、君とよく話し合おうよ。

——あなたは私を憎んでいるのね？　そして、軽蔑もしているのね？

——そんなことはないよ。精神的には打撃をうけたが。……僕は冷静に考えて行動したいだけだよ。これ以上お互いに傷を深くしないでね。

彼は身の廻りの品をおしこんだボストン・バックをさげ、片手を妻の方にさしだした。美蘭は一瞬きらりと光る瞳を伏せて、静かに相手の掌をにぎりかえした。

その日、彼は汽車でハルピンに廻り、工場の建設状況を視察して、電話で岡崎に報告をした。翌《あく》る朝、道街埠頭から定期船の客となった。「蛍の光」の音楽が埠頭の屋上で鳴りわたっていた。ヨーロッパではドイツ軍がフランスを制圧して、パリの凱旋門にハーケンクロイツの旗をひるがえし、アジアでは、前の年ノモンハンの戦争に破れた日本が、対ソ攻撃を一時あきらめ、南方進出を企図して北部仏印進駐を狙っていた年の八月中旬のある日、石瑛はこうしてN県を訪れることになったのである。

## 二

N県の県公署では、この日の午さがり、ちょっとした事件がもちあがって、ごたごたしていた。ほんとにちょっとした事件であった。というのは、松花江が氾濫したとき家を失った貧しい人達が寄り集って、一画をなしている難民街の中に、伝染病のおそれのある急患が一人死にかかっているのが発見されたのである。役所に報告したのは、世間で楊太夫《ヤンせんせい》とよんでいる、白髪の老漢法医であつた。

満洲国でも、他の文明国なみに、法律を公布して十種の法定伝染病を指定し、それを発見した医師は直ちに所轄官庁に報告しなければならないように義務づけられている。だが、この神聖な義務は、とくに田舎では、あまり忠実に履行されているとはいえない。このことは、医師たちが、西洋医学をおさめた洋医にしろ、漢医にしろ、怠け者だったり、医師としての能力が劣っているためではない。長い年月に亘って、国家政権のうつりかわりや崩壊、戦争、動乱等を経験してきただけに、民衆は法律命令には余り関心をもたないのである。役所に出頭しなければ罰金を科せられたり、逮捕されるというのであれば、仕方なく出頭するが、出来れば伝染病などはそっとしておきたいのである。楊太夫にしたって、今までの体験から、最初はそう考えた。役所に報告すると、決してそれだけではすまない、なんだかんだとうるさいことになる。発見したときどういう処置をしたとか、何処から病気をもらってきたとか、それも話だけでは済まなくて、文書にして出せとか、まるで患者の出たことが自分の責任ででもあるかのような騒ぎになる。

だから、患者の側でも、これは厭なこと、出来れば役所に届けないで、内密にすましたいことだった。病院や隔離所に入れられると、生きて帰れぬような恐怖心があるし、役所から白衣の作業服をきた消毒班がやってきて、臭い薬剤をふりまくものだから、近所隣りがよりつかなくなる。あげくには、あんな因果な病気にとりつかれたのも、前世で余程悪いことをした報いだなどと中傷されたりする。それからまた衛生的な知識が低いので、ちょっとした熱や下痢は病気のうちに数えないのだ。特にその日暮しの人たちにとっては、とるに足らない病気で入院などさせられては、家族の口が干上ってしまう、という切実な問題もある。

だが楊《ヤン》先生の場合、運の悪いことに、先生が住んでいる同じ院子《やしき》に患者が発生したのだ。この患者がまもなく快くなるとか、他に伝染するひまもなく、この男が死んでしまえば、問題はない。もし伝染病がこの界隈に拡がったりした場合、彼は医師として、知りません、では通らなくなる。その結果、彼は医師法違反で体罰を食うか、軽くとも漢法医の免許はとりあげられる。彼は思案の末、患者の家族にさとられぬよう、そっと院子をぬけだし、（たとえ道を歩いていても石につまずいたり、犬に噛まれたりするのはさけられないことだ、そうだ、これも災難だと思えば、仕方のないことなのだ、）と自分にいいきかせながら、県公署に出向いていったのだ。

衛生科の受付は楊《ヤン》の報告をきいて、またか、という顔つきでメモをとっていた。その前に同じような熱病患者が二件も報告されていたからである。部屋には日本人の稲井科長もいて、新しい患者が死にかけている、ときくと、すぐたちあがった。通訳を兼ねている王《ワン》事務官と、難民街の事情にくわしい係員が科長に同行を命ぜられた。楊先生は自分のおそれていた面倒な事態がいよいよ始まった、と観念しながら、案内に立った。

患者は、崩れかけた土平房の炕《カン》の上に横たわっていた。稲井がぼろ布をはいで患者のからだにさわってみた。赤黒い、しまりのない肉体はもう冷えかかっていた。入口から、赤ん坊を抱いた、目やにだらけの中年の女が入ってきて、患者の傍にのっそり腰を下した。

——おかみさんかね。商売は何をしているのか、きいてみてくれ。

——麻花《マアホア》をこしらえて売りあるいているのです。

王事務官が答えた。女は子供の尻をゆすぶりながら、顎で台所の方を指して喋っている。入口のつきあたりには、麻花（メリケン粉を油で揚げた食物）を作る油鍋が空のままおいてある。

——いつから寝こんだのかね？

——なあに、ほんの二、三日寝ただけでがす。頭が痛い、ってね。うちの亭主は丈夫なたちで、これまで楊太夫にお世話になったことも、仕事を休んだこともねえんですよ。昨日あたりは腋の下が痛え、ってわめいていましただが、ばたばた暴れるんで、手がつけられねえこってした。

王事務官はこんどは漢法医の方をふりむいた。

——楊太夫はいつからこの男を診察しましたか？

——今朝がはじめてです。それまで、ちっとも知らなかったもので、……

——同じ院子に住んでいて、わからなかったのですか？

——私が知らせなかったでがすよ、……無料で見て貰うわけにもいかねえし、薬を呑ませるにしても、先立つものが銭だからね、……それが、亭主が苦しがるものだから、老先生が感づいて診にきてくれたでがすよ。

女がわめきたててくれたので、漢法医はほっとした。

——患者はひどい熱で唸っておりました。老生も長いこと医術にたずさわってきましたが、こんなひどい奇病は手がけたことありませんな。今朝診たときはもう臨終が近く、死斑があらわれていました。もしかしたら黒死病のような熱病かと思いまして、とりあえず、御報告に及んだわけです。

衛生科長はこの漢法医に軽く会釈をした。

——楊太夫に厚く礼をいってくれ。王君、今後もこのような患者をみつけたら、一刻も早く知らせて下さい、って念をおしてくれたまえ。……それから、おかみさんに、いつ埋葬するのか聞いてくれないか？

麻花《マアホア》売りの女房は殆んど死にかけた亭主の傍で、途方にくれているようであった。葬式のことよりも、乳呑子や外で遊んでいる食べ盛りの子供たちを抱えて、明日からの暮しをどうたてていくかを思いあぐんでいた。

——棺が買えないから、許可さえ下りれば、すぐ土に埋めたい、といっております。

——そうか、……土葬も仕様がないだろうな。犬にひきずり出されないように、深く埋めるようにいってくれよ。

一行はまだ微かに心音のきこえる患者や炕の上を消毒すると、戸外に出た。大小便の臭気や油や汗のにおいが混ざりあって、せまい庭にたちこめていた。院子の住人たちが恐いものをさけるように片隅に一団となって、だまって見送っていた。

楊太夫医院と看板のかかったペンキ塗りの建物の前で、老漢法医と挨拶をした稲井は、この粗末な掘立小屋同然の医院が、この院子の中でどんなに、立派に、清潔に、見えるかに気づいた。医院の屋根の上では。ペンペン草が炎天にしおれかえり、陽炎と一緒にゆらゆら動いている。彼は困ったことになった、という気持におしまくられ、衛生科長としての対策はまだめどがつかないのだ。ただ、彼は、もう手のつけられぬ事態ではないかと怖れた。この院子に住んでいる連中は、毎日歩きまわるのが商売の行商人だから、病菌は県城の至るところにまきちらされているのではないか。

県公署にもどると、衛生科の職員は全員部屋にいた。八月いっぱい午後三時には退けることになっているのだが、今日はそれどころではないと皆が感じていた。稲井は職員たちの心づかいを有難いものに思うが、不器用なたちで、自分の気持をうまく表現することができないのだ。

副県長の氏家も残っていた。仕事があるわけでもないが、妻が病気でねている公館に陽盛りに帰るのも億劫で、涼しくなったら料理屋にでもいこうかと考えていた。この頃急に肥りだした彼はシャツとステテコという身なりで、だるそうに扇子を動かしていた。衛生科長の報告が終っても、居眠りでもしているようにに暫らくうつむいたままだったが、やがて顔をあげた。

——よし、状況はわかった。それで、君の所見をきかせてくれないか。

——はあ、……細菌検査をしないとわかりませんが、症状からみて、悪性の伝染病の疑いがあります。中央防疫所に発生報告をして、指示を仰ぐよりほかありません。どしどし多発ということになりますと大変です。

——伝染病か、……

氏家の小さい眼が疑り深そうに、科長の表情をうかがった。それから、ぐるりと廻転椅子をまわした。

——おい、ボウイ、県長がいたらよんでくれ。……稲井君、ほんとうかい、伝染病は、……困った問題になるよ、これは、……

——それはそうです。ほんとうに伝染病かどうかは検査が済むまで決定出来ませんが、とりあえず防疫対策だけはたてなくちゃならないと思います。

——それはいいんだよ。消毒をする、患者を隔離する、それは当然とらなくちゃならん処置だ。俺が心配するのは、中央防疫所に報告すると、奴等は待ってましたとばかり大騒ぎをする、新聞がかきたてる、それなんだよ。今までだって、流行病がいくつかあったが、自然とおさまったじゃないか。何の病気だって、時間が解決する。死ぬ奴は死ぬし、なおる奴はなおる。俺は中央に報告するという意見には賛成出来んね。そんなことをしたら、今までの俺の計画がすっかり御破算になってしまうぐらい君はわからんのか？

——私は、ただの熱病か赤痢ぐらいだったら、それでいいと思います。騒ぎを起したくはありません。しかし、今日の患者をみて、私は不安を覚えたのです。楊《ヤン》という漢法医は黒死病《ヘイスウビン》じゃないかという所見をのべています。

——黒死病？

——ペストです。黒斑が出るので黒死病と呼んでいるのです。

——馬鹿な、……

氏家がどなりつけたとき、県長が王《ワン》事務官と一諸に部屋に入ってきた。王はそれまで今日の患者のことを県長に報告していたのである。

——事情はおわかりと思いますが、県長の御意見をきかせて下さい。俺《わし》はさして重大なこととは思わないのだが、衛生科長は中央防疫所に報告して、指示を求める、と主張しているのですか、……

——さあ、……

氏家よりもう一廻り肥った県長は、布袋腹《ほていばら》の上に両手をくんでにこにこしていた。満洲国になって、日本人がはいりこんできてからは、自分の意見はできるだけ控え目に、それもどうしても必要なぎりぎりの時以外には吐かない習慣をつくりあげた彼は、この場の二人の日本人の間に流れている冷たい空気を感じとって、沈黙を守った。そして、副県長が話すときはその方に微笑をうかべて肯き、衛生科長が話すときは矢張り微笑をうかべて聞いていた。そして、最後に妥協案をだした。

――もう、二、三日様子を見ましょう。その間にまたまた患者が発生するということであれば、これは捨てておけません。何もなければこんな良いことはありません。

結構です、というしるしに副県長は軽く頭をさげた。稲井も挨拶してたちあがった。県長は妥協案のつもりで結論を出したのだろうが、事実は副県長を立てた裁断を下したのだ。というのは、副県長室の行事予定表にも書いてあるように、明後日には、かねて発表してある通り、氏家は皇帝陛下に献上する鯉を携えて出発するのである。アルコール漬にされた鯉は、ガラスの容器に納められて、礼堂《リータン》に飾られていた。副県長に随行する水産会社の重役、県城の商工会代表等の顔触れも決められていた。新京駅には新聞のカメラマンや見物人が一杯おしかけるだろう。N県名産の鯉は一躍全満にその名を謳われるだろう。氏家は千載一遇ともいえる好機会を、たかが伝染病騒ぎでおじゃんにしたくはなかった。彼は自分を立ててくれた県長に、宮内府の役人に頼んで勲章か、感謝状を貰ってきてやろうと考えた。これから水産会社を大きくしていくためにも、土着資本に顔の利く県長は、何とかして味方につけておく必要があるのだ。

一方、稲井は、すっかり打ちのめされた恰好で、衛生科にもどった。部屋はもう薄暗くなっていたが、皆はまだ机に向っていた。防疫をはじめるとすると、早速準備しなければならないことが沢山ある。薬剤の手配、隔離施設の整備、各村への連絡等々。村長や医師を召集して対策会議も開かねばならない。だが、稲井科長は自分の席に坐ると、いつものように窓際の机に両足をのせて、暮れかけた外の気配にじっと見入っていた。科員たちは、いつも見馴れている科長の、ぶざまな様子をみて、そこに不断とちがう烈しい感情がわきたっているのに気づいた。しばらくして、彼はびっくりしたように室内を見廻した。

――やあ、みんな、今日はおそくまで残してすまなかった。王君《ワン》、ビールと涼菜《リャンツァイ》をとりよせてくれ。久しぶりに皆んなで飲もう。

みんなは、いつもに返った稲井の声をきいて、ほっとした。この科長は着任した当時、とっつきにくいところがあって、敬遠されがちであった。行儀も悪かった。しかし、彼自身もがっかりしていた。彼は内地の田舎の医専出身で、長いこと病院勤めをしていたが、大学出身におされて、一向にうだつが上らなかった。満洲に、彼は希望をもってやってきた。民族協和の理想の下に献身的に働くつもりだった。N県の地方には咽喉がふくれたり、関節が硬くなったり、原因不明で青春期の男女がぽっくり死んだりする奇病、——土民の間で鬼病《グイビン》とよばれて、怖れられている——が多かったが、これと真剣にとりくむ決心であった。ところが、県公署という機構の中に入ってみると、此処にも官僚主義がはびこっていた。日本人の医師のいない県だから、彼の存在は重宝がられたが、彼の医師としての意見は殆んどとりあげられない。彼は病人を扱っておればよいので、行政に口出しをしてはいけないのである。民族協和という理想も、権力を背景とする連中の一人よがりの念仏に終っていて、現実にみるものは植民地主義の搾取と強圧であった。ただ張政権時代のように露骨でないだけのことで、民衆は大豆油を絞るように、絞りとられていた。

稲井は、この目算はずれの不満をどこにぶちまけてよいかわからなかった。それで彼は普通の日本人のように公館暮しをすることをやめて、中国人の旅館に住みこんだ。彼はできるだけ土地の人間とつき合うようにし、小さな社会を形成している日本人の仲間にはいることを避けた。役所では机に腰を下したり、足をのせたりして、それがせいぜい彼のうっぷんばらしのように見えた。職員は彼の気心がわかってくると、以前のように警戒しなくなった。彼を自分の家によんで、食事を一緒にしたりすることもあった。機嫌の良いとき、彼は下手くそな日本の民謡をうたってきかせたり、中国人の嫁さんを貰って、N県に定住しようと冗談いったりすることがある。

注文した料理がきた。程よく冷えたビールと、ゴマ油の匂いのする涼菜《リャンツァイ》がテーブルの上にならべられた。王事務官がみんなを呼んで、科長のまわりをぐるりととりかこんだ。

――乾盃!

と誰かが叫んだ。室内は忽ち陽気なざわめきがひろがりだした。

――王君、僕も実は、今日の難民街の熱病が伝染病でなければ良いと思っているんだよ、……何故だか、わかるかね?

――そりゃ、科長、悪疫などは流行しない方が、一般人にとっても、役所にとっても、つまり誰にとっても良いことですよ。

――誰にとっても、じゃない。君のためにだよ。そして、君の花嫁のためにだよ。

珍しく衛生科長の下手な洒落がとびだして、王事務官が少年のように顔を赤くし、同僚たちはテーブルを叩いて、彼を冷やかした。王は徳順祥《ドウシュンシアン》百貨店の一人娘と相愛の仲であったが、話が順調に進んで、近いうちに結婚式をあげることになっていた。そして、商用かたがた娘の婚礼衣装をもとめに、ハルピンに出掛けた父親は今日あたり帰ってくることになっていた。

――乾盃!王樹芳《ワンシュウファン》先生のおめでたを祝って!

カチンカチンとコップのふれあう音がひとしきり室内を賑わした。

――それから、伝染病が王さんの結婚を邪魔しないように!

――乾盃々々!

このとき、窓の外の薄暗がりに、髪の毛を小さく束ねた子供の顔がうかびあがった。硝子窓を叩いて、王事務官をよんでいる。この男の子は彼が間借りをしている家の末っ子である。

――どうしたんだい、牛児《ニューアル》、……

――王先生にお客様だよ。新京からきた石瑛《シイイン》という先生だ。いま着いたところだよ。

――石瑛、……

たちまち、彼の瞳が輝いた。学生時代の秀麗な額をした友人の面影が彷彿としてくる。この友人は近頃の手紙で、会って相談したいことがあるが、仕事に追われて仲々機会がない、と訴えてきていた。それがとうとうこの辺鄙な田舎に訪ねてきたのだ。とにかく、一刻も早く会いたい。

――科長、大学の時の友人が突然やってきました。私の知恵をかりたいというのです。お先に失礼させて下さい。

それを機会に職員たちはぼつぼつ腰をあげた。後片づけの夫役《ボーイ》が汚れものをまとめ、机の上をふいて帰っていくと、稲井はまたさっきのように窓際に足をあげて、一人物思いに耽った。そして、ようやく決心をすると、机にむき直り、中央防疫所あての私信をしたため始めた。副県長や県長の意志に反抗して、彼はN県の衛生行政の責任者としての立場から自分の所見を卒直に表明し、もし悪性の伝染病が発生すればN県には現在防疫能力が殆んどなく、集団的に大きな被害をださねばならない状況にあること、しかも熱病は、ペストを思わせる症状を呈していること等を隈なく書きすすめていった。一度、腹をきめると、今後副県長との間に起るだろう紛糾も気に掛らない。今、彼の気になっているのは、どうしてこの報告を早く確実に中央に届けるかということだけである。

仕事に没頭している稲井の頭の上では、たったひとつだけ電灯がともっていたが、そのまわりを羽虫たちが小うるさく飛びまわっていて、近づく大陸の秋の気配を漂わせていた。

N県城はもともと生産地でもなければ、消費都市というほどの都会でもない。この奥にある蒙古人居住地帯と、鉄道沿線の漢民族の農耕地帯との交易の要衝として発展したところで、不毛の曠野の真只中にある、松花江上流地域としてはとにもかくにも町らしい体裁をそなえている。

市街は満洲のたいていの県城と同じように、碁盤の目のように区画され、周囲には土匪の侵入を防ぐ土壁をめぐらしている。最近は治安も良くなったので、その土壁は崩れるにまかせ、東西南北の大門も開け放しになっている。

南北の二門を結ぶ竜江街は県城随一の繁華街で、商店が多く、官庁、会社の出先も殆んどこの辺に集まっている。商店は極彩色の招牌《かんばん》を軒にかざり、店の奥からは電影明星《えいがスター》の歌う流行歌のレコードが流れてくる。丁度、城内の中央に位する四辻にはバスの待合所もあり、一日数回新京方面にバスが往復する。この一番賑やかな四辻の一角に、壮麗な徳順祥百貨店が聳えていて、奥地から出てくる中国人や蒙古人の目を奪っていた。夜になると、建物の正面に掲げられた電飾文字が店の名を鮮やかにうき出し、土地の里程でいうと六里のさきからも見えるというので評判である。

百貨店の裏手に広い院子《やしき》があって、此処が主人の住居になっている。中庭の花壇には、主人の趣味で、草花や樹木を植え、石をすえて、その中央には風雅な亭《あずまや》をしつらえてある。主人の康徳順《カンドウシュン》は、県内有数の商人で、しかも農産、水産の事業にも関係しているので、多忙な毎日をおくっているのであるが、気候の好い時節にはこの亭で食事をとるのを楽しみにしている。街路の騒音も、八月の熱気もこの清涼に満ちた院子にははいりこまないし、商売のことも忘れさせてくれるからである。

店の若い者をつれて、旅から帰ってきた康は、まず支配人から留守中の営業報告をきいた。別に異状はなかった。彼は満足して、大きな茶碗にういた紅い花の匂いをかいでいた。

——ただ、小姐《シャオジエ》（お嬢さん）が昨日から熱を出して、臥せていらっしゃいますが、今朝ほど協和医院の太《せん》夫《せい》に診て頂きましたら、熱がひけば心配ないとのことで、私どもも安心しました。

——なに、鳳嬢《ホンニャン》が、……しようのない子だな、……またテニスに夢中になって、疲れすぎたのだろう。嫁入りまえの大事なからだだから、これからはテニスのような過激な運動はすっぱりやめさせてしまおう。

　康はそれでも気掛りだと見えて、中庭の敷石を踏んで、まっすぐに娘の部屋に通った。

——鳳嬢、どうしたのだい、また遊びすぎたのじゃないかい、……

　派手な刺繍布で飾られた大きな寝台には、ことし十八歳になる丸々と肥った少女が、すこし異様に赤い顔をして、枕の上から父をみつめていた。

——こちらをむいて、元気な声で爸々《パパ》に「お帰りなさい」をいいなさい。でないと、ハルピンからもってきた素晴らしいお土産をあげないよ。

——お帰りなさい、爸々、……

　枕に頭をおしつけたまま挨拶する娘の声は低くかすれ、大きな瞳が訴えるようにうるんでいる。

——太夫からアスピリンを呑まされたけど、まだ熱が下らないのよ。それに、頭が痛いし、……腋の下がとても苦しいの。

——あまりテニスに熱中するからだよ。夏の間はやめなさい、とあれほどいっておいたのに、……これにこりて、当分おとなしくしてるんだね。なあに、ゆっくり寝ておれば、じき快くなる。……王樹芳は見舞いに来てくれたかい？

　王の名を耳にすると、少女の頬に、愛情に溢れたやさしい微笑が浮んだ。

——樹芳は、とても心配してくれてるわ、……昨夜訪ねてきて、びっくりして、おそくまでついていてくれたわ。今日はまだ見えないけど、役所が忙しいのかしら、……

——今夜は来れるか、どうか、わからないよ。新京から学校の同級生だったという友達が来たからな。俺と一緒の船でな。今頃は、学生時代の話がはずんで、時間の経つのも忘れる始末だろうよ。俺の家にも遊びに来なさいと、招んでおいたよ。

——それじゃ、明日はきっとその人をつれていらっしゃるわね。

鳳嬢《ホンニャン》はまた枕に額を埋めた。豊かな髪が、華やかな色どりの枕覆いの上にさらさらと流れ、香水にまじった汗の匂いが部屋の中に漂っている。

彼女は幸福な人生をおくってきていた。家計は裕福だし、家族は愛し合っていた。新京の女学校をこの春卒業して帰省すると、待ちかまえていたかのように、彼の前に王樹芳があらわれた。彼女はこれまで父母や使用人に抱いていた愛情や思いやりとは質の違う感情を、この青年に抱いた。そして、この感情は両親にも祝福されていた。彼女はまだ、この人生に、悲哀や不幸や死がおそいかかることを考えたことはなかった。やがて結婚を間近にひかえた二人の強い結合を、無残にひきさく兇暴なものが自分たちの周囲に存在するだろうとは夢にも知らなかった。

父が、ハルピンから買いもとめてきた婚礼用の真白いドレスを、壁にかけるのをみながら、彼女はうつらうつらしていた。重い瞼の向うにたくさんの襞をつけた白い雲が視界いっぱいに拡がっていた。そして、その中を、樹芳と腕をくんで鳳嬢は歩いていくのだ。音楽が高く鳴りひびき、赤い絨緞の両側にならんだ友人たちが、祝福の言葉と一緒に、高粱や大豆をバラバラとなげつける。土地の習慣で、結婚式には、花嫁が沢山子供を生むように、縁起をかついで高粱や大豆の粒をあびせかけるのだ。

——樹芳！

彼女はにっこり笑って、いとしい人によびかける。しかし、それはもう声にならない。深い眠りが彼女をつれさっていく。まるで彼女のこれまで経験したこともない陶酔の世界に、ひきずりこもうとするように。

三

あくる日、稲井はいつもの時間より早目に役所に出た。昨夜まとめておいた報告書にもう一度目を通し、部下の一人に新京出張を命じた。

——いいか、今日中に又新しい患者が出るようだったら、電話をかけるからな。夕方まで防疫所にねばっているんだぞ。そして、必ず防疫官を引っぱってくるんだ。そのかわり、電話がいかなかったら、明日一日休暇をやる。新京で遊んできてよろしい。

——はい、承知しました。

突然の出張にびっくりした職員が、緊張した表情でとび出していくと、稲井はこんどは、同じ県公署の構内にある警察隊に出向いて、警備電話の借用を申込んだ。この電話は県内の全村に通じていて、急を要する場合には、ブザーを合図に一斉通話が出来るようになっているので短時間に事件の手配ができる。しかもたいていの警察分駐所には日系警官が配置されていて、治安の確保と行政の浸透をはかる植民地支配の網の目が濃密に配置されている。稲井はこの組織を使って、熱病患者の発見報告を全県下に手配したのである。

この日、副県長の氏家は協和会の会議室に坐っていた。関東軍の経理将校が、今年度の乾草の集荷目標を示し、地元関係者の意見をもとめているところだった。将校は、この集荷数量はあくまで軍の希望であって、決して強制的におしつける数字ではない、と説明していた。

——それだったら、どうして、前もって新聞に発表したりするのです。一度公表されれば、この数字は正式に割当をしたと同じことになります。事実、その反応はもう現われておりまして、県内の農民は今年の供出は酷だ、といっております。横流しが盛んになって、闇値があがっております。軍はこの闇価格と同じ値で買いつけるおつもりはありませんか？

ずけずけと意見を吐いているのは、協和会の県の事務長である。会議に集っている地元代表の中には、この乾草の値上りで儲けている地主がいることを、事務長は知っている。それに、農民の苦情がたくさん協和会によせられてもいるのである。

氏家はだまって話をきいている。事情は彼も知っていた。しかし軍の要請は、すなわち軍の命令だ。希望数量、すなわち供出割当数量だ。彼は事務長の腹の中を読んでいた。農民の代弁者の立場にある協和会としては、一応経理将校に噛みついて、農民の声をきかせることが必要だ。しかし、その声が通るかどうかは軍の考え一つである。事務長は軍の不手際を攻撃することによって、買いつけ価格を幾分でもあげさせれば、農民への面子が保てる。

それよりも、俺の仕事の方が余程難物だ、と彼は考えていた。何だ、彼だ、と意見は出ても、今日の会議は結局軍の示した数量を承認するだろう。そうすると、次の段階は、この数字を県内の各村にどういう具合に割当てるか、ということになる。これは県公署の仕事になる。去年でさえ、割当量を各村にのませるのには非常に苦労をした。今年は、しかも、昨年の倍に近い数字である。協和会の分会代表や村長たちが簡単にひきうけるものとは考えられないのだ。この会議に集っている連中は、軍の意向に賛成するまではわいわいいっても、あとの責任はない。割当をして集荷をして、代金の支払いをする、それがみな県におしつけられる。……

農事合作社の代表が喋っていた。

——価格の決定にあたって、品質で等級をつけるだけで、それ以外の条件を考えない、というのは不合理でありませんか。場所によっては、集荷地点まで二日がかりで運搬してくるところもあります。県城周辺と奥地では、運搬の条件がまるきり違う。その点、価格の面で考慮してもらいたい。もしそれが出来ないというのであれば、集荷には全部軍のトラックを使って、野積み場所渡しということに考えてもらいたい。

この上まだ意見があるのだろうか。氏家は周囲の人々を眺めてみた。正面に坐った経理将校は大分いらだっているらしく、鋭い眼で発言者をにらみつけている。もう、そろそろ潮どきだろう。県内の割当会議をいつにしたらいいだろうか。氏家はいつもポケットに入れている手帖を出して日程を調べた。そして、今度の割当は全部県長に任せよう、その方が案外うまくいくかも知れない、俺はそれよりも、水産会社の方にもう少し力瘤をいれなければなるまい、と考えていた。

一方、県公署では、衛生科長が、独断で仕事を進めていた。電話連絡が終ると、彼は昨日報告のあった怪しい患者の調査に職員を派遣し、残りの者には城内の洋医、漢法医を廻って、熱の出ている患者のリストを作ることを命じた。これらの処置を講じてから、稲井は県長の部屋に入っていった。

——二、三日模様をみてからということでしたが、事は緊急を要すると見て、副県長にも相談しないで、防疫の準備に着手しました。

県長はすっかりおどろいていた。

——困りましたな。副県長は会議に出ているから、帰るまで待っててくれればよかったのだが、……氏家さんには衛生科長から報告しておいて下さいよ。

満洲国の中央政府も、出先機関も、一応中国人を夫々《それぞれ》の責任者に任命していたが、その補佐役に必ず日本人をつけてある。たとえば各部大臣の下に日系の次長をおき、各省の省長の下にも日系の次長がいる。これは満洲国を独立国としての形の下に、実質的に日本人が支配するように考えた機構で、中国人側の人事異動も任免も日系上級官吏によって行われることは公然の秘密であった。そして、その日系官吏は関東軍によって支配されている。だから、N県も例外ではなく、県長が如何に衆望があり、有能であっても、副県長の意に添わないと、たちまち中央に内申され、左遷か退職の羽目におちいるので、県長の立場は完全にロボットである。今、県長が衛生科長の行動を是認するとすれば、昨日の決定に反し、氏家副県長の指示に背いたことになる。稲井は、この温厚な老人が微妙な立場にたって苦渋の面持でいるのを見て、気の毒になった。

——副県長には私から報告します。私が県長に報告しましたのは、衛生科長としての義務からしましただけで、決して御迷惑をかけるつもりはありません。御安心下さい。私がとった処置については、当然私が責任を負います。

——おう、稲井さん。私、あなたを非難しているのではありませんよ。ただ、副県長の気を悪くしないようにと思っただけです。私、稲井さんの誠意はよくわかります。

稲井はこの県長が、土地の水産会社に投資していることを知っていた。この頃は土着資本も日本人と結びつかないと、利潤を生まないし、事業の拡張も難しいのだ。そういう点でも氏家に遠慮している県長の立場が理解できた。

彼はていねいに挨拶すると、がらんとした衛生科にもどった。遅刻した王事務官が机の前に立っていた。

——やあ、おそかったな。昨夜は友人と飲みすぎたのじゃないか？

——科長、報告しなければならないことがあります。

震えをおびた沈痛な声をきくと、稲井は顔をあげて相手をみつめた。いつも快活で明るい青年が、今は極度に憔悴し、蒼白い頬が醜くむくんでいる。

——どうしたのだ、王君、何か事故でも起したのか？

——昨日の患者と同じ症状の病人が、……

——どこだ？

稲井はとっさに衝立にかけてある白衣をとった。

——竜江街の徳順祥です。……鳳嬢がそうなんです。

それだけいうと、王は椅子の上に崩れるように坐りこんだ。鳳嬢の症状はもう末期の徴候を示していた。スポーツで鍛えた健康は見るかげもなく病菌の餌食となり、一夜のうちにしなびてしまっていた。そして、桃の花びらを思わせる唇は高熱で紫色にはれあがり、その間からうめき声と泡ぶくが交互にふきでていた。熱さえ下れば、といっていた協和医院の太夫《せんせい》は、患者の鼠蹊部と腋の下の淋巴腺が固く腫れて、葡萄色を呈しているのを発見した。

——もう駄目です。科長。彼女は全く意識がないのです。あと一時間も保《も》たないでしょう。夢にも考えられなかったことが、私たちをぶちのめし、ひき裂いてしまいました。昨夜、私は、私の婚約者を自慢したいために、新京から来た石瑛《シイイン》をひっぱって康《カン》家につれていきました。その時はまだ鳳嬢《ホンニャン》は美しく、やさしくほほえんでいました。熱がひどいとは思いましたが、夜半すぎから容態が急変するとは予想も出来ませんでした。私達は一体前世でどんな悪いことをしたのでしょう。そのために私達は罰せられるのでしょうか。……

石瑛が今朝、友人の部屋で目をさましたときは、陽はもう高くのぼっていた。彼は一晩ぐっすり眠ったので、旅の疲れはすっかりとれていた。大同時報の重役、岡崎からいいつかってきた用務を、どこから手をつけていくか、土地に明るい王樹芳とよく相談をしてから始めてもおそくはあるまい。だが、その王は康家の一人娘が重態におちいったため、昨夜はとうとう帰ってこなかった。

彼は一日城内をぶらぶらして暮した。晩夏の太陽は相変らずじりじり照りつけているが、軒下や樹蔭はひんやりする涼しさで、繁華街から一歩胡同《フートン》に入ると、人通りの少い町並には秋色が漂い始めている。鈴をならしてくる騎馬の群に出会った。日用品を仕入れて、帰っていく蒙古人の一行であった。彼等は、馬の背に一杯荷をつみあげ、その僅かな隙間に腰をかけて、巧みに馬を御していた。

彼はその後を追いかけて、西門の外に出てみた。蒙古人たちの行く道は、白い土ぼこりの中に涯もなく西へのび、そのあたりは木も草も見えない、乾燥した不毛の地であった。ずっと右手の方に、昨日歩いてきたポプラの並木路が丘の間に見え隠れしている。此処からは、松花江の濁流も土堤も地平線の下になっているので見られない。

蒙古人たちは城外に出ると、馬の足をはやめ、砂塵をまきあげて遠去かり、やがていつの間にか視界から消えていた。彼はその道を暫らく歩いていった。どこまで行っても、白っぽい道である。手のひらにすくってみると、何の肥料分も含んでいないさらさらした砂が、指の間から頼りなくこぼれていく。

夕方になって、彼は県公署に王を訪ねていった。衛生科は異状な雰囲気の中でごったがえしていた。日本人の科長が机の上に腰をかけて、電話の受話器にどなりちらしていた。彼は職員の一人をつかまえると、ていねいに王事務官の所在をきいた。

——老王《ラオワン》（王さん）がどこにいる、って？……老王は地獄にいるよ。彼の婚約者が死んでしまったんだ。

衛生科員は彼を憎々しげに睨みつけると、すぐ自分の仕事にもどっていった。石瑛は、とっさに康鳳嬢の熱で赤くなった顔を思いだした。そして、走り出そうとしたとき、後からぐいと肩をひかれた。

——あなたが新京から来られた王君の友人ですか？

日本人の科長が下手な中国語で話しかけた。

——そうです。私は、……

——新聞記者だそうですね。あなたはN県にペストが発生するのを予知して来られたようなものですね。

科長は冗談とも本音ともつかず、こんなことをいいながら、彼を自分の机の方にひっぱっていった。

——ペスト？

——そうです。今しがた新京の中央防疫所と電話で話したのだが、防疫官はペストに間違いあるまい、と判定しています。

難民街の炕《カン》の上で最初の患者が死亡してから、二四時間経った頃には、事態は大分明瞭になってきていた。城内に調べに出ていった衛生科員の報告を綜合すると、高熱に冒されている患者が少くとも十人ほどいた。さらに同じような症状で、死亡したと認められるものも数人はいるようである。そして、これらの死者の近所のものが、その屍が暗紫色を呈しているところから黒死病と呼んで、怖れていることも判明した。康《カン》家の一人娘も、この日の夕方、麻花《マアホア》売りの男と同じような悲惨な死方をした。

石瑛はようやく事態が呑みこめた。不慮の事件の中に彼はとびこんできたのだ。事件はまだ始まったばかりで、N県以外の土地ではまだ何も知っていまい。彼は、友人の王の胸の中を想像して、同情と悲哀の念を抱いた。だが、それよりも、彼は自分が新聞記者であることを思い出していた。彼に出張を命令した岡崎は、何かネタがあったら記事をおくるように、といっていたが、こんな大ネタの渦中に部下を派遣したとは、よもや気づいていないだろう。そして、自分のおくる記事が、唯一の、現地で取材している記者が自ら書いたものであることで、特異な存在として光をはなつだろう。そう思うと、彼は、五体の筋肉が急に収縮して緊張してくるのである。

——ところで、城外の部落の方はどういう状況なのです？

——それがね、今朝電話で県内全部に手配したのだが、まだ報告は一つもないのです。事実、発生していないのなら、こんな幸いなことはないのですがね。

——ペストということは、はっきりしているのですか？

——だいたい、間違いないですね。防疫官が来て、検査をして正式に決定するわけだが、症状で判断して、腺ペストという結論を出してるわけです。

——どこから入ってきたものでしょうね。感染の経路は掴んでますか？

——それは我々の方が知りたいのです。県内に手配したのも、そのためだが、県城以外に患者が出ていないとすると、経路の発見は一寸むずかしいなあ。

衛生科長は腕をくんで、相手の視線の前でじっと考えこんだ。稲井も、城内の医師たちも、ペストは初めての経験である。教室や文献で学んだことはあるが、実際の体験をもってはいない。だから、石瑛が、防疫対策はどうするのですか、とたずねると、稲井は自信のない返事をするより仕様がない。

——防疫所から血清をもってくる筈です。それがたった一つの望みです。消極的な対策としては、鼠がペスト菌を媒介するのだから、鼠退治をすること、患者や死者の寝具、衣服などは焼却して、家屋を消毒する、住民の移動を制限する、……まあ、こんなものでしょう。

——以前に、この地方でペストが蔓延したことはあるのですか?

——昨夜、役所の書類を調べてみたのだが、みつかりませんね。それに、満洲国成立前の記録がないから、昔のことはわからないのです。文献では、一九一〇年、日露戦争の数年後に大流行して、当時の東支鉄道沿線で莫大な死者を出したことが明らかにされています。或いは年寄りで当時のことを知っている人がいるかもしれませんね。

石瑛は、衛生科長の話をききながら、頭の中では、これからの取材活動の方針をたてていた。まず第一報は、現在までの患者の発生状況だけにしよう。防疫官が来れば、適切な対策を指示するだろうから、その防疫の様子を書こう。古老をたずねて、三十年前の惨状を思いだして貰おう。それから、専門家から、鼠がどういう具合に菌を持ち運ぶのか、それを追求することによって、今後ペストの発生を未然に防止する対策が可能なのか、どうか。衛生上の対策だけで充分なのか、それともあらゆる政策の上で総合的な対策を考えることが必要なのか。あれこれ拾いあげてみただけで、材料はたくさんある。それに関係者の意見、談話などを添えて、毎日連続的に記事をおくることだ。

彼は、科長の席の傍にある応接用の丸テーブルを借りると、そこで小さく切ったザラ紙に原稿を書き始めた。新聞記者生活に入って、始めて経験する異常な事件に昂奮している彼は、事前検閲が原則になっている現在の新聞が、このN県からの通信をどういう形で扱うか、彼の書いた文字の何分の一が活字になるか、ということなどまるで考えてもみないのである。

日が暮れた。稲井は昼の間は夢中になって働いていたが、一区切りついてみると、へとへとに疲れているのがわかった。しかし、まだ仕事が残っていた。患者を隔離収容する場所を何とかしなければならない。幸い、まだ小学校が夏休みなので、此処を一時借上げることはどうだろうか。彼は学務科長の家に電話をかけた。「あけぼの」に行っている、という返事だった。

そうだ、彼は思いだした。今夜は乾草の割当にきた将校を「あけぼの」で接待することになっていた。「あけぼの」は城内で唯一つの日本料理屋で、在留日本人のクラブになっていた。今夜そこには県公署の幹部をはじめ、県城の名士達は殆んど集っている筈だ。稲井は、その席に出るのは億劫だった。自分の部屋に戻ってゆっくり寝た方が良い。だがもう一つだけ仕事が残っていた。彼はいつも持ち歩いている二つ折りの鞄をさげて、副県長公館に出掛けた。

――大変です、先生、……

日本語の上手な若い阿媽《アマ》（女中）が玄関に出てくるなり、稲井の腕をとった。

――奥様、熱高い、ひどい苦しいです。

――副県長は？

――旦那様、「あけぼの」の宴会です。私、電話でおしらせしましたが、旦那様、少しも心配しません。

氏家の妻は喘息が持病で、この夏の猛暑がこたえたのか、最近発作がひどかった。稲井は、個人的には、頼まれても診察しないことにしているが、氏家のたっての要請で、時々診にきていた。つまり、彼のたった一人の患者であった。彼はこの患者に鎮静剤をうってやるだけの処置しかできなかったが、彼女は稲井の来診を待ちかねているようだった。

その患者はいつものように、静かに横になっていた。そして、稲井が入ってきたのがわかると、優しい表情で彼を迎えた。彼は一目彼女の上気した頬をみて、昨日からの手掛けてきた何人かの患者と同じように、ペストの熱に冒されはじめている哀れな犠牲者を、もう一人発見した。稲井は暫らく彼女の細っそりした手首を握っていた。一日あくせくと働きまわった色々な処置が、妙に空々しく思えてくるのである。まるで、自分が、眼隠しをされて、曳臼の柄に結びつけられ、同じ円を描きながらいつまでも廻り歩いている農家の驢馬のように感じられる。傍からみると、驢馬は粉挽きという労働をしているのだが、動物自身にして見れば、真暗闇の中を意味もなくぐるぐる廻っているにすぎないのである。

――苦しいのですか？

――えっ、でも発作よりは、ましですわ、……

患者は弱々しく笑って見せた。血清が早く届いてくれれば、なんとか助かるかも知れない。

――明日になれば、新京から良い薬が届きます。それまでの辛抱です。

患者よりも、自分を慰さめる言葉だと思いながら、稲井は、握っているかぼそい手首を、もう片方の手で叩きながらいった。

「あけぼの」に行ってみると、宴会はたけなわであった。副県長が得意の「泥鰌すくい」を踊っていた。彼はさっき公館の阿媽から、奥さんが熱を出している、という電話をきいたが、妻の病気には馴れっこになっていた。それよりも彼は、仕事の方がうまく行ったので上機嫌だった。乾草の割当は、彼が予想したように、結局、軍の要請数量が満場一致で承認された。彼は会議が終ると、経理将校と二人きりで密談をした。この将校の所属する新京部隊の酒保に、N県の水産会社の製品を納入することが、これはいわば商談だったが、成立した。彼はこれで、いよいよ水産会社にとってなくてはならぬ存在になった。

一同大笑いのうちに隠し芸が終ると、女が三味線をひき、「白頭山節」の合唱がはじまった。稲井は副県長の傍に行って、これまでとった処置のあらましを報告した。

——うん、わかった、……御苦労、……だが衛生科長、対策はそれで充分だろう。あまり大騒ぎをして貰いたくないんだ。わかるだろう？ それに今日の乾草の件もうまく片づいたばかりなんだ。それをペストだ、なんだと騒いだなら、軍の買上げはとりやめになるしな。

——何もことさらに大袈裟にしてるわけじゃありません。事態が重大化しているのです。明日にでも防疫官が来れば、副県長も納得されると思います。

副県長の下座にいた水産会社の日系理事がまあまあといいながら、盃をもって二人の間に入った。

——衛生科長さん、それがほんもののペストだったにしろ、やられるのはシナ人だけですよ。衛生観念の発達した我々日本人は大丈夫です。何人かシナ人が死ぬでしょうが、一週間も経てば自然と消滅します。今日まで流行ったどんな伝染病だってそうです。……それにね、衛生科長さん、ペスト騒ぎが大きくなると、私どもの商売にも差支えます、魚の出荷がとめられてしまいますからね。

——そうだ、昨日もいったように、N県の水産業を中央にまで進出させよう、というこの大事な時にだよ、君、仕事に忠実で熱心なのはわかるよ。しかし、稲井君、今はもっと大局的な立場でものごとを判断しなくちゃ駄目だ。

——副県長、ペストは実際に城内に拡がりつつあるのですよ。この事態を卒直に認めなくちゃならないのです。隠したり、ごまかしたりはできないのです。患者は次々に発見され、一人二人と死んでいます。副県長は今になっても、このペストに汚染されたN県から、皇帝陛下に鯉を献上しようと真面目に考えているのですか。関東軍の何百頭の馬に、ペスト菌がひそんでいるかも知れない乾草を食わせようというのですか。

稲井の声が大きくなってきたものだから、歌声で沸きかえっていた部屋の中は急に白けかかってきた。

——何です、喧嘩ですか？

——場所柄を考えろ。料理屋で仕事の話をする奴があるか。

そんな声が起ったが、稲井は構わず、水産会社の日本人の方に向き直って、

——あなたは今、伝染病に罹るのはシナ人ばかりだから、騒ぐ必要がない、といいましたね。日本人にも罹患したら、そのとき始めて大騒ぎするのですか？……副県長の奥さんがペストにやられて、高熱を出しているとしたら、どういう騒ぎ方をするのです？

しんとなった一座の中で、副県長の顔から酔いが急速に発散していった。阿媽《アマ》の電話の意味が、今やっと理解出来るのである。

——稲井君、まさか、俺《わし》をかつぐんじゃ、……

——今、公館に寄ってきたばかりです。症状は、昨日報告しました難民街の麻花《マアホア》売りと同じです。すぐお帰りになって下さい。城内には安全地帯はありません。いつ誰が発病するかわからない状態なのです。

——君の話が本当なら、これは大変なことだ。現在までの経過を詳しく話してくれませんかね。

正面の床柱によりかかって、この場の様子をみていた経理将校が立ってきた。

——そうすると、野乾草の部落割当会議は無期延期ということになりますか？

協和会の事務長がたずねた。それに対して、将校はきっぱりと答えた。

——もちろんです。

## 四

石瑛《シイイン》が、こんどの旅行の目的の一つである相談ごとを、もちだしたのは、鳳嬢《ホンニャン》の葬式が終ってからである。康《カン》家の一人娘の葬いとしてはあまりに質素で、簡単であったが、これは遺族の意志ではなく、N県の防疫隊として派遣された白井部隊の命令であった。普段なら、あまり裕福でない家でも、家財道具を売払ってまで盛大な葬い方をするので、康家の今度の行事は最近の城内には見られない豪華なものになる筈だった。しかし、悪疫流行の中で、多数の親類縁者を集めて、三日も四日も飲み食いをすることは許さるべくもなかった。王樹芳《ワンシュウファン》は悄然と野辺送りの行列に加わり、泣き女たちの哀泣のうちに、最愛の人の骸が土中に消え去るのを見守った。彼は翌日からでも、すぐ出勤するつもりだった。が、科長は、彼の申出でを拒み、ゆっくり休んでよろしい、といってくれた。それは、稲井の王に対する思いやりでもあったが、又、軍の防疫隊が入ってきて、防疫業務を日本軍の立場から独自に実施している今では、県の衛生科はそう忙しくもなかったからだ。

——君の心の内を考えると、僕は下手な同情の言葉を口にすることは、冒涜とさえ思う。ただ、僕の偽らない気持をうちあけていえば、君が羨しい。

——なんで、そんなことをいうのだい？

樹芳は炕《カン》の縁を歩いている大きな油虫をみつめながり、反問した。二人は、数日前久し振りに再会したときのように、彼の部屋の炕の上で話しあっていた。

——……僕は、自分ほど不幸な、哀れな奴はないと思って、N県にきたのだ。君は輝くばかりに幸福に暮していた。そして、あの悲運におそわれた。君は落胆した。失意のどんぞこにおちた。涙に埋もれた。君はしょんぼりしている。「喪家の狗《いぬ》」といった恰好だ。だが、僕には、それでもまだ、君の方がしあわせのように思える。……なるほど、婚約者は死んだ。だが、彼女は今でも君を愛している。ペストは彼女の肉体を奪い去ったが、彼女の愛までは奪いつくせない。彼女はおそらく、君と別れるということを意識しないで、いつまでも君と共にいることを喜びながら、死んでいったろう。……ところが、僕は、僕の愛は失われてしまったんだ。僕は君に、慰さめたり、忠告したり、元気づけたりして貰うためにN県に来たのだ。……

石瑛は話しながら、新京の郊外にある南湖の風光を思いだしていた。晩春初夏の一日、彼は妻の美蘭《メイラン》と一緒に南湖にボートを浮べてあそんだ。築山には緑がもえ、湖の水は陽光をくだいてきららかに光っていた。遠く新京市街が霞んで見え、色とりどりの大小のビルディングがちらばっている。ちょうど真北にあたるあたりには、新宮廷造営地の工事用クレーンがのびあがって静かに動いている。週日なので、散策の人は少く、微かに風のわたる音と、遠い町のどよめきが、もの憂く聞えるばかりである。

その日を境として、自分の心象が荒涼と化しただけに、いっそう南湖の景色は忘れがたく、胸の奥にやきつけられているのかも知れない。

――老王《ラオワン》、君は僕たちのクラスにいた関斌《グワンピン》をおぼえているだろう、あの、奉天出身の、秀才だった、……

――うん、

――彼が突然、僕たちを訪ねてきたのは、僕たち夫婦が南湖にあそんだ日から数えて一週間ほど前だった、……

関斌の父は奉天で貿易商をしていたが、商売は思わしくなかった。中国本土と船による交易をしていたのだが、日本軍による沿岸封鎖が厳重になるにつれて、それは密貿易になり、貨物や船や乗組員の損失や危険が多く、ソロバンにのらないことが少くない。それでも、なんとか商売を維持してこられたのは、父が北満にもっている広大な土地のおかげであった。その土地は、農民たちの努力で、長年の間に肥沃な耕土になり、彼等の生活を支えると共に、関家の経営の基礎になっていた。

彼の一家の、いわば虎の子の財産ともいえる北満の所有地が、満洲拓植会社の手で買収されることになった。はじめ満拓という国策会社が設立されたときは、満洲の農業を発展させるために、日本人の開拓者を入植させるのだから、既墾地には一切手をつけない。未開のままに放置されている原野、荒蕪地だけを買収するということだった。ところが、実際にやってみると、気候風土に馴れない日本人移民にとって、これは容易な仕事ではなく、失敗して離散したり、日本に舞い戻ってしまう開拓団が少くない。しかし、満洲開拓は、日本の大陸政策遂行上どうしてもなしとげねばならない、至上命令である。買収用地は自然未墾地から既墾地へ、それも、話し合いではまとまらないので、威圧的に、強制的に、拡げられていった。

関斌の父は、現地に駐在させている支配人から、満拓の買収指令書がきたという報告をうけとると、顔色を変えて、北満に急行した。そして、満拓の社員と激しいやりとりをやっているうちに、倒れてしまったのだ。

(僕は、自分が大地主の息子だということを、はずかしいと思っているよ。土地は農民自身のものとして与えられなければならない。しかし、小銃や機関銃をもって、関東軍の第二線部隊として入ってくる日本人開拓団に対してでなく、それらの土地を耕すために、血と汗を流してきた同胞の農民たちに対して、与えるべきなのだ。)

関斌は激越な調子で、石夫婦に話した。美蘭はこの友人の不幸に同情し、彼が日本人のやり口をこっぴどく非難するときは、明らかに賛意を示すうなずき方さえしていた。

(美蘭、僕は君の旦那さんのように、日本人と手を組んで、立身出世をしよう、甘い汁を吸おう、という生活には我慢できないのです。)

こういう言葉に対して、石瑛は、友のいつもの悲憤慷慨調が出てきたな、と思って、腹も立たないのだが、それに対して、妻が、潤いのある眼を大きくみひらいて、きき入っているのをみると、ある不思議な感情が生れてくるのだった。

父の死後の始末を終えた関斌は帰途、又新京にたちよって二泊した。仕事に追われている夫のかわりに、美蘭がもっぱら話し相手になったが、この間に、妻の言葉でいえば、「あやまち」が起ってしまったのだ。

――もっとも、僕も、変だ、とは感じていたのだ。関斌の態度だが、奉天に帰っていくときの彼は、あれほど饒舌だったこれまでとちがって、殆んど口をきかず、最後に、(今までのぐうたらな生活は、父の死を機会にきっぱり清算したい。)とだけいって別れたのだ。妻の挙措は目立った変化もなかった。そして、南湖で突然、彼女が「あやまち」を告白したのだ。

――あやまち、なら、許してやったら、どうだ、……それが夫婦じゃないか。

樹芳が、思いがけなく、相手の話をさえぎって、意見をのべた。

――単なる「あやまち」なら、君に忠告されなくとも、僕は許すことが出来なければ、忘れるよ、……ところが、美蘭のあやまちは彼女の肉体だけではないのだ。彼女は関斌の思想にひきずりこまれてしまったのだ。妻は、彼と同じような口調で、「かいらい政権の下にある新聞社に勤めて、日本人に寄生している今の生活は間違いだと思う」というのだよ。確固とした民族的立場にたって、日本に抵抗し、日本人を我々の故郷から追いだす運動に参加すべきだというのだ。

——北満で、長年耕してきた土地から農民が追いたてられているところを見てきたら、私だってそう考えるかも知れないさ。

——そうすると、君も、かいらい政権の下にある地方機関に勤めている現在の自分の生活は間違っている、と考えるのかい？

——さあ、……

樹芳はあいまいに笑った。しかし、その顔には悩ましげな、苦渋をおびた影が漂っていた。

——僕はなるほど、大同時報に勤めている。大同時報は他の漢字新聞と同様実権は日本人に握られている。そのことだけで、僕は責められねばならないのか？……僕と同じ立場の中国人は沢山いる。それがみな漢奸《かんかん》なのか。食うために、僕らは働かねばならない。しかし、今は、日本人が関係しない役所も、会社も存在しないんだ。妻にはそんなことが理解できないのだ。そして、関斌からふきこまれた抵抗理論だけを振り廻すのだ。……君は、此処の水産会社にも新京の日本人が目をつけているのを知っているか？

——ああ、新京のことは始めてきくが、うちの副県長が手をつけているのは知ってるよ。……だけど、石瑛、思想のちがいという問題なら、君たち夫婦の間で、もっとよく話しあったらどうなの。……私たちだって、鳳嬢と私とではずいぶん考え方に相違があった。彼女は金持の家に何不自由なく育ったから、世の中に貧困や犯罪があることなど思ってもみないんだ。何度か、口論したこともある。しかし、それが私達の愛にとって、障害にはならなかった。……

又しても、思い出が彼を苦しめるのであろう。樹芳は両手で頭を抱えこむと、そのまま炕《カン》の上に突伏してしまった。

　Ｎ県の衛生行政の責任者である稲井科長は、康家に不幸があった翌日から奇妙な立場におかれていた。彼が、上司にも相談せず連絡をとった中央防疫所からは、防疫官が血清をもって、その日の朝の汽車でかけつけてくれた。だが、その後から到着する筈の防疫班の代りに、日本軍の自動車隊が、前触れもなく県城に入ってきた。この一隊はハルピンの白井部隊の防疫班と部隊専属の憲兵で組織されていた。

　そして、この日から県城の防疫と治安はすべて日本軍によって掌握され、県公署の衛生科も警察隊も軍の指揮下に入った。防疫班は小学校を防疫本部と患者収容所にあて、住民の検診をはじめた。憲兵は警察官を城門に配置して、県城内外の交通を制限した。予防注射がはじめられ、注射の証明書をもたない者は城内を歩くことも出来ないようになっていた。稲井は殆んど仕事がなくなった。軍の防疫班長や憲兵分遣隊長から、防疫要員何名を出せとか、予防注射の通知がおそい、とか指令や叱言があったときだけ、それに応じた処理をするだけである。そして、現在情勢がどうなっているのか、患者はまだまだ増えているのか、減っているのか、死亡者は何名になっているのか、などについては一切知らされない。県公署は完全につんぼ桟敷におかれてしまっていた。

　稲井は当惑していた。軍の行動だから、迅速に、そこに若干の無理はあっても、てきぱきと事が進められたことは理解できた。だが、なぜ地元官庁にもっと協力を求めないのだろうか。少くとも日系官吏を信頼して、防疫業務に関与させることをしないのか。それから、中央防疫所という立派な防疫機関があるにもかかわらず、何故関東軍の衛生部隊が派遣されてきたのか、どうも解せないのである。しかも、軍自体によって色々な対策がたてられ、実行に移されていくと、必らずそこに摩擦が起るが、我々を除け者にしておいて、どう解決するつもりなのだろう。しかし、こちらからは何も手を出せないのだ。

康家《カン》の葬式があった日、稲井も焼香に顔を出し、そのあと衛生科の部屋で、ぽつねんと考えこんでいたとき、白衣を着た防疫班長が彼を訪ねてきた。

――衛生科長、此処の住民は少しも防疫に協力してくれんね。いつもそうなのかね。どうも君達の日頃の指導が充分じゃないようだね。

――どういう点でしょうか。此処の県は人ずれがしていないから、温和で協力的だと思っていますが、……

――それなら、君、軍の布告がちゃんと守られそうなものじゃないか。鼠を退治しろ、といってもちっとも実行しない。それじゃ一匹十銭で買上げるから持参しろ、といっても持ってこない。ペストは君、鼠が運んで歩くんだぜ。その鼠を殺すことが、ペスト対策の根本なのに、それに協力しないじゃないか。

これには稲井も苦笑した。だが、この若い将校はペストについては専門家かも知れないが、住民のことについては全く門外漢なのだ。

――班長さんはそうおっしゃいますがね、彼等の日常の習慣とか迷信とか、生活そのものを理解されないからですよ。いきなり、軍の命令だ、鼠をとれ、といっても、とりませんよ。鼠は商売の神様ということになっているのです。鼠が子を生むように、利に利を生むように、と彼等は信仰しているのです。鼠を殺したら損を招く、と彼等は真面目に信じているのです。一匹十銭ぐらいじゃ、あの人達の考えをがらりと変えるわけにはいかないのです。

――それじゃペスト防疫はできないじゃないか。……君達、日系官吏として、これは住民の慣習だから没《メイ》法子《ファーズ》というのか？

――いや、誤解されちゃ困りますが、私は色々方法があると思います。もっともそれが、必ず適切な方法かどうかは、人によって意見もあるでしょうし、実際にやってみなければわからない面もあるでしょう。

――まあ、いい、君の意見をのべてみたまえ。県の衛生科長の立場から、……

――唯、軍の命令という形をとっても効果はありません。強制は反撥を生むだけですし、折角の軍の努力も無駄になります。私は、何故今、鼠をとらねばならないか、ということを、わかりやすく、親切に、一般の人達にわかって貰うこと、その点が欠けていると思います。ペストと鼠の結びつきを、ペスト菌をもった蚤を鼠が次から次へもって廻ること、鼠が人家の中に巣食っていると、ペスト菌がそのネズミから人間にうつされること、だから、家の中には一匹の鼠もいないようにしなければならないことを、よく理解させることが必要です。そうすればだんだんにわかってきます。有識者の多い住宅地の一画をモデル地区にしてもいいでしょう。鼠を退治したために一人の患者も出ないということが立証されると、近所ではすぐ噂になります。

――なるほど、……しかし、君、そう漫々的《マンマンデ》なことをしてたら、いつになったら終るのだ。君も職業柄知ってるだろうが、これが冬季に入って見たまえ。今は鼠を媒体とする腺型ペストだから、県城だけにおさえられるが、肺型に移行したら、目もあてられないよ。そうすれば空気感染だから、昔東支鉄道沿線を襲ったように、爆発的な大流行になるよ。

――だから、といって、無理をしては何にもなりません。漫々的ではあっても、着実な方針でいくより方法がないと思いますね。

――どうも、君達は満洲にいるうちに考え方までシナ人臭くなってしまうんだな。あと何年か経つと、すっかりシナ人になる。漢民族のおそるべき同化作用だ。……まあ、それは冗談だが、日系官吏の諸君はもっと軍の行動に協力してくれないとね。

——我々は協力したいのですが、その我々を締めだしたのが、軍の方じゃありませんか。たとえば、我々は防疫の当初に、伝染経路の調査を始めようとしたところが、……

このとき、班長の目が急に鋭く光って、高飛車に稲井の話をさえぎった。

——それは見解の相違だ、とあの時もいった筈だ。もう調査の段階ではない。患者が頻発する情勢だから、防疫の強行しか途はない。隔離、消毒、血清注射、鼠退治、仕事は山ほどある。ところが、君たちは、へらへら議論したり、軍を批判したりばかりしている。

——しかし、伝染経路はどの伝染病の場合も、まず第一に追究するのが、常識じゃありませんか。

——くどいね。君が調査したけりゃ、やってみるさ、……

防疫班長は稲井を威嚇するように、そして憐れむように、白い歯をみせて笑った。

——君は満洲ペストの実体を知らないようだから、無理もないが、……ペストはね、いつでも、何処にでもいるのだ。毎年何処かで、何人かが死んでる。ただ拡がらないから、問題にならないだけだ。今度のように突発的に発生するのは何年に一回も起らないのだ。これは満洲に鼠やタルバカン等の齧《げっ》歯《し》類《るい》が存在する限り、或いは人間の住宅が完全に防鼠建築にあらためられ、家鼠と野鼠の接触が完全に遮断されない限り、さけられないことだ。だから、我々は満洲をペスト常在地帯とよんでいる。……わかったかね、衛生科長。ペストのルートを探そうと思えば、全満洲の野鼠をすべて調べあげなくちゃならんのだ。

稲井はだまった。事実、彼は余りペストについて知識はない。防疫班長は、衛生科長を沈黙させ、いくらか優越感をとりもどして帰っていった。

だが、稲井は、如何に日本軍の防疫班や憲兵がやきもきしても、彼等だけでは、鼠退治も予防注射も効果をあげないだろうと思っている。彼は衛生科の職員の報告で、ニセの注射証明書が横行しているのを知っていた。そのことを防疫班長に話すと、軍は武器を用いてでも住民を弾圧するだろうから、わざと黙っていた。衛生的な教養に欠けている県城の人達は何の注射であれ、非常に怖《おそろ》しがる。まるで毒液を注入されて殺されるような観念を、注射器に対してもっている。

一方、悪ずれのしている人間がいて、こういう時におあつらえむきの商売を思いつく。これも衛生についての無知と抱き合せになっていて、一人で何回も注射をうけるのである。戸籍が完備していないから、同一人が何人かの変名の証明書を手に入れる。それを善良な注射恐怖症のものに、高価に売りつけるわけだ。彼等はお互いに、おそらく、日本人の支配する官庁会社に働いている中国人の官吏や事務員まで含めて、この秘密を知っている。知っていて、それを曝露するようなことはしない。これはいわば圧制に馴れている彼等の自衛本能とでもいうべき、昔からのやり方なのだ。

だから、軍が考えるようには事は運ばないだろう。といって、医師の端くれである稲井は、懐手で見物してはいられない。彼は、防疫班長の怒りを買っても、ペストのルートを捕えようと決心した。そして、それから数日の間、彼は部下をつれて、これまで発生した患者宅を一々訪ね、発病の時期、症状、経過、発病当時の患者の足どり、家族の状況、親戚友人関係等に至るまで克明に調査をした。王《ワン》事務官と石瑛《シイイン》も出てきて、調査に加わった。彼等は夫々の資料をもちより、検討した。だが、その結果わかったのは、最初の患者が発見された前後に大体同じような症状で発病したということだけであった。この患者達は誰もが発病前に城外に遠く旅行するようなことのない、その日暮しの稼ぎ人たちであった。

——そうすると、ペスト菌をもった鼠たちの方から、N県にやってきた、丁度僕がくると前後して、……というわけですか。

真面目な顔で石瑛がいった。

——我々の調査がまだ不充分かも知れないな。だから、結論を出すのは時期尚早として、王君、この頃阿片の闇値が急に上ってきたというじゃないか？

稲井が、腑におちないという顔である。

——日本軍が入ってきて、警戒が厳重になっているのだから、闇値が下り、品物の動きが緩くなるのが本当じゃないか。ところが、事実はその逆なんだからな。

——それは科長、逆じゃないです。阿片が予防注射の代りに使われているのです。効果はわかりませんがね。昔から阿片は、無智な人々の間で、腹痛や頭痛の治療に用いられてきました。ですから、今度のペストでも盛んに使われていることは想像できます。

——需要と供給の不均衡が、闇値をつりあげているんだな。しかし、老王《ラオワン》、日本軍が県城を封鎖して、外部との交通を禁止しているのに、何処から煙膏を運んでくるのだろう？　城内にそうストックがある筈もないだろうに、………

石瑛の質問に対して、稲井が苦笑しながら答えた。

——それはね、闇のルートはいくらでもあるさ。県公署の役人が知らないだけでね。……なるほど、予防注射がわりに阿片か、そこまでは気がつかなかったな。

衛生科長はほんとうに知らなかった。阿片は事実、いつもより活溌に動いていたのである。中国人の社会では、政府の統制と監視が厳しくなるにつれて、経済も次第に地下に潜るようになっていた。阿片や麻薬類は禁制品で、時には満洲国紙幣よりも価値をもっていたから、地下経済の中心をなしていた。こういう事情を知っている少数の人達は、この現象を、満洲の第二経済と名づけていた。

たとえば、このN県の東部丘陵地帯は、柞蚕業《さくさん》の盛んなところで、蚕を野天の柞樹（楢や柏など）で飼育して山繭を生産している。日本内地の家蚕とちがって、その絹は質も悪く、色も黄ばんでいるが、繭が大きく、飼育が簡単であるという特長をもっている。以前は日本にも多量に輸出されて、福井県あたりの機業地で絹紬《きぬつむぎ》に織られていたが、統制経済になると、この柞蚕はぱったり姿を消してしまった。関東軍では、飛行士のパラシュートの原料として、政府に要請して供出を督励したが、思うように集荷できない。柞蚕農家に、豆油や木綿布等を特配し、飼育面積を計画的に増やしているのだが、依然として生産量は上昇しない。

副県長は躍起となって、N県の割当量を完遂させようと努力したが、無駄だった。それは石瑛がいったように、需要と供給の関係が、柞蚕を地下に潜らせたからである。衣料の配給が日本人よりずっと窮屈な中国人は、自分達の手で、何とかして衣服になる材料を生みださねばならなかった。南満洲一帯の柞蚕は、こうして、日本人の眼にふれないところで糸にされ、織られ、中国人の衣服になっていた。柞蚕が全く飼われていない北満や沿線の都会で、絹紬のシャツや洋服がふんだんに見られたのも、この第二経済の仕業である。

しかし、副県長の氏家も、衛生科長の稲井も、知らないことがまだあった。王事務官は忠実な役人だったが、このことだけは、まだ科長に報告していない。しかし、いずれは科長の耳にも入ることだろう。それは石瑛が、大同時報におくる記事をあさっている間に耳にしたことだ。城内の住民たちの間で、ひそひそ声で、今度の黒死病《ヘイスウビン》は白井部隊の謀略らしい、ということが囁やかれている事実である。流言蜚語は動乱の際などとかく拡がりやすいものであるから、王樹芳も半信半疑であった。

――そりゃ、私も、政府の防疫班が来ないのはおかしいと思っているが、根拠は何もないいんだろう?……どんなところから、そんな噂がとんだのだろうかね。

――ハルピンの親戚のところで、白井部隊というのは恐しい科学部隊で、細菌をこしらえてるという話をきいてきた男がいるそうだ、その男の話によると、その白井部隊の近くにある部落がコレラにやられて、大分死んだのだという。……僕はそれだけのことだったら、単なる流説と考えるよ、今度、こっちにくる途中、僕はハルピンに寄ったが、その汽車の中でも同じ話をきいたのだ。

石瑛は新京から乗った汽車の中で、本を読んだり、物思いに耽ったりして時間を潰していた。双城《シュアンチャン》という駅をすぎると、次の急行停車駅はハルピンだった。このあたりまでくると、もう一面の曠野で、丘陵の起伏の間には人家も殆んど見えない。その広漠とした風景の中で、列車の進行方向に向ってはるか右手に、巨大な城郭を思わせる建物が彼の視野に入ってきた。石瑛は学生時代から何度か、この線を旅行しているが、この建物をみるのは始めてだった。

――御存知ないですか。あれが白井部隊ですよ。有名な。

向いの席に坐っている商人風の男が、石瑛の横顔に話しかけた。相手は如何にも他聞をはばかる、という様子で、あたりを見廻し、ひざをのりだして、

――あの部隊の傍に孫家屯《スンジャアトン》という小さな屯子《むら》がありますがね、その屯子の井戸に病菌が流れこんで、危なく全滅するところだったのです。なんでも、白井部隊では色んな病菌を研究してるのだそうで、それがどれ位威力があるものか、実験するために孫家屯に菌をばらまいたという話です。そういう特殊部隊なものだから、あの辺一帯は軍事機密地域になっていて、ソ満国境よりも厳重に警戒されているそうですよ。

だが、石瑛はその話に興味をもてなかった。たとえ、この商人が真実を告げているのであっても、自分

には関わりのない、遠い世界のことである。彼は、自分の中に大きな苦悩を抱えている。傷ついた獣のように、自分でその傷をなめながら、生きていくことを考えねばならない。ただ、車窓から東の方に見えた四角な灰色の城壁と、その上につきでている一本の煙突は、彼の記憶の襞にこびりついていた。N県の城内で囁かれている謀略説をきいたとき、その風景はまざまざとよみがえってきたのだ。

——事実としたら、ひどいことだ。僕は単なる流説であって欲しいと思う。……真相を確かめる方法はないものかね。

樹芳は苦しい表情をみせた。鳳嬢の死は仲々諦めきれないが、しかし、「時」が諦めさせてくれることを期待していた。その期待が彼の悲しみを幾分でも和らげている。ところが、彼女の死が、細菌謀略の犠牲だとしたら、樹芳は自分の理性と感情をどう整理すればいいのか、途惑うのである。

石瑛にしても、この情報は痛烈な衝撃であった。彼は今まで、N県のペストを、偶発的な事件として取材し、記事をおくっていた。白井部隊の到着とその後の行動については、その独善的な強引さと秘密主義に反感を覚えながらも、その果敢な防疫作業について好意的に、協力的に記事を書いていた。だから、万一、こんどのことが事実、将来行われるだろう細菌戦の予行演習であるのなら、彼はその演習に協力してきたことになる。自分で知らなかったという、弁解はなりたつにしても、結果的には謀略の片棒をかついでしまったのだ。

二人は、どちらからともなく顔を見合せた。こんな噂は、ほんとうに単なるデマゴーグであって欲しい。確かに、樹芳のいうとおりだ。しかし、もう二人の胸におとした暗いかげは消えはしないのだ。樹芳は、鳳嬢の高熱にうかされた頬に、汗の玉と一緒に浮んでいた、やすらかな微笑を思いだしている。その微笑は、彼女をとりまく世界の愛情や平和や信頼を、彼女が露ほども疑っていないことを示すものだった。

石瑛もまた、奉天の友人関斌の言葉を思いだしていた。（満洲国というのは日本のかいらい政権にすぎないのだ。満洲国が独立国であるというなら、何故関東軍が居坐っているのだ。なぜ満鉄を我々に返さないのだ。五族協和という標語をかかげて、どうして我々の同胞を日本人なみに待遇しないのだ。満洲は建国されたのではなく、侵略されたのだ。その侵略者である日本人に、君は尻尾をふって餌を貰っているのだ。）

もし、N県のペストが、日本人の手でばらまかれたものであれば、自分も関斌と同じ意見の持主となるにちがいない。だが、今、妻の心とからだを奪い去った友人の言葉を、思いうかべ、それに同意することは、石瑛にとって、たまらない屈辱と苦痛であった。

## 五

県城の南方二粁《キロ》ほど距《へだた》ったところを、鉄道が一本通っていた。N站《タン》という小さい駅があって、奥地や新京に出ていく旅客があつまる。県城が封鎖され、バスの運行がとめられてからは、当然この鉄道の利用者が増えなければならないのだが、旅行証明書のほかに居住証明書や予防注射証明書の検査があるので、平時よりも客が少い。改札口や待合室には、武装した警察隊と日本軍の憲兵が目を光らしている。

張大哥《チャンタアグウ》はうまくこの警戒線を突破して、新京行きの列車に乗込んだ。証明書類はもっているので、心配なかったが、それでも緊張していたのだろう、三等車の薄暗い席に坐ると、ほっとした思いで、額の汗をぬぐった。西部支線の上り最終列車はいつものように、ねむりこけた旅客たちで混雑し、甜瓜《まくわ》の皮や紙屑が通路にちらばっていた。窓からは冷たい風が吹きこんで、間もなく日が落ちる時刻であった。

張はしばらくうつらうつらしていたが、また後頭部がじくじく痛みだすのに気づいた。今朝から、どうも軀の調子がおかしいのだ。変に熱っぽくて、どこといってとりとめのないけだるさに襲われていた。それでも、仕事でかけずり廻っている間は忘れていたが、こうして、新京に着くのを待つばかりの、退屈をもて余して、暇つぶしに一眠りしようとするときになって、漠然とした不安がよみがえってくる。彼はもう五十の坂を越していたが、これまで、病気らしい病気に罹ったことがなかった。いつも、せかせかと働いて、儲けて、費ってきた。働きすぎて、目まいがするほど疲れると、酒と阿片のどちらかが、その疲労をぬぐいとってくれた。俺のような頑丈な人間が寝込むのは、お陀仏になるときだけだ、と彼は広言していた。

張は汗がおさまると、車の片隅にある便所に立っていった。そこで、彼は、小用を足しながら、股の間に今まで気づかなかったしこりが出来ているのを、指先で発見した。彼はどきっとして、そのしこりをあらためた。鶏の卵ほどのこりこりした肉塊が皮膚の下に盛上っている。彼は女房を貰うまでは、街娼を買って遊んでいた。病気をうつされた憶えはなかった。

(だが、性病という奴はからだの奥に隠れていて、いつ出てくるかわからない、と漢医に教えられたことがある。この頃幾分疲れ気味だったから、昔買った奴があらわれたのだ。新京で、日本人の医者に治療させても、そう金はかからないだろう。)

彼は、からだの不調の原因がわかったので、ひと先ず安心した。

(まあ、今日のところはうまく行ったわけだ。問題は明日だ。……何といっても荷物があるからな。……身体検査をされたり、所持品調べがあるとの事だ。……日本の憲兵じゃ融通がきかないからな。)

日本人では駄目だが、中国人同士なら話がわかるのだ。さっき、張が汽車に乗るために、県城を出ようとしたときがそうだった。南門の詰所に洋砲《ヤンパオ》をもった警官が屯《たむ》ろしていた。張は札束をぎっしり詰めこんだ胴巻を、そっとおさえながら、城門を出ようとすると、一人の警官が走ってきた。中国人の間では彼は阿片密売の親玉としてよく知られているし、旅行証明書も、予防注射証明書も偽物であることはわかりきっているのだ。

――老張《ラオチャン》（張さん）、お前さんを見逃すのはわけないことだが、ばれると、俺達が憲兵から罰を食うんでな。どうしても出ていく必要があるのなら、別の城門から出ていってくれよ、頼むでな。

警察は民衆に対して、いつもこのようにおとなしい態度であるわけではない。張は県城での顔役で、要所々々にはちゃんと鼻薬を利かしてある。阿片の密売者であることが公然としていながら、逮捕されないのもその故である。そして彼は張大哥《チャンタアゲウ》（張兄貴）という畏敬と幾分の嫌悪を含めた尊称で呼ばれ、いつの間にか通り名になっていた。

――汽車に乗るのでなければ、他の門を通ってもいいのだが、あいにく汽車は時刻になると発車してしまうんでな、廻り道している暇がないのだ。それに、俺の商売は俺一人のためにやっているのではなく、城内の多くの人間のためになることだ。お前さんたちの役にも立っている。見逃してくれたら、それだけの報いはあるものだよ。

警官は、ばつの悪い顔をして、行ってもよいという身振りをした。張はにやり、と笑うと、悪疫に食い荒されている県城を脱けだした。奇妙なことだが、彼は自分の商売に疑問をもったり、良心の苛責を感じたりすることはなかった。それどころか、多勢の人間の利便をはかっている、有益な仕事であると確信していた。

政府は阿片麻薬の生産から消費に至るまで国営で管理し、吸飲者は登録をして証明書を貰い、それによって阿片零売所（小売所）から配給をうける制度が布かれている。ところが、これは一般の人達に余り歓迎されない仕組みであった。登録をするということは、お上から綱をつけられるようなもので、窮屈であった。何か事件が起ると、彼奴は阿片の中毒患者だから、ということで警察に聞込みに来られたり、役所に引張られたりする。できることなら、お上とは関わりあいたくないのが民衆の心情である。それに、世間に登録患者だと知れるのも厭である。許可される数量も少い。

従って、正式のルートをはずれた密輸組織が生れ、官営の零売所とは別に私烟館《スウエングワン》（秘密吸飲所）が流行り、張大哥のような人物が活躍する。警察では、この状態を全く黙認しているわけではない。何度か一斉検索が行われ、何人かの密売者が検挙された。しかし、引張られるのは小者だけで、張の身の上に捕縄がのびてくることはないのだ。

ところが、白井部隊の進駐は、県城のいわば均衡のとれた平和を、たちまちかき乱してしまった。外部との交通が制限され、公用とか止むを得ない用件で、しかも病菌を搬出する危険がないと認められた者しか、城門の外に出ることが許されないので、阿片麻薬のルートも途絶する外ない。悪疫が蔓《ひろが》りだすと、阿片の需要は急激に増えて、闇値はどんどんあがってきた。証明書の偽造は、彼の乾児《こぶん》たちの仕事で、儲けは悪くない方であるが、彼はそれには見向きもせず、別の事を考えていた。阿片のルートを回復することである。

（城内の沢山の人間が困っている。証明書を持たない中毒患者は可哀想なものだ。この頃では配給の阿片が闇値で横流しされてるぐらいだからな。しかも普段麻薬類をいたずらしたことのない連中まで、黒死《ヘイスウ》病《ビン》の怖しさを忘れるために、手に入れたがる。といって、誰も現状打開の方法を講じようとする奴はいない。度胸がないのだ。兵隊や警察が恐ろしいのだ。結局、俺が何とかしなくちゃならないのだ。）

彼は一度決心すると、早速実行に掛った。相当な危険を冒してやる仕事だから、平時の取引のように小量ずつでは商売にならない。彼は大哥の顔を大いに活用して、城内の有力者を説得して歩いた。この種の取引では為替や小切手は用いない習慣なので、株主たちには現金で出資させねばならない。暑い日盛りを一日かけずり歩いて数千元の札束を集めてくる間に、乾児の方では、旅行に必要な証明書をちゃんと準備していた。

——お前さん、大丈夫かい。こんなに警戒が厳重なのにさ。その札束を憲兵に没収されでもしたら、どうする気なの？

女房が心配そうに、出発の仕度をしてる張の腕をひっぱった。

——好花不常開《ハオホワブチャンカイ》（好機逸すべからず）と歌の文句にもあるじゃないか。大きな仕事には危険や困難が伴うのは当りまえだ。うかうかしてたら花は散ってしまうのだ。俺はな、そうかといって、向う見ずの冒険をする気はないのだ。これを見ればわかる。

彼は女房に自分の証明書をさしだした。それには、彼は、今度の出資者の一人である薬店の経理（支配人）ということになっており、旅行の用務は、薬品類や消毒用品を購入するのが目的であることに書かれていた。そして、これは時節柄当然のことで、怪しまれる節はどこにも見当らなかった。このニセモノの証明書も、自分で使うことを考えて、始めたのではなかった。多くの人間の不便不利を救うために、考えついたことであった。

夜更けに、汽車は寛城子をすぎ、汽鑵車の鐘をガランガランならしながら、新京駅の構内に入った。改札口には、（ペスト汚染地区からの旅行者は証明書を呈示して下さい）と記した掲示板がたてられ、その下で警官が、一人々々ホームから流れてくる旅客をみつめている。張は悠々と証明書をさし出した。

——よし。

もちろん、ひっかかる点は何もないのだ。彼は駅舎を出て、広場の敷石路に出た。爽やかな初秋の気が、熱のある軀を気持よくおしつつむ。

——やれやれ、これで今度の仕事の半分は片づいたというものだ！

駅前の広場から放射されている三本の大道のうち、一番左手の路が、張の歩いていく方向である。これは、日本人街の裏手を通り、中国人居住区域の「城内」に行く割合閑散な道路で、深夜だから殊更人影は見えない。さきほどの雨で、舗道のところどころに出来た水たまりが、街灯の光をうけてきらつき、並木の葉からこぼれた水滴が音をたてるだけである。

日本人が松葉町と呼んでいる目的の場所まで、僅か五、六百米にすぎないが、彼はひどく難儀をして歩いていった。冷い脂汗が、全身の毛孔からにじみ出し、悪寒のために、しきりに下半身が震える。汽車に乗っていたときは大したこともなかったが、今はもう目の前にある新々旅社に行きつくことが不可能なようである。それでも彼は最後の気力をふり絞るようにして、胸を張った。これからの商談に、よろよろしていては、どんな阿呆な値をつけられるかも知れないのである。

階下の貸店舗はどれももう灯を消して、店を閉じていた。彼は視線をこらして、めあての薬種商を探しだし、扉を叩いた。奥の方で、咳ばらいがきこえ、足音がして、板戸をくりぬいてつけた小窓が開いた。この窓は不意の闖入者を防ぐための見張り窓で、泥鰌髭を生やした顔の輪郭でいっぱいになるほどの大きさしかない。窓の中の鋭い眼が長いこと、客の人相風態を調べていた。

——俺だよ、……N県の張だよ、……終列車できたので、……こんなにおそくなったのだ。

店の主人は、いつもの張に似合わない弱々しい声にびっくりした。（きっと、安酒でもひっかけて悪酔いしたのだろう。いつものように二階の旅社に泊めて、取引は明日の朝にしてもいい。）

小窓がパタンと音をたててしまり、錠をはずす金具の軋《きし》りがひびいて、やっとのこと、厚い板戸が内側にひらいた。

——さあ、お入んなさい。張の旦那。商品はしこたま準備してありますから、今夜のところはゆっくりおやすみになって下さい。

この男の発音は多分に朝鮮語の訛りを含んでいる。そして、泥鰌髭の下の唇が動くたびにキムチの臭いが吐き出される。

——さ、私の腕にしっかり摑まって……廊下が真暗ですからね。

たちまち、張の姿が扉のかげにすいこまれるように消えた。


新々旅社は一階が貸店舗、二階が普通の旅館、三階がアパートと、時勢に応じた使い分けがされていた。ずいぶん古い建物で、長春站《えき》が出来ると、それに追いかけて建った煉瓦造りで、壁のあちこちがぼろぼろ崩れていた。その凹みに草が生え、虫が住みついて、秋を誘いだすようにかぼそく鳴いている。

石瑛《シィイン》の妻が、この三階の一室で、ぐっすり眠っていた。美蘭《メイラン》は夫をN県におくりだしてから、一日中自分達の今後のことに思いをめぐらしていた。夫は、このことについては、別に触れないで出掛けたが、夫は夫なりに考えているにちがいない。そして、N県から帰ってきたとき、夫婦とも結論を出さねばなるまい。だが、それは、いずれにしても現在の関係の破局になるのだ。その暁に、夫は、矢張り妻に裏切られたと考え、生涯そのことを忘れないだろう。だが、自分は、間違ったことをしたのだろうか。間違ったことであれば、夫を裏切るだけでなく、自分自身をも傷つけたことになる。だが美蘭は、こんどのことで自分を蔑すんだり、哀れんだりする気持にはならなかった。後暗さ、も感じなかった。胸のうずくばかりの歓びがどうにもおさえきれないのである。このことだけは、石瑛にすまないけれど、真実であった。

あのとき、関斌《グワンビン》が二度目に、北満からの帰途、このアパートに訪ねてきたとき、美蘭は自分の運命が大きく転換しかかっていることを直感した。翌日の夜、彼等が肉体をぶっつけ合って一つに結びついたのは、単なる行掛りでなく、自然の成行きであった。彼等はお互いの肉を通して、自分たちの前にひらけている新しい生活を確かめあったのだ。

その晩、石瑛は、宿直で社から戻らなかった。関斌は隣室の長椅子で眠っていた。この前も彼はそこに寝たのだった。夜中に、彼女は男の低い声に目をさまされた。

——お起き、美蘭、……何か事件が起ったらしいのだ。

夫の寝衣を借着している関斌がベッドの傍に立っていた。

——警察にふみこまれたりすると厭だからね、悪いけど様子を見てきてくれませんか。

彼女はすぐ眠気がさめて、枕元の上衣を羽織って、廊下にでてみた。旅社の夫役《ボーイ》たちが右往左往していた。旅廻りの京劇の役者が、毒薬を呑んで、自殺を計ったのだ。一行の人数が多いので、二階の旅館からはみだした連中が数日前から、三階の空部屋をつかっていたが、仲間のものでいざこざでもあったのか。間もなく、支配人が医者をつれて走ってきた。

——みなさん、お静かにねがいます。夫役たちも騒がないでくれ。旅社の信用にかかわるからね。自殺なんて、ほんとに縁起でもない。

支配人は蒼くなっていた。維持費がかさんで、やりくりに困っているのに、明日から泊り客が減るとなったら、彼の責任問題にもなりかねないのだ。

――賭博に負けて、やけくそになって、死ぬ気になったのかしら、……
――おいつめられた人達がいっぱいいるのだ。京劇の役者たちだってそうだ、検閲がうるさくて、政府を皮肉ったり、叛逆者を謳歌したりする演《だ》しものは、片っぱしから禁止されているのだ。賭博でもするのが、うさ晴らしのせめてもの方法だ。美蘭、あれをみてごらん、…莫談国事《モータングォシー》（政治を論ずる勿れ）だまっていろ、というのだ、おいつめられても、だまって死ね、というのだ。

二人は長椅子に坐っていた。関斌がぎらぎらした眼で、部屋の壁に貼ってあるポスターをよんできかせた。その四字のポスターは旅社の料金表の上に、以前から掲げられていたが、石瑛も美蘭も気にとめないでいたのだ。廊下の話声がきこえてきた。二人はたちあがった。

――死了《スーラ》（死んだ）……
――身内の者に知らせてやれ、……
――身内なんてわかるもんか、それに、わかったにしたところで、借金を背負った死人を誰がひきとりにくるものか。

ざわめきが高くなり低くなりして、次第に遠のいていくと、あとは急に深夜の静けさが部屋の中に満ちてきた。

――私、こわい、

彼女は腕をひろげると、相手の胸にとびつき、顔をうずめた。

――こわいことはないさ。死んだ人は君を恨んで死んだわけじゃないからね。……それよりも、君は、石瑛がこわいのじゃないか。

男の強い力が彼女の顎を上におしあげた。美蘭はしばらく相手の瞳に見入っていたが、やがて子供がいやいやをするように首を軽くふった。すると、彼女は自分のからだがすっともちあげられ、長椅子の上に次第に傾斜していくのを感じた。……

月の光が、張《チャン》の寝ている二階の部屋にさしこんで、彼が苦悶する様をうつし出していた。彼は下の薬種商に助けられて上ってくるとき、夫役《ボーイ》をよんでくれと頼んだ。だが誰もこんな時間に起きてはくれなかった。張は高を括っていた。死の断末魔がすぐそこに近づいているとは思わないのだ。彼は相変らず、札束をしっかり腹に巻いて、うめいていた。明日になれば、大きな儲けがころがりこむのだ。県城に帰れば、彼は今度の冒険のお蔭で、今まで以上に顔の利く大哥《タアグウ》になるだろう。彼は概して、死というものを深刻に考えたことはなかった。死そのものすら、彼にとっては商売の一つであった。城内には時々死人があった。冬になると毎日のように、行倒れがあった。それらは、警察や医者の手を離れると、彼の手に廻ってくるのだ。富者も貧者も、それぞれの葬いの後始末を張に頼まなければならない。そして親戚縁者によって、死者の死後の生活に不自由しないようにと用意された、身廻品のいくつかが、死者と共に墓の中に埋められるかわりに、彼の懐に入ってくる。身寄りのない行倒れたちは、彼の乾児《こぶん》どもによって身ぐるみはがれ、素裸の哀れな姿で、あの世に送られていくのである。

今度は彼の番だ。この順番はもう決まってしまったので、逃がれっこなしだが、唯、彼は知らないのだ。明日、彼が息をひきとると、所轄警察署から検屍の役人がきて、紫色に変った死人にびっくりするにちがいない。N県からペスト患者が潜入したことが判明するまでに大分時間がかかるだろう。最後に彼は、彼の同業者である埋葬下請人の手に移り、曾《かつ》て彼がやったように、衣服をぬがされ、札束も歯の金冠もとられるだろう。

張はペストの恐しさを知らない。もし彼が、三十年前に北満を襲った肺型ペストの惨状を知っていたら、特に被害のひどかったハルピンでは、毎日出る何百人という死者の処分に手を焼き、郊外に大きな穴を掘ってどんどん死者を投げこんだ万人坑の話をきいたら、流石の彼も総身に冷汗をかいて震えあがったにちがいない。ハルピン市内の路上や溝の中から運ばれた死者たちは、死んだときの形相のまま、手をさしのべたり、上半身をくねらせたりしながら、覆いの土もかけられずに、立ち腐れのまま放置されたのである。

順番を待っている張はもう意識を失っていた。蒼い光の波の底で、彼はあんぐり口を開いていた。急激におそいかかった運命にびっくりしているような、どうにも腑におちないといった、不審気な、当惑したような表情さえも、その顔には浮んでいた。

## 六

衛生科の王《ワン》事務官が、白井部隊の附属憲兵に取調べられる、という事件が起った。このことは彼の周囲に大きな波紋をなげかけた。稲井科長は、部下が引張られたので、責任を感じて、すぐ小学校の構内にある教員宿舎に出向いた。校門には歩哨がたち、隔離収容所にあてられた校舎の周囲には、鉄条網がはりめぐらされて、厳重に警戒されている。憲兵分遣隊は、教員の家族を疎開させ、土間に机や寝台を持込んで事務所に充てている。消毒薬の臭いが校門をはいる時から強く匂っていた。

——王君が何か失策でもしでかしたのでしょうか。県公署の職員ですから、落度があるとすると、上司である自分にも責任がありますし、県長や副県長に対して、自分は知りません、というわけにも参りません。

応対に出たのは軍曹の階級章をつけた若い憲兵で、王樹芳は別の部屋で取調べをうけているようであった。

――別に王事務官がどうこうした、ということではありません。唯、城内で、防疫について色々事実無根の噂話がされているので、参考まできいているところです。用事が終ればすぐお帰しします。

この下士官の口調は丁寧ではあるが、とりつく島のない冷たさがあった。

――城内の情勢を知りたい、というのであれば、衛生科の責任者であるこの稲井を呼んできかれるのが順当じゃないですか？

――それは、分遣隊長殿に伺って下さい。隊長殿は只今巡察中ですから、暫らくお待ちになれば、帰ってこられます。

稲井は、かっとなるのを抑えて一時間ほど待っていた。分遣隊長が帰ってくる前に、王が調べ室から出てきた。蒼い顔をしていたが、稲井が迎えてくれたので、すぐほっとした表情になった。

――帰ってよろしい、といわれました。

――そうか、それはよかった。こんな所は一刻も早く引揚げよう。

彼はわざと部屋にいる兵隊たちに聞こえるようにいうと、王の肩を抱くようにして戸外に出た。

――白井部隊の行動について、衛生科はどう考えているか、と最初質問されました。

彼等は王が下宿している家にもどって、丁度居合せた石瑛も加えて、今日の憲兵隊の態度を検討しはじめた。

――その次に、N県のペストは白井部隊が培養している菌の効力を実験するために、わざともちこんだという噂が流れているが、この噂を知ってるか、ときかれました。

――うん、それから、

――衛生科では感染経路を調べているということだが、それは何のためか、また調査はどの程度進行しているか、ときかれました。

――それから、

――向うの調べの要点はそんなものでした。それについて、私は、……

王《ワン》事務官は、二人に向って、取調べに対して自分が答えたことを繰返して話してきかせた。彼は割合要領よく、殊に城内の噂については、異常な事件のときにはよくありがちの浮説だから、自分たちも、城内の有識者も全く気にとめていないと答えて、憲兵の追及をそらしていた。

――しかし、おかしいな、……そんなことをきくために、何故君を引張ったのだろう？　何故君でなければならなかったのだ？

石瑛が、どうも理解ができないという顔をした。

――それはね、君、こういうことなんだ。憲兵隊の狙いは王君にあるのじゃないんだ。王君は只小手調べによばれただけだ。本当の狙いはこの俺さ。こないだ、鳳孃《ホンニャン》の葬式のあった日に、防疫班の将校が来て、俺とずいぶん議論したのだ。彼等は県公署の衛生科を意のままに動かしたい、そのくせ、防疫の実態にはタッチさせたくない、そういう矛盾を抱えている。防疫は仲々思うように進捗しない、そうかといって城内の住民に協力させるためには、衛生科が動かねばならない。それなら、何故最初に我々をボイコットしたのだ。……俺は軍隊対県公署という縄張り争いを意味していうのではないがね。

――でも、狙いは稲井さんだ、ということはどういうことなんです？

――王君の返答次第では、何かいい掛りをみつけて、俺をとっちめようとしたのさ。

稲井はにやりと笑った。彼は九分通り城内の噂が根も葉もないデマであるとは考えていない。そう考えることは、日本人としてたまらない、はずかしい、いても立ってもいられない思いであるが、日がたつにつれて、稲井の心の中で、謀略説が固まってきていた。彼は白井部隊の突然の進駐以来の経過を、くわしく分析していた。はじめの頃、防疫班は殆んど防疫らしい仕事をせず、死亡した患者を解剖しては、病理の研究に腐心していたようだ。恐らく軍医たちは、こんなに急速に患者が増えようとは予期しなかったのにちがいない。

更に、新聞発表は極度に抑制されて、石瑛がおくっている現地報告は、みるかげもなく鋏をいれられていたが、いくら僻陬《へきすう》の県城のこととはいえ、ペストの大量発生の事実は今や各方面に相当の反響を起しているといえる。しかもいつになったら終息するか、あてはないし、早い冬を間近に控えて、腺型から肺型に移行する危険もある。おそらく、上層部から指令でも出て、防疫班は何とかして、急いで防疫の実績をあげねばならないことになったのではないか。

それには憲兵が、衛生科の首根っこをしっかり摑まえて、思い通りに活動させることが必要になる。

（今度は俺が引張りだされる番だ。しかし、俺も王君のように、そんな流説を真面目にうけとっている者はない、と証言するだろう。その他の質問についても俺はぬらりくらり返答してやろう。そのかわり、俺の方で奴等の腹を読んでやるのだ。奴等のこの汚らわしい陰謀を、日本人である俺が、摘発し、告発してやるのだ。俺の良心に対して。）

——明日あたり、俺に、一寸来い、とくるだろう。何故防疫に積極的に協力せんか、とくるさ。何故流言蜚語《ひご》をおさえつけないか、怪しからん、と叱られるだろうな。だが、石さん、あなたも気をつけないといけないよ。あなたは新聞記者ですからね。憲兵が君の送る記事の内容や毎日の動きに目を光らしてるかも知れない。

——ああ、そうです。忘れていました。石瑛のこともきかれました。

——え？　僕のことを、……憲兵は何といってたのだ？

——彼は何の目的でN県にきたのか、いつまで滞在するのか、今度の事件についてどう考えているか、

……そんなものだ。私は適当に答えておいたよ。

石瑛は憲兵が自分に関心をもっているときくと、冷水をあびせられたように悪寒と戦慄を覚えた。社の仲間から、彼は日本憲兵の拷問の物凄さを何度か聞かされていた。

——何も心配することはないさ。俺が呼ばれたら、衛生行政の面で出来ることは何でも御協力を致します、と出るから、向うはそれで気がすむだろう。王君も、二度と呼ばれることはないから、安心していいよ。

稲井は立上って、庭に出た。この家の、王になついている牛児《ニュウアル》が走ってきて、

——お客様だよ、
と、舌たらずの声で告げた。

すぐ後から衛生科の職員が姿をみせた。

——科長、新京の中央防疫所から電話がきました。

——何の用事だ？

——新京でペスト患者の死体が発見されました。N県のこういう者です。

職員のさしだした紙片に書いてあるのは、張大哥《チャンタアグゥ》が用いた偽の住所と名前であった。

——よし、警察隊と連絡して、その男の身元を調査してくれ。……新京にペストが飛んだとすると、これ

は大変なことになったな。

　稲井は庭に敷いてある石畳みを見つめていた。それから、とぼとぼといった感じで、その石を一つずつ踏んでいった。

——稲井さん。

　石瑛が声をかけた。

——あなたは、県城の人達が喋っているあの噂さを、ペストは日本人がばらまいたのだという話を本当だと思いますか、それとも、矢張り、根も葉もない浮説と考えますか？

　稲井は苦々しい顔をして、ふりかえった。

——君はどう見るのです、石《シィ》さん、……火事の最中に、この火事は失火だろうか、放火だろうか、自然発火だろうか、と考えるよりは、まず火事を消すことに専念するのが普通じゃありませんか。我々が弥次馬でなく、被害者だったり、消防夫だったらね。

　だが、稲井のその返事には、心ならずも相手の話をそらそうとする魂胆が、ありありとあらわれていた。


　九月に入ると、秋の気配は一層濃くなりまさっていた。夏の間午後になるときまって襲ってきた驟雨の音もきかれなくなり、空はつきぬけるほど高く澄み、地上では直射日光の痛いばかりの熱の間に冷えびえした空気がまじるようになった。県城の周囲にある、僅かな面積の農耕地では、高梁や大豆が熟期をすぎ、赤黒くなった茎や葉が、乾いた音をたてて、右に左にゆれている。実をもぎとったあとの包米《パオミィ》（とうもろこし）の幹はぎくしゃくと折れ曲り、墓場で野犬に食い荒された死骸のようにぶざまに立枯れている。

　この季節の変化は悪疫の蔓延する力にも、微妙な影響を与えたようで、新患の発生も目立って減り、高熱がひいて一命をとりとめる運のいい患者が多くなってきた。

一方、満洲国の首都のど真中に、ペスト患者が発見されたということは、大きな衝撃を人々に与えた。このようなことでは、発見された張大哥のほかに、危険な病菌を抱えた人間が何処に潜入してくるか予想がつかない。そして、その病菌はノミや鼠を仲立ちとして、新京の街の中に固着してしまわないとも限らない。新聞はこの事件を最少限に報道したが、人々の恐怖心を抑えつけたり、解消することはもはや出来なかった。

政府も軍も、此処まで来ては、民心の安定をはかるための、何等かの手段をとらねばならない羽目におしつめられた。

張《チャン》の死体が発見されてから、三日目になって、新京市公署は緊急布告を出して、新々旅社を焼却することを明らかにし、旅社とその周囲の居住者は一二時間以内に立退くことを命令した。一方、N県城には、新しく一個小隊ほどの兵隊が、松花江の江防艦隊の軍艦で増援されてきた。県城は殆んど封鎖状態になり、兵隊たちが四つの城門を固めて立哨するようになった。要所々々には日本語と中国語で、許可なく出入する者は厳重に処分さるべし、と掲示された。厳重処分というのは日本軍の慣用語で、「殺す」という意味をもっていた。正式な裁判によらないで、厳重処分をいい渡された被告たち——抗日連軍の兵士や共産主義者や匪賊たち——は、現地の軍のその日の気分次第で、日本刀の試し斬りにあったり、銃殺されたり、油をかけて焼き殺されたりしていた。

この異常に殺気立ってきた城内の空気を、稲井は敏感にうけとった。彼は副県長と相談して、衛生科の職員を中心として、県公署各科に日常業務に必要な人員を二、三残すだけの、大規模な防疫隊を結成した。夫人が漸やく一命をとりとめて安堵した氏家は、自分からその隊長を買って出て、白井部隊の指揮下に入った。張大哥を見逃すようなへまをおかした警察隊は、城門警備から追放されて、防疫隊の中に編入された。稲井は、急流の中で、流れに逆らって泳いでも、溺れるだけであると考えていた。白井部隊には何としても拭いきれない疑問と不信が残るのだが、それは自分一個の心の中に秘めておくよりほかない。圧倒的な流れの力の前には、それに抵抗して溺れるか、流れのままに身を任せて流れていくか、どちらかを選ばねばならない。

王事務官も、この稲井を助けて、防疫に専念することで、自分の怒りと悲しみをなだめておくことを考える。鳳嬢《ホンニャン》を失った悲しみはいつか薄れていくだろう。だが、鳳嬢を奪った者に対する怒りは消えはしない。それはいつの日か、真赤に、天も焦がすばかりに燃えさかるだろう。その日まで、彼は自分の内に潜むものをなだめたり、すかしたりして、生きていくのだ。それに今は、ペストの猛威が峠をこしている今は、防疫の絶好の時期でもある。彼は石瑛にも、積極的に、防疫隊の仲間に参加するよう話してみようと思っていた。だから、突然、その日の朝、石瑛が役所に出てきて、薬剤を消毒班に分配するために真白に粉にまみれて働いている彼を掴まえて、これからすぐ新京に帰る、といいだしたのにはびっくりした。彼は矢張り粉まみれの手で、相手の腕をひっぱり、宿直室に連れていった。

——帰る、って君、県城が今どのような状態になっているか、よく知っているだろう。交通遮断で、しかも、日本軍が厳重に警戒しているのに、どうして帰れるのだ?

無茶をいうにも程がある、という顔の前に、石瑛は一枚の紙片をさしだした。電報であった。

——ペストのため、今夜八時までに避難の命令が出た、至急おいで乞う、美蘭。

彼等はどちらも、張大哥が石夫婦の住んでいる新々旅社で死んだとは知らなかった。だが、電報の短い文字の間から、急迫した新京での事情が物語られている。美蘭が女一人で、緊急避難命令にとまどい、おろおろし、助力を求めているさまが想像される。

——帰るな、と私がとめても、君は帰らぬわけにはいくまい。しかし、今は、旅行証明書の発給も停止されている。

——僕は脱け出すよ。城壁が崩れて、いくつも大穴があいている。兵隊は城門にしかいないんだ。高粱畑《カオリアン》の中にはいってしまえば、見つかりっこないよ。

——そうだ。衛生科長から、白井部隊に特別許可の手続きをして貰おう。副県長に頼む方法もある。私が、その手続きの方を引受けるから、君は出発の仕度をするといいよ。

——仕度といって、これだけだ。

石瑛はこんどの旅行にもってきたズックの鞄をふってみせた。

——それに、時間がないんだよ。十一時の汽車におくれると、もう間に合わないのだ。正式な許可を貰うのもいいが、書類とハンコで今日中には難しいよ、君がよく知ってる筈だ。僕はすぐ出掛けるよ。

——電報を貸したまえ。事情が事情だもの、何とか理解してくれると思うよ。此処で待っていてくれ。稲井さんに相談してくる。

王事務官は、美蘭がうってよこした電報を握って、走っていった。衛生科長は副県長室で、今日の防疫隊の行動について打合せをしていた。稲井は、公用でもめったに特別許可が貰えない今は、石瑛の事情を説明して、許可証を出させる自信はなかった。

——だが、新京の石夫人の立場を考えると、帰してあげたい。石さんを呼んできてくれ。一緒に部隊に行って、頼んでみよう。

だが、王事務官が宿直室に行ってみると、石瑛の姿はなかった。

(十一時の汽車といったな。)

彼は腕時計を見た。その汽車が発車するまでには一時間と一寸しかなかった。

その朝、美蘭がまだベッドに入っている時刻に、派出所の警官が、旅社の宿泊者を順ぐりに叩き起して、布告を記した印刷物を渡していった。彼女はしばらく、その文章の意味がのみこめなかった。それから急に飛びおきて、身の廻りの品をひっぱり出した。不安と焦燥で、仕事が少しもはかどらない。涙がとめどなく頬に流れた。しばらくして、彼女は、仕事をやめて、ベッドに坐りこんだ。考えなくちゃならないことが沢山あるようだった。しなければならないことが波のように、後から後からおしよせてくる。だが、それらはどうでもよいことだった。美蘭は電報用紙をとりだして、同じ文面で、夫と関斌あてに電文を書いた。

(私たちの住居が、焼き払われる時、私たちの生活も終るのだ。終止符が打たれ、新しい行が書きだされる。そのことについて、三人で話し合おう。主人も関斌もそれぞれに苦しんできたし、私も今の生活に疲れはてた。それには、この建物の古さも原因しているのかしら。昼のうちから壁の間でコオロギが鳴いているのだもの。関斌と主人は又議論をくり返すのだろうか。だが、三人ともこの前会ったときと同じではないのだ。現状では前進も後退も出来ないとき、全く新しい事態を考えだすほかに解決の途はないのではないか。)

彼女は夫役《ボーイ》を電報局に使いに出したあと、こんなときぎれとぎれの思案を追っていた。それから、思いついて、旅行案内を探した。本線と西部支線の汽車の時間をみた。電報が同じ時間で届くとすると、彼等が新京站《えき》に到着するのも大体夕方の同じ時刻になる。

(そうしたら、私達はその時に、この旅社を引払い、外に出て、三人一緒に食事をしよう。大馬路《ターマルー》あたりで美味しい御馳走を食べよう。そして結論がついたら、二人でお互いの健康と未来を祝って乾盃しよう。）……

僕らはまだ若いのだ、と石瑛も考えていた。彼は今、竜江街を横切って、狭い胡同《フートン》に入っていくところだった。彼は美蘭に裏切られたことで、自分の人生は終ったと考えていた。だがN県にきて、突然のペスト騒ぎにまきこまれて暮しているうちに、彼は多くのことに、社会の複雑なりたちや、同胞がおかれている困難な条件などに目をむけるようになってきた。妻の問題は、彼にとって些事ではないが、乗越えていけないほど大きな壁ではないと思うようになった。

（僕らはまだ若いのだ。幸いに柔軟な思考力と強靭な意志がある。愛情について充分に話し合う、冷静な理性もある。美蘭のあやまちが、本当にあやまちにすぎないならば、僕は笑って、彼女をうけいれようし、彼女の愛情が全く関斌に移っているのであれば、二人が結びつくのは当然ではなかろうか。）

彼は、自分が寛大な気持をもっていることに満足して、ひとりでに微笑した。（だが、方角を間違えてはいけない。）彼は最初から、南門と西門の中間に、脱出する路を求めていた。その辺は高梁畑になっていて、彼がN站《えき》に近づくまで発見されることはあるまい。胡同が行きどまりになって、関帝廟の小さい祠《ほこら》がたっていた。その裏手はもう城壁だ。

（僕は運が強いらしい。武の神である関羽の祠が、僕の脱出する方角にあったとは。）

彼は幸先がよいと勇気づけてくれた祠の、彩色の剥げた扉をなでまわしてから、城壁の崩れた土を踏んで、城外に出た。

城壁のすぐ外は潅漑溝が流れていて、午前の強い陽差しが、水面にきらきらてり映えている。此処は県城に住む農夫の通い路らしく、溝の上に一枚の狭い板が渡してある。彼はその橋を渡り、溝に沿うた小路を横切って、高梁の密生した畑の中に潜りこめばよかった。ずっと向うの丘の間には、ポプラにかこまれたN站の建物が、二粁《キロ》の距離を距てて見えている。

あたりに人気はなく、物音もきこえない。石瑛は、今城外に立っているのは自分一人だけだと信じた。時計を見た。もう四十分しかなかった。彼は高梁畑を見た。姿を隠すのにはもってこいだが、この中を漕いでいくのでは、時間がかかりすぎるのではないか。彼はためらった。時計を見た。確かに四十分しかない、少し遠廻りでも、この畑の縁に沿っていこう。人に見られたら、畑の中に飛びこむのだ。彼は潅漑溝に沿うて、右手の方に移動しはじめた。

だが、そのとき、数人の兵隊が西門の方から、彼が歩いている小路を通って、こちらにやってくるのが目に入った。城門の歩哨の外に、巡察隊が城壁の内外を警戒しているのを、彼は知らなかったのだ。

巡察隊の方では、最初、怪しい人物だとは思わなかった。服装もボストン・バックも、城内の農夫や小売商のそれとはちがって、小ざっぱりとしていた。歩き方にも不審な様子はなかった。日本人かも知れないと思った。しかし、交通が遮断されて、こんなところを歩いている人間はあり得ないのだ。新京か、それともよそから用事があって、県城をたずねてきた日本人だろうか。相手が誰にせよ、区城外にいる者については、証明書の検査をするのが、巡察隊の任務である。先頭を歩いてきた下士官が、片手を口にあてて、「おーい」と声をかけた。

石瑛は、彼等を見つけたときから、動悸が烈しくうち出していた。失敗した、という悔と、（ええい、一か八か当ってみてやれ）という粗暴な勇気が、頭の中で渦巻いた。足は、磁石に吸いよせられる砂鉄のように、彼の意志とは関係なく、歩きだしたときと同じ歩調で、前に進んでいた。左手の高梁畑が風に揺れているのが、真正面を見つめた彼の視野の端で感じられる。

――おーい、誰か！

下士官の声が耳に入った。彼はいつの間にか、自分が兵隊たちのすぐ近くまで歩いていたのに気づいて愕然とした。それと同時に、歩兵銃と短剣で武装した兵隊に対して、初めて烈しい敵意が湧きあがってきた。

――誰だ、証明書を出して見せろ！

兵隊は停止して、銃を構えた。そのときまで石瑛は、訊問されたら、日本語で事情を話して諒解を得よう、と考えていた。（大同時報記者の肩書のついた名刺を出して、挨拶をすれば、無茶な扱い方はしないだろう。）だが、銃口の前にさらされた、彼の口からは日本語がいつものようにすらすらと出て来なかった。

――おい、証明書はあるのか、ないのか？

下士官の口調が急に険悪になった。石瑛はボストン・バックを草の上におくと、一歩前に進んだ。

――忘八蛋《ワンパタン》（ちくしょう）！

精一杯の罵声をなげつけると、彼は横っ飛びに。高粱の茂みの中にもぐりこんだ。

――おい、射て！

兵隊たちは横に散開すると、がさがさと音をたてて、高粱をかきわけて逃げる男の後姿に腰だめで射ち出した。

石瑛は、こんな危険を冒す筈ではなかった。どうしても十一時の汽車に乗れないなら、その次のを待ってもよかったのだ。美蘭には心配をかけるかも知れないが、事情が明かになれば、笑って済ませることだ。日本兵を見つけた瞬間から、彼はいつもの冷静な自分でないことに気づいていた。恐怖心が、捕まれば、憲兵の拷問にかけられる、という恐怖心が、続いて敵愾心《てきがいしん》が彼の平常の理性を縛りつけてしまったのだ。

（どうしても、生きて、妻のもとに帰っていくのだ。こんな奴等に捕まってたまるものか。）

だが、彼の手と足は、烈しい運動には馴れていない、新聞記者の手と足にすぎないのだ。彼は高梁をかき分けているうちに、方角を失ってしまった。足が高梁の茎にからまれて自由にならなかった。

——噯呀《アイヤ》！

よろけて、倒れかけたとき、高梁の穂の間から青い空の切れはしが、ちらっとのぞいた。彼のからだの重みで、枯れかけた茎の折れる音が大袈裟にきこえ、兵隊たちはその音をたよりに、一斉に小銃の弾丸をうちこんできた。

## 七

その翌日も朝から快晴であった。新京站《えき》は多くの旅客でごった返していた。陽当りの良い石段には、垢に汚れた薄い布団をぐるぐる巻にしたのが唯一つの荷物である労働者たちが、腰を下したり、寝そべったりしていた。彼等は夏の間は北満に稼ぎに出かけ、冬が近づくと、南満や山東方面に帰っていく、渡り鳥のような連中である。何人かが組になって、除草や収穫の仕事に各地を転々とし、一定の住所をもたない者が多い。収入が少く、その少い収入も賭博や阿片に消費すると、汽車の切符も買えずに、鉄道線路を伝って徒歩で南下する組もある。

待合室は混雑していた。ハルピン方面に行く下り急行列車と、奉天方面に行く上り普通列車の改札が同時に始まっていた。大同時報の重役である岡崎が、一、二等改札口の行列の中に立っていた。彼はハルピンの水産加工場に行くところだった。建築がはかどって、竣工式を年内にあげる見通しがついたので、その下打合せにいってくるのである。競争相手と見られたN県の水産会社は、ペスト禍で、新京進出の機会を失っていた。新京進出どころか、N県の工場自体が、販路が縮少されて、生産を抑えている状態であることが、石瑛から報告されていた。

岡崎の計画は進んでいた。ハルピンの工場が完成して操業を始めると、次は新京に販売会社を設けることになっていて、松花江水系の水産物を全て掌握する予定である。

（石瑛がN県に出張してから、もう何日になるだろう。ペスト騒ぎで、帰るに帰れない状態だろうから、社で呼戻しの手続きをしてやらなければなるまい。だが、それも自分がハルピンから帰ってきてからのことだ。）

三等待合室の方では、改札口の前の乗客が先を争って、おしあいをしていた。布団包みを担いだ連中の間から、彼等の体臭や安煙草や果物の臭いがいりまじって発散していた。その人混みの中で関斌と美蘭が、離れればなれにならないように、しつかりお互いの手を握っていた。

二人は站にくる前に、新々旅社の廃墟の傍に暫らく立っていた。煉瓦や石が崩され、馬車で運びだされていた。木造の部分や、居住者の家具がうず高くつみあげられ、やがて、火がつけられるばかりになっていた。石瑛はとうとう現われなかった。

——どうだい、N県の情勢で、急には帰ってこられないのだろうが、二、三日待ってみるか、……

二人は夜更けまで站《えき》と新々旅社の間を往復しながら、石瑛の到着を待って時間を潰した。西部支線の終列車がホームに入って、ばらばらと出てくる旅客の顔を探してみたが、この中にも夫の姿はなかった。美蘭はやっと決心した。

——いいわ。私、あなたと奉天に行きます。

彼等は城内の小さい宿屋で浅い眠りについた。その一晩の間に、新々旅社はすっかり形を変えていた。美蘭の部屋もどの辺か見当がつかなくなっていた。アルメニヤ人の毛皮商も、白系ロシア人の喫茶店も、朝鮮人の薬種商も、影も形もなく、そこにあるのは瓦礫の空しい集積だけだった。

——なんだか、かえって、すっぱりしたじゃないか、……もっとも石瑛は帰ってきて、途方にくれるだろうがね。

美蘭はだまって、建物の跡を眺めていた。ともかく、此処に夫婦が暮していたのだ。しかし、その事実は遠い昔のことか、絵空事のように今は存在していないのだ。彼女は関斌を見あげると、その腕を彼の腕にからませて站に歩いていった。改札口で、彼等はもみくちゃにされていた。ホームに出た連中は喚声をあげて列車に殺到していた。二人はいつになったら、待合室から出られるかわからなかった。まして、並んで坐る席など得られそうもなかった。

——この連中の中には、北満の、おやじの土地で働いてた農夫たちもいるかも知れないよ、美蘭。連中は苦力《クーリー》とよばれたり、流亡《リュウワン》とよばれて人間扱いをされていないのだ。だが、この人達が役人や軍人や金持よりどんなに人間らしいか、君にもよくわかるよ、汽車の中で連中と話し合ってみるといい。

彼女はこっくりうなずいた。それはそうかも知れない。だがこの臭い人いきれと、おしあいへしあいだけはたまらなかった。彼女は片手の袖口で口を覆い、片手でしっかり関斌に掴まりながら、激しい渦の中をおしまくられていった。

# 凍った河

一

受付みたいなところで、一列にならばせられ、彼は後のどん詰りに立っていた。先のものから、からだにつけているすべての所持品をとりあげられて、一人々々の分に、荷札がつけられ、下足棚のようなところにならべられていった。

彼は、前にならんだ人達が、そうしてズボンの革バンドまではずしているのを、ぼんやり眺めながら、何ということなしに、ポケットに手をいれた。右のポケットに煙草が二箱入っていた。左にも一箱入っていた。これは戦争時代の習慣で、配給だけでは足らないので、闇煙草をみつけると、買えるだけ、つまり、相手が売ってくれるだけ、買い溜めておく癖がついていた。戦争が終って、統制のウップンをはらすように、いろいろの日用品が市中に氾濫しても、この癖は直らなかった。

「あ、煙草があるな」

と見ると、売手が厭な顔をしない限り、三つでも四つでも手に入れる。だが、値段がだんだん上っていて、戦争中のように大箱で買い占めておくというわけにはいかなくなっていた。

彼は、受付のカウンターの内側にいるソ連兵の目を盗んで、素早く、その煙草の箱を、両足の靴の中につっこんだ。土ふまずの下で、ぐにゃりとつぶれる感じが、ある不安を覚えさせたが、生命の危険も考えられないことはない、色々な目に、敗戦以来何度も遭ってきているので、ずぶとく構えて平気だった。

彼の番になって、カウンターの前へ出た。

「持っている品物を全部出しなさい」

朝鮮出身らしい通訳がいった。この通訳もソ連軍の制服を着ていたが、階級章はついていなかった。

彼は、内ポケットからメモに使っている手帖と、鹿皮の財布をだした。ズボンのポケットから塵紙と汚れたハンカチと靴ベラが出てきた。バンドもひきぬいてさしだした。

「おう、ジェーヴォチカ！[1]」

それらの品々を一つ一つ手にとって調べていた兵隊が、財布の中から一枚の写真を発見して、大きな声を出した。

それは、その年の三月、赤十字病院で生まれた彼の娘の写真だった。なんでまた、赤ん坊の写真など入れておいたのだろう。彼は思いだせなかった。兵隊は、渋い緑色の瞳で、彼と写真を見くらべ、それから、どういう意味なのか、頭を左右に大きく振った。まだ子供子供した兵隊で、唇のまわりには金色の生毛が柔かそうに光っていた。

「名前と職業をいいなさい」

通訳が、品物の目録をつくりながらいった。紙を斜めにおいて、鉛筆を人指しゆびと中指の間にはさんで、すらすらとロシア文字を書いているのだった。

「三森信夫です。自由業です」

「ミモーリ、ノブオ。よろしい。職業は何ですか？」

「職業は自由業です」

通訳は自由業という言葉に当惑したようで、しばらくソ連兵とロシア語で議論していた。その間、彼は、バンドをひきぬいたズボンがずりおちないように、両手でもちあげて、待っていた。兵隊は、通訳と同じように、この職業の意味を理解することはできないようだった。両手を拡げて、肩をすくめると、ハンケチの中に、こまごました品物を包みはじめた。通訳が、こんどは、少し怒った声を出した。

「あなたの職業を詳しく説明しなさい」

「私は、〈大陸文化〉という雑誌の編集に関係して、記事も書きます。ですから、自由業です」

通訳はますます眉を吊りあげて、険悪な形相になってきた。

「あなたのいう自由というのは、どういう意味です。あなたはその雑誌社の社員で、会社から給料を貰っているのでしょ？　それがどうして、自由な職業なのです？」

こんどは彼が困った。彼は、その雑誌社の社員ではないので、従って給料を貰っているわけではなかった。だが、それを、どう説明したら、相手が納得するのか、見当がつかなかった。彼は、若い兵隊が、大きな掌で、彼のこまごました品物をハンケチに包むのに、非常に苦労して、汗を流しているのをみながら、どう答えようかと思案した。兵隊は、やっと包み終えて、その上から彼のバンドをぐるぐる巻きにした。

「会社員ということで結構です」

通訳と兵隊の間で、また話し合いがあって、最後に兵隊がうなずいた。通訳が鉛筆で記入を終ると、彼は荷札の半片に番号をつけたものを渡された。番号は一五三番だった。彼は、その番号に何かの記憶がひっかかっているような気がした。

「一五三番？」

「ここを出るときに、その札と交換に、あなたの所持品を返します。この書類に署名して下さい」

彼は、通訳の作った書類にサインをして、別の兵隊に引渡された。他の連中はもう何処かに連れていかれて、彼一人だけになっていた。

「ダワイ、スカレー！[2]」

新しい兵隊は、威勢の良い号令をかけると、彼を海軍武官府の建物の外に連れだした。そこは裏庭らしく、樹立の間にドラム缶が何本も立って、炊事の煙が上っていた。別棟の、戸口のところに、自動小銃を抱えた警備兵がいて、彼はその兵隊に引き渡された。その武装兵は、彼の全身を両手でさわってみて、それから、ポケットからじゃらじゃら音をさせて、鍵の束をひきだした。扉をあけると、廊下の向って右手に、部屋が三つほどならんでいた。左手は壁になっていた。その右手の、真中の部屋の戸口で、また鍵束をじゃらじゃらならして、錠を外すと、彼は人間で一杯になった部屋の中に、前のめりにおしこまれた。

「靴を脱いで下さいよ。靴を、此処は土間じゃないですからね」

鋭い声がとんだ。だが、彼は靴をぬぐどころか、うずくまっている人々のからだを踏んずけないように、立っているだけで精一杯なのだ。明るい戸外を歩いてきた眼が、室内の薄暗さに馴れるのにも時間がかかった。

「こちらに来なさい。いくらか場所がありますから、なんとか坐れますよ」

窓際から呼んでくれる声があって、彼は、人の頭と背中をかき分けて、そちらの方へよろけていった。

やっと腰を下すだけの空き間を見つけると、彼は、声をかけてくれた隣りの男に目礼した。

「この窓際は、一番悪い場所なので、割合い混んでいないのです。私もこの頃来たばかりで、新入りは奥の方におしつけられてしまうのです」

背中を壁にくっつけて、腰を下すと、足をのばす余裕がないので、立膝をしていなければならなかった。その姿勢で、彼は靴をぬぎ、ひざの下におしこんだ。床は、なるほど、土間ではなかった。板張りの上に、藁蓆がしいてあった。その荒い藁の編み目の感触が、冬物の紺サージのズボンを通して、尻の内にじかに感じられた。

「あなたの番号は、何番になってます？」

右隣りの男が話しかけてきた。

「一五三番です」

「そうれ見ろ」

その男は勝ち誇ったように叫んで、前の男の肩を叩いた。

「俺たちの番号は、此処に収容された順序につけてあるのじゃない。でたらめに、ただ所持品と引換えるためにつけてあるんだよ。陰険なソ連軍が、つぎからつぎと逮捕してくる人数がはっきりわかるような方法をとるもんか、ってんだ」

それから、その男は自分の番号札を三森の目の前に出してみせた。

「ほら、これが、一週間も前から居る自分の番号です。二九〇番です。ところが、此奴は、番号はたしかに収容順になっていると、頑固に主張するのです」

その男は、前の男の肩をもう一度叩いて笑った。

「しっ！」

さきほどの鋭い声が入口の方から起った。警備兵の顔が覗き窓から室内を見廻していたが、何事も起っていないのを認めると、口笛をふきながらすぐ離れていった。その口笛が遠くなったり、近くなったりするところをみると、その警備兵は、割当てられた時間のあいだ、廊下をなんべんも行ったりきたりしている様子だった。

その夜、彼は警備兵に呼びだされて、暗い裏庭を通り、海軍武官府の本館に連れていかれた。もう夜中に近い頃なのに、廊下には、取調べを待つ関東軍の将校や、民間人がぎっしり立ちならんでいた。二階に上る階段の段々には、待ちくたびれた恰好で、腰を下して頬杖をついたり、手すりに凭《もた》れて、物思いに耽っている人たちが多かった。

三森が入れられた部屋は、終戦まで武官たちの事務室に使われていたと思われる大きな洋室で、数ヵ所で収容者の訊問が行われていた。彼の前の机の上には、豪華な電気スタンドがおかれていて、その向うにソ連軍の将校と、平服のロシア人がならんで坐っていた。

「あなたは、なんのために捕えられて、此処に収容されたのですか?」

白系ロシア人だと見える背広の男の通訳で訊問がはじまった。

「……」

彼は返事に窮した。なんのために、……それは彼の方でききたいことだった。

「私は何の理由で逮捕されたのか、自分でもわかりません。中国人の警官が、私を呼びにきたのです。私は妻が病気なので、粥をたいていました。しかし、すぐ来い、というので、ともかく警察署に出頭しました。そこには他の人達もいて、なんで呼びだされたのか、不審に思っていました。みんなと一緒にトラックに乗せられ、此処に連れてこられました。それだけのことです」

三森の妻は、アメーバ赤痢で衰弱していた。もう米が手に入らないので、彼は玄関のわきに煉瓦を積んでこしらえた間に合わせのかまどで、高粱を柔かくたいてたべさせるつもりだった。ガスはとまっていたし、石炭はべらぼうに高騰していたので、燃料は、裏の林から刈りとってきた薄《すすき》やとうもろこしの茎だった。彼は釜の湯を一度沸騰させて、あくを流し、弱火で長いことぐつぐつ煮ていた。そこへ小銃をもった警官がやってきたのだった。戦犯容疑者を収容している海軍武官府に連行されるとは思ってもみなかった。

「それだけのこと？」

将校は、血色の良い顔に冷たい笑いを浮かべた。

「あなたは〈大陸文化〉の仕事をしていました。そうですね？」

「そのとおりです」

「あなたの責任者〈大陸文化〉の社長は誰です」

「甘崎次郎[3]です」

「そう甘崎次郎ね。彼は青酸加里で自殺しました。何故です？　何故彼はソ連軍が新京に進駐する以前に自殺しました？　何か悪いことをしましたか？　……そうです。甘崎は昔、日本の社会主義者とその妻を惨殺しました。満洲に逃げてきました。彼は関東軍の黒幕として活躍しました。満洲の植民地支配の主要人物はすべて彼の後輩です。満洲がソ連軍によって解放されるとき、彼は逮捕されることを嫌いました。……あなたは、その甘崎の部下です。わかりましたか？　あなたは何のために此処に連れてこられたのか」

「いえ、私はただ、〈大陸文化〉に協力をしただけで、甘崎さんの部下であったわけではありません」

三森は反駁した。彼は事実、甘崎次郎とは数えるほどしか会っていなかった。それも、大陸文化社でひざを交えて親しく話し合ったというようなことではなく、甘崎が理事長をしていた満洲映画社関係の会合とか、文芸団体の行事で、一緒の席に坐った程度のことである。大陸文化社は事実上編集長の神林によって経営されていた。彼は神林との個人的な関係で、雑誌の企画を手伝ったり、原稿を書いたりしていたが、そのことが、ソ連軍の戦争犯罪人捜査の線上に彼の名が記録された原因であるとは思いがけないことだった。

「そうすると、これは、一体どういうことですか？　説明してくれませんか」

スタンドの蔭から、通訳が一冊の雑誌をぬいて、机の上をすべらせてよこした。去年の秋、〈大陸文化〉の発行十周年記念号として出したものであった。ひらいて見るまでもなく、その雑誌の巻頭には記念レセプションの写真がのっており、その写真の中央には、協和服に儀礼服をつけた甘崎社長が坐り、それとならんだ神林編集長の後には、間違いなく、三森信夫が立っている筈であった。説明しろ、といわれても、彼には説明のしようがなかった。

別棟の、自分の部屋にもどってみると、ひるま、はじめて此処に入ってきたときと同じように、蓆の上は横になった人間で、ぎっしり一杯だった。彼は靴を手にもって、足で人のからだをおし分けながら、窓際の自分の場所を探した。

「此処ですよ。割合い早く済みましたね」

隣りの男が起きあがって、席をあけてくれた。

三森は、脱いだ靴を蓆の下にいれて、その固いふくらみの上に頭を横たえた。からだをエビのように曲げても、ひざから下は誰かの下腹のあたりにのっかっていた。

「取り調べは厳重でしたか？」

その男は、三森と向い合って、からだを縮めながら、たずねた。

「いいや、きつい調べじゃありませんがね、こちらのいうことがよく通じないので、困りました」

「そうですか？……私はまだ捕まってから一度も呼び出しがないので、かえって心配です。通訳が、日本語のよくわかる人ならいいですがねえ。……ところで、調べ室で煙草はもらいませんでしたか？」

男は、きまり悪そうに笑った。

「いや、……もらわないけど、私は持ってきてますよ。受付でうまくごまかしたのです。分けてあげましょう」

男は目を丸くして起きあがった。三森は、靴の中の一箱を男の手に渡した。

「私は普段は一日に三十本ものんでいたのに、此処に放りこまれてからというものは、人の吸い残しにたまにありつくだけで、頭がぼうっとしていました。助かります」

その男は、窓の敷居のところを探して、マッチの軸を一本とりだすと、入口の方に背をむけて、壁にすりつけて火をつけた。そして、煙草の煙を胸いっぱい吸いこんで、味わった。それをみると、三森も、自分の家を出て以来、一本も喫んでいないのに気づいて、新しい箱の封をきろうとした。

「およしなさい。もったいないですよ。いつまで此処に居なくちゃならないか、わからないのですから、大切に吸いましょう」

男は半分ほどの長さになった、吸いさしを三森によこした。

「こんなところで、前門《チエンメン》がふかせるとは思いませんでした。よく、しかし、受付で見つけられなかったものですねえ。……此処では、取調べのときに煙草がもらえるので、それを吸い残して、隠して持ち帰るのです。それをみんなで廻して吸うのですが、途中でなくなってしまいます。ですから、二人も三人もよびだしがあると、みんな大喜びです。……マッチがあるのが、不思議でしょう？……これは、炊事の当番に行ったものが、炊事場からチャボってきて、とってあるのです」

男は三森がふかす煙を、掌ではらって、かき消しながら喋った。

「警備兵に見つかると、ことですからね。ところで、あなたは、どの機関の方ですか？……軍の方ですか、それとも警察ですか？……いや、これは失礼しました。自分のことを申しあげませんで。私は保安局の職員で、石黒という者です。隣りに保安局の幹部の人が一人はいっていますがね、下っ端の自分がどうして捕まったのか、理由がわからないのですよ」

三森も簡単に自己紹介をすると、又さっきのように横になった。部屋の中は、寝息や、いびきや歯ぎしりで、眠れそうにもなかった。石黒という男も大きく目をひらいていた。

「あの、押入れの、上段にねている黒い服の連中は、シナ人だそうです」

彼は寝返りをうって、そちらを見ようとしたが、縮めたからだを動かす余地がなかった。

「日本軍の武器を盗んだのが、露見したらしいのです。……それから、さっき、あなたが入ってこられたとき、靴を脱げ、といった男が戸口にいましたね。あれは蒙疆政府の顧問をしていた向井という人で、とても煩《うる》さいおやじです。いつも、人に文句ばかりいっています。」

三森は、このお喋りの男を相手にしているのが、大儀になってきた。それで、目を瞑《つむ》って、眠ろうとつとめた。

「あの音がきこえませんか。ナイフとフォークのチャラチャラいう音が。廊下の向うは奴等の食堂になっているらしいのです。取り調べが済むと、奴等は夜食を食いに食堂に集まってくるのです。昨夜も、たしか今時分でした。きっと脂っこい料理を食っているんでしょうね。それにウォッカをのんだりしているのかも知れない」

石黒はまだ目をあけたまま、生唾をのみこみながら、隣りの食堂の様子を想像していた。たしかに、ロシア語のざわざわした会話と、食器のふれあう音が微かにきこえていた。しかし、三森は、今日の夕食に、小さな一片の黒パンを与えられただけなのに、ちっとも空腹を感じないし、この男のように隣りの物言で食欲をそそられることもなかった。

彼は、妻や子供たちのことを考えていた。社から援助がなくとも、当分生活できるだけの現金は屋根裏に隠してあったが、毎日物価のあがっていく昨今の様子からみて、どれだけもちこたえられるものか、気がかりだった。

自分は一般の市民にすぎないし、甘崎の関係を疑われているとしても、まさか戦犯になるようなことはあるまい。日本人を大量にシベリアに送って、強制労働に従事させるそうだ、という噂さが町ではもっぱらだったが、自分は軍人の捕虜ではないのだ。なんとか、一日も早く此処を出ることを考えなくちゃいけない。……

「あなたはどうしたわけで、此処に連れてこられたのです?」

ほんとに、自分は何が理由で、ソ連軍に捕われねばならなかったのだ。彼は、その疑問に自ら答えねばならなかった。だが、今日一日の疲労が、彼を深い眠りの中にひきずりこんでいった。そのかすれていく意識の中で、廊下と壁を隔てた食堂からきこえてくる、ナイフやフォークが皿にふれる音と、電気スタンドの淡い照明のもとで、彼を訊問した将校の顔がいつまでも消えずに残っていた。その将校は、ドイツ進撃の鉾先を転じて、満洲を強襲してきたといわれる歴戦のザバイカル方面軍の軍人としては、身なりも顔だちも整った、ピアノの前にでも坐ったらよく似合いそうな額の白い青年だった。

## 二

単線の電車線路が片端を走っている、真直ぐな大通りを、三森と四つになる男の子が歩いていた。起伏がないので、見晴らしがよくきいて、彼の家はさっきから、すぐそこに見えていた。それでいて、歩いても歩いても、家はやっぱり小さく遠くにあった。

男の子は、彼に手をひかれて、元気に歩いていたが、時々腕にかかってくる重みで、すっかりくたびれているのがわかった。いつもなら、もうこの辺で、甘え声を出して、「おんぶ」というのだが、今日に限って、家に帰りつくまでは弱音をはくまいと、決心している様子だった。そして、ときおり、父親を見上げては、にこにこ笑いかけて、小走りに走りだした。

大通りは誰も歩いている姿はなかった。からりと晴れあがった秋空の下に、彼等親子だけが生きて動いているということは、淋しい限りだった。国民学校の前にも、赤十字病院の庭にも人っ子一人見えなかった。畑の中で、働いている人もなかった。

三森は、右手の川のふちにある耕地の中の、彼がこの春から耕してきた野菜畑の所在を、目で追ってみた。今年にはいってから、雑誌の仕事も殆んどなくなってしまったので、彼は、家のすぐ裏手にある公園予定地と、少し遠くはあったが、隣組で共同で借りた、この小川の傍にある畑との二カ所に、トマトや馬鈴薯や菜っ葉などを育ててきた。それが敗戦以来の慌しさから、遠い方の畑はなげやりになって、おそらく草茫々になっているにちがいなかった。

「お父ちゃん、ロスケがきたよ」

男の子が教えた。向うからトラックが猛烈な勢いで疾走してきた。彼は子供を抱えると、電車線路によけて、車の通りすぎるのを待った。トラックには汗と埃にまみれた戦闘服をきたソ連の兵隊が、肩をくんでゆられながら、軍歌をうたっていた。

子供は、何処からか「ロスケ」という言葉を覚えてきて、大きい声で「ロスケきた」と叫んでは母親をはらはらさせた。三森たちの住宅街に時々ソ連兵が五人六人と徒党を組んで、酒や時計をねだりにくることがあった。女を追いかけまわすこともあった。そんなとき、戸外で遊んでいた子供が、「ロスケ、ロスケ」と叫びながら逃げこんでくると、母親は男の子を手でふさいで、一緒に押入に隠れる。三森は三森で、カーテンの蔭から、兵隊の挙動を監視するという始末だった。

給水塔が見えると、住宅街はもうすぐだった。男の子は急に元気づいてきた。

「お父ちゃん、今日のあれだまっていようよね」

「あれ？……ああ、いいよ、だまっていよう」

親子で、約束の指きりをすると、子供はまっしぐらに、玄関めがけて走っていった。

「何でしょう、おかしいわね。坊やが変ににやにや笑っているのよ」

妻がけげんそうな顔で、彼を迎えた。その傍らで、男の子は上っ張りの両方のポケットに手を入れて、得意そうに胸をそらした。

「きっと、何か良いことがあったのね。そうでしょう、坊や」

子供は父親の顔をみあげて、二人だけに通じる笑い方をした。

「ああ、わかった。わかったわ」

「わかるもんか。ねえ」

「わかるわよ。だって、坊やの頬ぺたにアンコがついているんだもの。そうね、おしるこか、大福を食べてきたんでしょう?」

「うわあ、しまった」

子供は慌てて、自分の口のまわりを掌でこすった。何もついてはいないのだが、母親にカマをかけられて、ばれてしまったのだ。

町で、敗戦後急にあらわれた屋台で、二人で汁粉を食べてきたのだった。ロクに甘いものも与えられなかった男の子にとって、この、多くは逃亡者がやりはじめた屋台は大きな魅力だった。

「おいしいね、おいしいね」

汁粉をお代りして食べながら、子供は、

「ぼくたちだけ食べて、お母さんや赤ちゃんに悪いから、帰っても、だまっていようね」

といった。だが隠しきれないのだった。妻は大袈裟に羨ましい顔をしてみせた。

「坊や、よかったわねえ。お母さん、お話をきいただけで、よだれが出そうだわ。そう、二杯も食べてきたの、羨ましいわねえ」

男の子は、すると、上っ張りとシャツをぺろっとまくりあげると、白いまるまるとふくらんだ腹をむき出しにして、

「ポンポコポンのポンポコポン」

と奇妙な踊りをはじめた。三森は大きい声で笑いだそうとして、口を開きながら、夢からさめた。

そんな、食べものに縁のある夢をみたのは、腹が空いているせいでもあった。

収容所の朝は、時間の経つのがおそい。目を覚ましても、横になったからだをたてにするだけで、顔を洗うでもなく、掃除のしようもない。便所に行くのにも、そのたびに廊下の兵隊の許可を得なければならない。狭い場所に、目白押しに坐って、時間が経つのを無為に待っているだけで、そのいらだたしさが、皆を不機嫌にしていた。

十時近い頃になって、やっと、炊事当番の呼びだしがあった。入口のすぐ傍にいる、六十年輩のゴマ塩頭の男が、機械仕掛けの人形のように飛びあがって、兵隊の後を追った。

「あの人が、蒙彊のえらい役人だった向井さんですよ」

と、石黒が教えた。

「ふん、いまいましい野郎だ。飯というと、目の色を変えて飛びだしていきやがる。あれが、経済とか教育の顧問だったというのだから、笑わせるよ、まったく……ね、あいつは、飯の分け前をすこしでも有利にしようと、あの入口の席を誰にもゆずらないのです。見ていなさい、大将がどんな分配の仕方をするか。それに彼処《あそこ》に坐っていると、食器の運搬にありつくチャンスが多いのです。炊事から切れ端のパンを貰うのがあいつの役得なのです」

右手に坐っている男が新米の三森に説明した。

「ほんとになあ……」

昨日、右手の男とふざけていた前列の男が、あい槌をうった。

「戦争に負けて、よかったのかもしれないよ。ああいう人間の化けの皮が剥がれて、正体をむきだしにしたからな。でないと、俺たちはいつまでも、奴等の八紘一宇だの、東洋平和だのという説教を、神妙にうけたまわっていなくちゃならなかったよ」

だが、飯がもうすぐ届くという期待は、室内をうきうきさせていた。押入の上段で、むっつりしていた中国人たちまで、大きな声で喋りながら、戸口の方に顔をむけていた。

向井が運んできたのは、朝顔型の小さいバケツで、「防火用」と書いた赤ペンキの文字がまだはっきり残っていた。

誰かが叫んだ。

「飯か、カーシャか[4]、どっちだ?」

「カーシャだ。それもどろどろの奴だ」

向井が無愛想に答えて、そのバケツを自分の席におろした。白い粥がバケツに半分ほど入っているのが見えると、皆の顔には急に失望の色が浮かんだ。

「ちえっ! 気の利かねえ炊事だよ。食器もねえのに、どうして食えっていうんだろうなあ」

右手の男が憤慨した。

「固い飯をたいてくれれば、握り飯にも出来るじゃねえか。高粱でもいいんだ。しょうがねえなあ。……ね、通訳さん、ソ連兵に話して、食器を借りられるように頼んでくれませんか。これでは分けることも出来ませんよ」

そうだ、そうだ、と賛成する声が多いので、入口に近く、向井から二、三人ほど間をおいて坐っていた、背広をきちんと着た青年がたちあがった。

「ロシアの領事館にいた外交官だそうですよ」

石黒がささやいた。

その青年と、廊下の警備兵の交渉はしばらくかかった。兵隊はバケツの中味をのぞいたり、肩をすくめたりしていたが、最後に、自分のポケットから木のスプーンを一つとりだして、そのスプーンで粥をすくいあげる仕草をしてみせた。

「食器は、ソ連軍の方でも不足しているので、日本人の分までは考えられないといっています。彼の私物のスプーンを貸すから、それで一人ずつ食べてはどうか、といいます」

通訳の努力は、それが精一杯のようだった。向井が真面目な表情で室内を見廻してから、発言した。

「目下の状況では止むを得ないと思います。みなさんに御相談申しあげたいのですが、警備兵がいうように、この一つのスプーンを使って、粥を廻しのみに致しますか、それとも、ほかに案がございましょうか、みなさんの御意見で決定したいと思います」

「廻しのみというのは、衛生上反対です。みんな、新聞紙とか塵紙を隠して持っているのですから、それに盛って分けたらどうでしょうかね」

「反対。紙をもっていない者はどうするんだ。まさか掌にうけて食うわけにもいくまい。スプーンを廻すのが不衛生だというが、此処には病人もいないし、敗戦国民がぜいたくいってもどうにもならんよ」

「だが、シナ人と一つのスプーンというのは厭ですよ」

押入の中国人たちが、緊張した顔で、その声の方に向き直った。日本語がわかるらしかった。

「なあに、順番をきめるときに、シナ人を一番後廻しにしとけばすむことさ」

三森の近くで、誰かひそひそいった。

「宇津山さん、宇津山さんなら、何か持っているんだがな。まだ、きっと寝てるでしょ。誰かあの人を起してくれませんか」

押入の下の段で、みんなの蔭になって横になっていた男が、起きあがった。それが宇津山という男だった。すぐ隣りの男が、向井のひざの間にあるバケツを指さして、これまでの経過を説明した。

「鮨の折箱があった筈だ。あ、そう、これこれ。これをちょっと折って、使えば皿の代りになりませんかね」

宇津山が、ケロリとした顔で、空箱をとりだした。

「やっぱり宇津山さんだ。確か、あの人ならと、目星をつけたんだが、……どうです、そのとおりでしょう」

さっき、宇津山を指名した男が得意になっていた。

「あの人は、昼のうち此処で寝ていて、夜になると部屋を出ていきます。ソ連兵と外出するのだそうです。そして、朝がた帰ってくるときに、大福や鮨をそっと持ちこんでは、自分で食ったり、みんなに分けてくれたりします」

石黒が彼のくせの、生唾をのみこみながら、教えた。

「ソ連のスパイじゃないかって話ですがね。日本人の重要人物で、まだ捕まらない連中を追ってるらしいんです。この部屋でも、御馳走にありつくので、表面ちやほやしてますが、みんな警戒はしてるんです。同じ日本人とはいっても、えたいの知れない人間です」

右側の男も耳うちした。そういう本人が、どんな人間なのか、三森には見当がつかないので、彼はただうなずいてきいているだけだった。

ワイシャツの上に、冬物の毛皮のチョッキを羽織った、宇津山とよばれた男は、まだ二十五、六歳の、やくざじみた風態だった。彼はズボンのポケットに両手をつっこんで、肩をゆすりながら、向井が粥の分配をする手つきをみていたが、興味がなさそうに、また押入の下にもぐりこんでしまった。

「スプーンにひとつずつで、まだこれだけ余っている」

向井が、バケツをかたむけて、自分の両側にいる二人の男に見せた。この二人は立会人といった形で、真剣に向井の作業を検分していた。

「ちょうどよい具合に、配分するには、あとどれほどずつ追加しますかな」

スプーンで三分の一程度か、五分の一かということで、立会人の間で議論がたたかわされた。

その討論の間、かつての日系要人の手に握られている木製スプーンの大きさに気を奪われていた。三森は、それは、持ち主の兵隊が、行軍中にでも自分の手で作ったしろものらしく、汁しゃもじほどの大きさの、太い枝を削って、凹みをくりぬいただけの無骨な細工だった。

やがて、めいめいの分の、空箱をこわして作った受け皿の上にのせられたロシア式カーシャが、手から手へ渡され、早いものから、食事にとりかかった。食事をとる、というよりも、子供がアイスクリームをなめるようなものだった。指でかきよせて、口へ運んでいるものもいた。そして、その食事は、ほんの三口か四口で終ってしまう情けない分量だった。

三森は、粥の中に含まれているラードと塩の味を味わいながら、こんなにうまい粥は食ったことがないと思った。こんなのを飯茶碗に三杯も食べたら、どんなにしあわせだろうと考えた。それから、そんなことを考えている自分に気づいて、苦笑した。

向井が、例のスプーンを丹念になめまわしていた。それが終ると、彼は、これも炊事当番の当然の権利だという手つきで、バケツの中を人さし指でていねいにさらい、不精髭ののびた口もとに運んだ。

「みなさんに、煙草をまわしますから、少しずつ吸って廻して下さい。これは、昨日おいでになったこの方」

と、三森に軽く会釈して、石黒が話しを続けた。

「この方が、苦心をして持ちこまれた前門《チエンメン》ですから、警備兵に見つからないよう、大切に廻していただきます」

遠慮がちの拍手がパラパラきこえた。

「よくめっかりませんでしたなあ。御苦労さんでした」

右隣りの男がさっそく黄りんマッチをとりだして、一服つけながら、そんな愛想をいった。

向井が、バケツをさげて立上りながら、石黒を詰じるように見つめた。

「おっさん、そう気を揉むなよ。煙草ぐらいで、まさか銃殺になることもありませんわ。それより、おっさんはなるべくゆっくりバケツを洗っておいで。その間、こちとらは警備兵なしで、のんびり前門《チエンメン》の風味を楽しむという寸法だからね。もちろん、おっさんの分は残しておくから、心配御無用」

階級章と兵科を示す襟布をむしりとったあとのある軍服をきた、地方人とも旧軍人とも判別のつかない男だった。その男の首すじには垢だらけの白布がだらしなくまきつけてあった。

石黒は、残りの煙草をとりだして、ポケットにしまいこみ、空いた紙箱をひろげて、鉛筆で何か書きはしめた。三森が、ひそかに煙草をもちこんだように、この男は、ちびた鉛筆を隠しもっていたのだった。

「隣りの部屋に、終戦まで私どもの科長だった人が入っているのです。その人に一本吸わしてやりたいのです」

彼は短かい通信をしたためると、その紙箱で煙草をくるくるとまきこみ、粥の残りで固くのりづけした。

「敷居のところに小さい穴があって、隣りの部屋に通じているのです。ちょいちょい手紙のやりとりもやっています」

石黒は、壁ぎわの人に場所をあけてもらって、まず、拳をかためて、こつこつと壁を叩いた。二度目に、向うの部屋から応答のこつこつがあって、窓と敷居の壁の合せ目の間隙に、煙草の円い筒がおしこまれた。

三森は思わず立ちあがって、この冒険を見物していた。石黒がふりかえって、

「大丈夫、通りそうです」

と報告した。それから、さっきの折箱のはしを細く折ったもので、穴の中の煙草を、静かに向うへ押してやった。

今度は隣室の方から、こつこつという合図がきこえてきた。

「うまくいきました。おかげさまでした」

石黒は、場所をあけてくれた人に礼をいって、自分の席にもどった。

「私には、あの方は、無事には済まないという感じがするのです。ソ連軍は軍事裁判であの方を死刑にするような気がしてならないのです。それで、私は貴重な、あなたからいただいた煙草で、あの方を少しでも慰さめてやりたかったのです」

「あなたは保安局の職員だといいましたね。私にはわからないのですが、それはどんな役所なのですか?」

石黒の陰気な目もとが、一層暗くかげって、ちらっと三森を見あげた。

「今となっては、秘密でも何でもなくなりましたが、ソ連や中国に対する諜報機関だったのです。使っていたスパイが、相手側に買収されたりすると、こちらの秘密が洩れないように処分してしまうのですが、そういう情報は相手側でも掴んでいるでしょうから、科長もおそらく覚悟はしているでしょう」

「あなたは大丈夫なのですか？」

「私ですか？　私らは、コンマ以下の存在ですから、……」

石黒は微かに笑ったが、そのとってつけたような笑顔の底には、どす黒い絶望がひそんでいるようだった。

「しかし、あきらめていますよ。敗けてしまったのですからね。生きてるのも、死ぬのも同じようなものですよ」

そのとき、隣りの部屋から、低い合唱のようなものがきこえてきた。

「なんでしょう？」

「さあ、……」

石黒も首をかしげた。

「こないだから、毎朝あれなんですよ。坐禅でも組んで、唸《うな》ってるんじゃありませんかね」

前の男がいった。合唱は、念仏のようでもあり、謡曲のようでもあり、詩の吟唱でもあるようだったが、そのどれでもないようだった。単調な節まわしの低い合唱がしばらく続く間、こちらの部屋では、みなおしだまって、それぞれの思いにふけっていた。


国民学校の、広い講堂の片隅で、薄暗い電燈のぼんやりした明るさの中で、続けられる御詠歌も、抑揚がなくて、だらだらといつまでも続いていた。……

三森は、男も女も軍服姿という異様な集団の中にまじって、自分で自分を除け者に感じていた。奥地から引揚げてきた開拓団の人たちは、身寄りも知合いもないこの新京の町で、ともかくもこの町の住民の一人である三森が、死んだ子供の回向のために参列してくれたことを、涙もろく感謝こそすれ、余計な人間にはいりこまれたという気持はさらさらないのだが、三森の気持は複雑だった。

八月末のある日、彼は庭で、男の子を相手に、炭団《たどん》作りをしていた。それまで闇値でもトン当り百円ぐらいで買えた石炭が、千円にもはねあがっていたので、冬にそなえて、石炭の粉に泥をまぜて練りかため、貯蔵しておく考えだった。

若い兵隊が、国民学校一年生ぐらいの年頃の子供の手をひいて、ふらふらと庭に入ってきた。

「なにか、食べるものを分けていただけませんか……」

その兵隊の声は、男の声の調子ではなかった。彼がおどろいて見あげると、軍服のズボンの腰が、柔かくふくらんでいた。どうみてもまだ十七、八歳の娘だった。

「どんな仕事でも、お手伝いしますけん、おねがいします……、私ら、此処の学校にお世話になってる開拓団のもんで、怪しいもんではありません」

彼女の言葉には、内地のどこかの田舎弁と標準語がごっちゃになっていたが、三森にはどこの方言か見当がつかなかった。

「坊や、ちょっとお母さんをよんでおいで、お客様ですって」

彼は真黒い両手で、丸めかけた炭団を掴んだまま、男装をした少女と、連れの子供をもう一度みた。暑い日なのに、子供は綿入れの防空頭巾をかぶって、黄色くしなびた頬をしていた。

妻が出てくると、娘は同じ挨拶をくりかえして、真剣な眼差しで返事を待った。

「食べるものって、私たちだってやっと食べているのよ。何処から引揚げていらしたの？　牡丹江……、そう、それじゃ苦労したわね。学校にずいぶん集結してるんですってね。そういう方が、ちょいちょい食べものを分けてくれってみえるのよ。そりゃ、こういうときだから、お互いさまだけど、私たちだって血眼になって、やっと親子四人の食糧をかき集めている仕末だわ。その坊や、弟さん？　そう……、大分やせているようね」

妻は一度ひっこむと、又出てきて、彼女の着古しを娘に手渡した。

「こんなもの着るわけにもいかないでしょうから、町で売るなり、交換するなりするといいわ。ごめんね、こんなものしかあげられなくて」

彼は、とうもろこしの粉か、乾燥した南瓜でも子供にやったら、と思ったが、口には出さなかった。機嫌の悪い時期にあたっている妻は、言葉のとげとげしさを隠そうともしなかったから、彼はだまって、二人を見おくった。

それから二、三日して、三森が、家から二百米ほど離れた畑で、馬鈴薯を掘っていると、戦争中隣組でヒマを並木のように植えた道ばたから、

「おじさん」

と、よびかけられた。相変らず軍服に丸坊主の少女が一人で立っていた。彼は悪いことをしている現場をみつけられたような、後味の悪い思いで、薯を地面に放りだした。

「どうした、今日はひとり？……」

彼女は、弟が肺炎にかかって、学校で死にかかっているといった。

「衰弱しているけん、お医者が注射をうってくれましたけど、もう長いことありませんでしょう」

彼は少女から目をそらした。この畑のあたりは落葉松やどろ柳が茂って、それらの枝々に秋の陽が眩しく輝やいていた。

「君がよかったら、馬鈴薯を掘ってもっていってもいいよ。もういくらも残っていないだろうけど」

「ほんとですか、おじさん」

彼女は、軍服をぬぎすてると、畑の中にはいってきて、彼の手から移植ごてをうけとった。そして向うむきにしゃがんで、作業をはじめた。

彼の畑は、隣り近所のにくらべると、手入れも悪く、肥料も余りやっていないので、小さい形の悪い薯がいくらか実っているだけだったが、それでも、少女の足もとにはたちまち小さな馬鈴薯の山ができた。

「ああ、うれしい。こんなにどっさり食べられるの、牡丹江をたってから、私たち初めてです」

彼女は、掌が土だらけなので、手首で額の汗をぬぐいながら、三森の前の土の上にじかに坐った。彼は首にまいていた手拭いをとってやった。

「ずいぶん早いね。開拓地でも手伝いをしていたろうから、こんな仕事なんでもないかな。でも、汗だらけだよ」

しかし、彼女はその手拭を使おうとはしないで、きちんと正坐して頭を下げた。

「どうも、ありがとう、おじさん、……こんなに食べものをいただいて、……そのかわり、私を好きなようにして下さい……」

「……」

三森には最初少女のいう意味が呑みこめなかった。

「おじさんがよかったら、私をどうにでもして下さい」

うなだれた彼女の首すじが、汗に濡れて白く光り、刈りあげた短かい髪の毛が鮮やかに黒々として、今までただの小娘として見ていた三森の目に、急に女らしさがたぎりたってくるようだった。両ひざを揃えて坐ったズボンからはみだしそうな太腿の線と、カーキー色のシャツの胸の二つのふくらみが彼の視線をとまどいさせた。彼はそのとまどいにけりをつけるように、ことさら大きい声を出して、

「馬鹿っ！」

とどなりつけた。すると娘は、自分の言葉が相手をひどく傷つけたものと合点して、泥のついた手で顔を覆い、自分のひざの上に突伏した。

防空頭巾をかぶっていた子供は、栄養失調や下痢などで死んだ老人や子供と一緒に、大車に積まれて、公園予定地に運ばれて埋められた。簡単な葬《とむら》いだった。国民学校から、その墓地まで開拓団の近親者たちが、大車の後をぞろぞろと歩いていった。落葉松の天辺に巣をかげている鵲《かささぎ》が、甲高い叫び声をあげて、この闖入者を警戒しながら、土の香のむせかえる土饅頭がいくつか出来上るのを見下していた。

この葬いの前の晩、三森は線香の束をもって、講堂を訪ねていった。北満や東満からの避難者たちは、廊下や教室に思い思いに陣取っていて、講堂にはいるのには、横になって赤ん坊に乳を吸わせている母親や、風呂敷包みに寄りかかって眠りこけている子供たちの間を、すりぬけていかねばならなかった。体臭や煮焚きの匂い、おむつの悪臭などが熱気と一緒になってたちこめ、雑多な物音、子供の泣き声、人々の話し声が天井に反響して、日曜日の小盗児《シャオタオル》市場を思いださせる雰囲気だった。

講堂の片隅には、女たちが輪になって、御詠歌をうたっていた。輪の真中に、子供の父親らしい男がうずくまって、歌の一区切りごとに、手を僅かに動かして、鐘をならしていた。その鐘は、澄んだ美しい音をだしていたが、よくみると、自転車のハンドルからはずしたらしい小さな銀色のベルだった。

子供の死体は、その輪のそとに、講堂に備えつけられている跳躍台の木箱に納められて安置され、その両傍に、少女と母親が坐って、やはり御詠歌をうたっていた。

三森は、誰にともなく目礼して、木箱の前に坐ったが、線香をあげようにも、そこには何の道具もなかった。死体には、この子供が彼の家に来たとき妻がくれた着古しの袷《あわせ》がかけてあった。紫色の矢絣《やがすり》模様が、妙に派手にけばけばしく拡がっていたが、これよりほかに死体を包む布はなかったのだろう。

彼は、妻の着物の襟のところをそっともちあげてみた。子供の顔は、あのときより一層しなびてしまって、彼が前に大連の博物館でみた少年のミイラのように、かさかさに乾きあがっているように見えた。

女達が呟やくように合唱している歌の言葉は、ナムアミダブツとかゴホンゾンとかミロクボサツといった、彼の耳にもききとれる単語のまじった経文のようなもので、同じものを何度も何度も繰返し、その繰返しのところにくると、子供の父親らしい男が、澄んだ鐘の音をチーンとひびかせるのだった。

彼は木箱の前をはなれると、母親に悔やみの挨拶をのべようと思った。だが、彼女は、放心したように、口を動かしたまま、彼の方に注意をむけようとはしなかった。彼は娘の傍に坐った。少女は、ちょっと眉を伏せたが、やはり母親と同じように御詠歌の文句を口ずさんでいた。

彼女たちは、開拓団にいたときも、部落に死人が出ると、こうして一晩中歌いつづけてきたのかも知れない。それは、死者の霊をなぐさめたり、成仏を祈ったり、家族の悲しみを部落の人々がともに悲しむ意味で行われてきているのだろうが、そこには又、人の世の儚《はか》なさ、生活の苦しさに耐えしのんでいる人たちの腹の底から湧いてくるうめき声が漂って、貧困や飢餓や薄命を呪っているようでもあった。

彼は娘の横顔をぬすみ見た。畑で、唐突に口にした言葉を、彼女は自分で理解していたのだろうか。引揚げてくる途中で、一家の食物を手に入れるために、彼女は何度かあの言葉を口にして身を投げだしてきたのだろうか。それにしても、合唱の無限の繰返しがかもしだす一種の法悦に浸りきっている彼女の表情には、まだ幼い無邪気さと几帳面さしかみとめられなかった。彼女は、父親がチーンと鐘をならすたびに、僅かにからだを動かして、前にならべた割箸を一本ずつ右から左に移していた。そして、右側が空になると、こんどは左側の箸を一本ずつ右に移すのだった。彼女の役割は、御詠歌の節まわしと同じように単調で、だらだらといつ果てるともなく続いていたが、三森は、固い板の間に坐った足が次第にしびれてくるのを感じながら、その動作から目をそらすことができなかった。

三

雨が音もなく降っていた。

三森は便所に行きたくなって、警備兵に連れられて外に出た。後から誰かついてくる気配がして、ふりかえってみると、向井老人だった。老人は彼に話しかけたそうな、ぎこちない笑いを、土色をした皮膚の上に浮かべていた。

便所は、炊事場の方へ行く空地に、ぽつんと離れて建っているので、その間を、二人は収容所の出口から小走りにかけていった。足ががくがくと不意に行われた運動に途惑いして、もつれ、心臓が烈しく動悸した。二人はしばらく呼吸をととのえてから同じような恰好で、便器の上にしゃがんだ。

警備兵は、収容所の庇の下で雨をよけながら、銃を構えて監視していた。便所の扉が取りはらわれているので、ズボンをずり下した二人の男の蒼白い尻が丸見えだった。

三森は、便所の屋根におちている静かな雨の音をききながら、安民区の社宅街にある彼の家を思いだしていた。雨が降ると、いつも水浸しになる防空壕に、妻の照子はいつもぶつぶつ文句をいっていた。

ソ連軍の空襲があったとき——そのとき彼は田舎に出張して留守だったが——空襲警報が鳴っても、照子は外にかけださなかった。二人の子供を抱きよせて、押入の下の段にうずくまっているだけだった。

「肝心のときに、壕の底がびしょびしょなんですもの。とうとう役に立たないでしまったのね。あなたの作り方が悪いからよ。庭の排水のことも考えないでなさるから。……爆弾がおちてきて、親子三人死ぬようなことになっても、あんな冷たい泥の中より、家の中で死んだ方がいいと思ったのよ」……

ソ連の飛行機は、宮廷府の近くにある監獄に爆弾を落しただけらしく、彼の一家も幸い無事だったが、戦争が終ってみると、一度も役に立たなかった防空壕は、ひどく厄介ものになった。下手に埋めたてるわけにもいかなかった。ソ連の軍隊が入ってきてから、埋めたてた防空壕を又掘らされた話がいくらもきかれた。日本人が武器を隠匿している疑いをもっているようで、防空壕がその武器の隠し場所と睨まれたのかも知れない。事実、三森の家の近くにある満洲国政府の官舎街で、埋めた土の中から拳銃や日本刀が出てきて、その家の主人が逮捕され、隣組の回覧板で皆に注意を促してきたこともあった。

三森は、隠すべき武器を何一つ持っていなかったから、怖いことはなかったが、いったん埋めたものを又掘り返えさせられたりしたらかなわないので、そのままに放っておくことにした。そして、結局、その防空壕は雨の降るたび水浸しになりながら、やがて妙なことで役に立つことになった。何十本というビールの空瓶の仕末に困っていた照子が、そいつをこの厄介ものの穴に捨てることを思いついたのだ。彼は台所の隅につんであるビール箱をかつぎだして、壕の入口まで運んでいき、暗い穴の中に、空瓶を投げこんだ。土の壁にぶつかって、景気よく砕けたり、底に溜った泥水をばしっとはねかえしたりする音が、敗戦以来の鬱々とした頭をからりとさせるように爽やかだった。そのビール瓶は、南新京の関東軍倉庫からリヤカーで運んできた軍用品だった。……

「三森さん、といわれるそうですね」

不意に、仕切板一枚距てた隣りで用を足している向井の声がきこえてきた。庇の下で監視しているソ連兵にきこえないように、おしころしたささやきだった。

「………」

「宇津山という男をごぞんじかな。毎晩収容所から出ていく、あのごろつき風の男ですよ。あの男に注意しなさい、危険な人物ですからな」

「あの人が、どうかしたのですか」

三森も、前を向いたまま低くおしつぶした声できさかえした。

「宇津山はロシャのスパイです。同室の我々の言動を一々ロシャ側に通報しているにちがいない。この海軍武官府には、関東軍の幹部や満洲国政府の要人が収容されているので、占領軍は多くのスパイを潜入させて動静を探らせているのです。注意が肝要ですぞ」

向井はたしかに、ロシアと発音せずにロシャといった。そのいい方に、三森はこの老人の年齢を感じとったような気がした。

「三森さん、まったく日本人の中にも浅間しい人間がいるものです。こうした逆境の時こそ我々同胞はお互いを助け、かばい合わなければならないのに、自分の利をはかるために他人を売ることを平気でしでかす。道義も人情も地を払ってしまいました」

老人の歎く声がかぼそく消えたと思うと、烈しい下痢の音がきこえてきた。三森は、此処へ来て丸二日にもなるのに、坐ったきりの生活のせいか、腹がごろごろ鳴るばかりで、全然通じがなかった。

「私は収容されてから、食物が急に変ったために、すっかり腹をこわしてしまって、いつも下痢便です。からだも大分衰弱してきました。なんとか、もう一度内地の土を踏みたいのだが……」

「ダワイ、ヴェストレー！」⑤

警備兵が叫んだ。早くしろ、というのだろうと思って、三森は立ちあがった。向井がのろのろズボンをひきあげるのを待ちかねるように警備兵が銃口を向けてもう一度叫んだ。二人はまた雨の中を、背をかがめて、前のめりに建物の暗い入口めがけて走っていった。

人いきれと藁むしろの匂いで、家畜小屋のようにむんむんする部屋にもどると、通路をあけてくれた男が、三森の袖にちょっと手をふれてみて、いった。

「雨が降っているんですね。なんだか底冷えすると思ったら……」

室内から外の気配はみられなかった。鉄格子のはまった窓は、上の方が透明ガラスになっているのだが、人々の呼吸でいつも曇っていた。

「まったく、やりきれねえなあ、一雨ごとに冬が近づいてくるし、いつ出されるか、あてはねえし、俺も念仏でも唱えたくなってきたよ」

誰かが大袈裟にため息を吐いた。隣室からは、昨日のように、おそらく室中のもので合唱しているらしい単調な歌ごえがきこえていた。一人が指導して、それにつれてみんながついていく、という歌い方で、低い殆んどききとれぬ歌が一節終ると、その同じ一節を多勢の声が繰返す。次の一節を指導者が歌う。その部分をまた多勢が続けて歌う。そういう歌い方で、しかも、多勢の方の声が途切れたり乱れたりすると、指導者が同じところを又繰返して、練習させるというやり方で、えんえんと続くのであった。

「詩吟ですかね」

三森は保安局の職員だという石黒にたずねてみた。

「じゃないようですね。教えているのは、私のところの科長らしい声ですが、あの歌はきいたことがありませんね。科長は禅に凝ってしまったから、何かその方の経文でも読んでいるのですかね」

濡れそぼれた三森と向井老人の姿が、室内の人々に、外界の雨の降っている様子や、残してきた妻子のことに思いをはせさせたようで、物憂い静けさが長いこと続いた。

隣りの合唱が、繰返しを何度も続けながら、こんどはやめるのかと思うと、又始めるという具合にいつまでも果てがなかった。三森はいつかの日の小学校の講堂で、無心に御詠歌を口ずさんでいた少女の、生真面目な表情を思いだしながら、頭の隅では、耳に聞こえてくる合唱のことばを一つ一つつないでいくことに懸命になっていた。

「天高うして、……日月かかり、地厚うして、……山河横わる、……日月の精、山河の霊、……あつまりてわが心に、……」

そうだ、あれは、彼が内地の郷里の小学校でたしかに五年生のときだった。

色の黒い小柄な、至って風采のあがらない校長だったが、修身教育では県下の権威者として有名だった。修身の時間になると三森たち五年生の生徒は雨天体操場につれていかれ、砂がざらざらしている板の間に正坐させられた。校長は体操場の片隅にあるマットの上で、お釈迦さまのように合掌して足を組んだ。マットの外では、受持の教師が蓄音機にレコードをのせ、ハンドルを廻してゼンマイを巻き、ピックアップをはずして、円盤の上にそっとおく。するとあの歌が、体操場いっぱいに響きわたってくるのだ。

生徒にとっては、一枚のレコードが終るまでの時間がやりきれないほど長く感じられて、やっとのことで釘が溝を放れて、円盤の回転がとまると、ほっとあたりを見廻すのだが、校長はすぐにまた受持の教師に命じて、ハンドルを廻させる。彼は、それを何度も繰返すことによって、高遠な理想や修身の徳目が子供達の心にしみとおるのだと信じているようだった。

あるとき、レコードの回転の合間に、三森はふと校長から名をよばれた。そして、校長とならんで、マットの上に坐らせられた。機械体操のときに使う灰色の帆布マットは、砂の多い板の間にくらべると、病院の寝台のように柔かかった。校長が話した。

「三森君は、いつみても非常に行儀がよろしい。皆は蓄音機に耳をかたむけないで、足をくずしたり、隣の人とふざけたりしているが、三森君はおしまいまで、きちんと正坐している。皆もこの三森君を見習わけなればならない」

ぴょこんと頭をさげて、自分の場所にもどるまでの間に、三森は自分の頬が真赤に火照っているのに気づいた。それは、少年の彼には理解も説明も出来ない憤りと恥かしさのためだった。彼はことさら行儀よくしようと努めたおぼえもないし、それどころか、仲間と同じように、ひそひそ話を交わしたり、前に坐った女生徒の足の裏をくすぐったりして、退屈を紛らしていたのだ。だから、校長から、名を呼ばれたときは、悪戯が見つかったのかと思って、ぎくりとしたのだった。

それから何カ月かたって、その校長は美人の女教師を放課後人気のない教室に連れこむというスキャンダルを起して、学校から追放され、それと同時に、「天高うして」の合唱も自然とりやめになったが、それまで、彼は、行儀が良いので校長先生に賞められた模範生として過した。そのかわり、彼は他の生徒のように暗誦しようという努力をすっかり放擲してしまった。

八月上旬、ソ連軍が満洲の国境を越えて進撃してきたとき、三森信夫は昌図《チャントウ》県の田舎を歩いていた。

明け方不意にサイレンの音が鳴り渡りB二九の空襲かと思って、身仕度をしながら、しかし、こんな田舎町に爆弾を落すわけもあるまい、と考えていると、満系の警察官がやってきて、新京がソ連の飛行機に爆撃されていると教えてくれた。

それでは、いよいよソ連も参戦したのか、と目の前が急に真暗闇に変る感じで、彼はいつでも出発できるように準備した。夜がすっかり明けて、広い部屋に朝日がさしこんできたが、アンペラの上に長い丸太を枕にして眠っている労務者たちは、羨ましいことにサイレンの音にも、分駐所の警察官が入ってきた気配にも目を覚ましたものは一人もいなかった。

食事の時間をしらせる銅羅が鳴り響くまで、彼等はぐっすり寝込んでいた。三森は、この粮桟《リャンザン》(糧穀商)に厄介になって、二晩泊ったのだが、糧穀の取引から貯蔵、運搬、加工、さらには旅館から運送業まで兼ねている粮桟の複雑なしくみと、そこに働いている多くの労務者たちのそれぞれの仕事に興味をひかれて、もうしばらく滞在しようと考えていた矢先だった。

鉄道の駅に出るまでの交通機関は、粮桟で運搬に用いる大車《ターチャ》(6)しかなかった。彼は車の準備ができるまでの時間を、分駐所に走っていって、電話を借りた。県公署をよび出して新京空襲の詳しい状況をきいてみたが、まだ情報が入っていないということだった。

彼は副県長に世話になった礼を伝えてくれるように頼んで電話をきった。

「どうも雲ゆきは面白くありませんな……」

副県長は三森が昌図県についた日、公館によんでくれて、県内の事情などを喋ったあと、いつとはなしに、戦局にふれ、関東軍がソ連戦を予想してゲリラ戦の訓練をはじめていることなどを話してくれた。

「非戦闘員の日本人、女子供は、県城に集結させて、城壁を固め、ここに指一本ふれさせない、そして国内すべて戦場と化して遊撃戦法をとるというのですが、そううまくいくものですかね……」

「そんなに切迫つまった情勢になっているのですか?」

「病人にたとえれば、もう御臨終というところですよ。内地の人間が食う米まで、満洲から運んでいる始末です。それも米をつんだ船が片っぱしから沈められて、何割が内地の海岸まで辿りつきますかねえ。それでも、至上命令だから無駄と知りつつどしどし米をおくりだしています」

副県長は苦々しく笑ってみせた。そのような時に、昔の事を調べにきたという三森の暢気さを笑っているようでもあった。

実際それは、戦争の最終段階をむかえて、ソ連がいつ攻撃を開始してくるかという今では、いささかのんきすぎる仕事だった。

三森はその春から、安東の地方新聞に物語を連載していた。日露戦争当時大原という陸軍少佐が、安東に軍政府をひらいて、日本人発展の基礎をきずいたということで、大原軍政官の伝記をまとめる仕事が「大陸文化」にもちこまれ、編集長の神林が、三森がひところ安東に住んでいたこともあるので、彼に任せたのだった。

資料を整理したり、探したりで、新聞に連載ものを書くのは、大きな負担だったが、原稿料として約束された纏まった金額が入るのにひかれて、彼はひきうけた。昌図県は日露戦役の末期に、大原少佐が矢張り軍政官として滞在したところで、三森が泊った粮桟は、当時日本軍の通信隊の本部にあてられたところだった、粮桟の主人は、彼の父親からきかされた戦争の模様を話したり、記念品の軍服や当時の写真を出してみせたりした。

大原少佐の遺品も若干発見されて、時局柄のんきすぎる旅仕事にしても、資料蒐集の上からは有益な旅行になった。

大車をはしらせて駅についたときはもう夕方で、今夜は軍用列車以外は通らないということなので、彼は駅の裏手にある旅館に一泊した。宿の女中にきいても、新京空襲の真相はつかめなかった。

「その後、ラジオでも放送しないし、新聞にものらないから、どうなっているのでしょうねえ」

というだけだった。

翌朝のった汽車は殆んどがら空きで、彼と同じように旅行先から慌てて新京に帰る日本人たちが、小さく幾組ずつかにかたまっていた。四平街《スーピンチエ》につくと、汽車は停車したまま進む気配がなくなった。駅員にきいても、訳がわからなかった。

「停車場司令部の方から、発車の許可が出ませんのです。もうしばらくお待ちになって下さい」

しばらくすると、

「新京方面に空襲警報が出ているので、警報が解除になるまで待って下さい」

という。旅客の中には、やけくそ気味の大声をあげて、

「かまわんから汽車を出せよ。新京がどの程度やられてるか気がかりでしょうがないんだ。俺達の気持も察してくれたまえ」

と叫ぶ者もいる。

それでも二時間ほどたって、汽車はようやく動きだした。車掌が入ってきて、

「空襲をうけましたなら、皆さんは車外に退避していただきますから、身廻り品をまとめておいて下さい」

つまりいつでも逃げだせる用意をしておけ、ということだったが、幸いそういう目にも遭わずに、そのかわり走っている時間より停まっている時間の方が長い走り方で、翌朝陽が高くのぼってから新京についた。その間兵隊を満載した軍用列車が、何本も追いぬいて北上して行った。乗客は戦場がすぐ近くに迫りつつある悲壮感にかられて、それらの列車を見送っていた。

ところが、空襲をうけた筈の新京の町はひっそりと静まりかえり、電車やバスの物音が、晴れあがった

空の下で、乾いた響をたてている、なんのことはない、いつもの夏の朝と変らない風景であった。三森は、今までの緊張が急にほぐれて、夢からさめたような気持で、郊外に行く電車に乗った。車内は空いていた。彼は腰を下すと、ソ連の空襲で爆撃されたあとが見られないかと窓に顔をむけていた。しかし、樹木の多い住宅街には戦火の影響は全くなかった。買物に行く母親が、乳母車を押していたり、舗道の上で、子供達が石けりをしたりしていた。

だが、その頃戦況はどしどし進展していた。北と東と西の三方の国境を突破したソ連軍は、後退する関東軍を圧迫しながら、主要鉄道線路沿に兵を進めていた。だから、三森が電車の窓から見た落着いた街頭の模様も、その日が最後ではなかったか。

関東軍は通化に司令部を移して、満洲の中部から西部にかけてゲリラ戦を展開する態勢をとったが、高級将校の家族を避難列車で送り出したあとは、百六十万人の在留邦人を混乱と恐慌におとし入れたまま潰滅してしまった。ソ連軍が新京の町に入ってきた。三森も隣組の回覧板の知らせで、間に合わせの鎌とハンマーの旗を作って、玄関に紐で吊した。誰もソ連国旗の正確な図柄がわからないので、鎌とハンマーの位置も大きさも、家ごとにまちまちでそれをみくらべていると、敗戦の実感が強烈にこみあげてくるようであった。

三森が、近所の人達と組になって、リヤカーをひっぱって、皆、南新京へ出かけたのは、ソ連軍入城の翌日だった。南新京の関東軍倉庫には、新京の部隊が三年間使えるだけの食糧が貯蔵されているという話で、ソ連軍に接収されないうちに運んでおこう、と誰れからともなくいい出し、実行に移されたのだ。

ところが、三森たちが鉄道線路沿いの道路に出て見ると、南新京へ行く日本人や中国人が思い思いに荷車をひいたり、自転車にのったり、小さい子供たちにまでリュックサックを背負わせたりして、ひどい雑踏であった。

「こんなに多勢の人間が行くんじゃ、俺たちが着く頃には、何も残っていないかも知れないぜ」

そんなことをいい合いながら、前のものをおしのけて進もうとする連中もあったが、道路がせまいので、先をいそぐことも出来ないほどの群集だった。

しばらく歩いていくと、米俵をつんだ車や缶詰の箱を背負った男などがぼつぼつ向うからやってきた。

「どうだ、ソ連の兵隊はまだ入っていないか、……物資はまだ沢山残っているか、……」

誰もが同じような質問をあびせかけた。すると荷物を持った男たちや女たちは、きまって、照れ臭いような笑いを頬にうかべるだけで、返事をせずに通りぬけていった。悪いことをしている最中に、人に見つかった子供のようだと三森は考えていた。いくらかでも思慮分別のある軍人がいたら、終戦と同時に、適切なる方法で食糧不足に悩んでいる住民に配給できたのではなかったか。そして自分で自分を守る以外に生きる途のない人々は、その遺棄された食糧を運ぶのにさえ、人目を恥じるような卑屈な笑いを見せているのだった。

南新京についてみると、広大な敷地に散在しているいくつかの倉庫から、太い黒煙がまい上っていた。そして、その間を無数の人間が叫び声を交しながら走りまわっていた。屋根から炎と煙をふきだしている倉庫もある。車にのせきれないメリケン粉の袋を、青い草の上に投げ下している男がいる。ピクニックに出かけるような恰好で、草原に腰を下している家族づれもある。三森たちの組はリヤカーをひきながら、しばらく茫然とつったっていた。

「ひどいことをしやがるな。警備の日本兵が火をつけたんだそうだ」

仲間の一人が、何処から聞きこんだのか、腹がたってしようがないという口調で叫んだ。そのとき、何処かの倉庫から銃声がきこえてきた。機関銃らしい発射音が、断続的に響いた。すると右往左往する人の流れが一層烈しくなった。

「ソ連軍が入ってきたそうだ。下手をするとやられるぞ」

「あっちの倉庫はもう駄目だ。ソ連の歩哨が立って警戒しているんだ」

三森たちは慌てて、目の前にある倉庫にとびこんだ。おどろいたことに、此処は酒とビールの箱が何百ダースとなく山に積まれていて、その箱の上を蟻のように人の影が動いている。誰も口を開くものがなく、時々瓶の砕ける音や、木箱をひきずる音がきこえるだけである。天井の明りとりから入る薄暗い光線になれるまで、三森はビール箱によりかかってむっとする酒の匂いをかいでいた。

リヤカー一杯につんだ日本酒とビールを、参加した人数で分配すると、三森は自分の分を空いた車にのせて、家へ運んでいった。

「まあ、あきれた、……こんなあぶない目にあってまで運んできたのが、ビールだけですか?」

妻の照子が険しい顔で迎えた。

「よそでは、みなさん、お米や小麦粉や缶詰を運んできてますわ、……そのくせ、あなたは高梁ばかり続いて胃の具合が悪いなんて仰言るんですからね、……こんなに沢山のビールを、あなた一人で呑むおつもり?」

三森は苦笑いをするより仕方がなかった。

翌日、彼はぶらりと家を出て、編集長の神林を訪ねていった。神林は、自分の居間で、畳の上にごろんとひっくりかえっていた。

「おい、いいところにきた。あんたと相談したいことがあって、出掛けようかと思ってたんだ」

それから、神林は押入の中から、ミカン箱を一つひきずりだして、これを天井裏に隠す手伝いをしてくれ、と頼んだ。

「銀行に無理に頼んで、社のありがねをかき集めたんだ。ロシアの兵隊にもっていかれると困るから、隠し場所を色々考えてみたんだが、天井裏までは探さないだろうと思うのだ」

神林は机の上に椅子を重ね、その上にのって、天井板をおしあげた。そして、割と敏捷に、その間からするっとからだをもちあげて、いったん見えなくなった。天井裏を歩きまわって、隠し場所を探しているようだった。それから、蜘蛛の巣だらけの顔をだして、三森がミカン箱をもちあげるのを待った。箱は大きさにくらべて、ずっしりと重かった。

「私の原稿料の分もこの中に入っているわけですね」

三森は、安東の新聞の連載ものが、最近では唯一つの収入源なので、念を押しておきたかった。だが、神林は箱をうけとりながら、

「甘崎次郎が、十九日に自殺したよ」

と、ぽつんと天井の暗闇の中でいった。

「満映の秘書が教えにきた、……青酸カリのカプセルを歯の中に隠していたので、とめようがなかったそうだ」

三森は、神林を家につれてきて、南新京から運んだビールをテーブルにならべた。

「奥さん、三森君が軍の物資を掠奪してくる勇気があるとは思いもよらなかったですね、おどろきました」

神林がからかったが、照子はチラと顔を出しただけで、台所にひっこんだきり姿を見せなかった。

「十九日というと、ソ連軍が新京に入るのがわかってからですね、……甘崎さんは戦犯になるのが厭で自決したんでしょうね」

「そりゃ、そうだろうさ、……社会主義者を虐殺してるのはもう歴史的事実だし、満洲支配の蔭の実力者だったから、ほかにとる途はなかったかも知れないな」

そんな話をしながら呑むビールは、一向に酔いを発しなかった。呑めば呑むほど、二人は饒舌になったが、その会話の空しさが益々はっきりしてくるだけだった。三森は玄関につみあげた箱から、自分でビールを運んでいたが、一箱を空けてしまう頃になって、いくらか酔ってきたような気持であった。そして、もう沢山だ、という神林に、今夜は徹夜をしてでも、この掠奪品を全部一本残らず呑みほしてしまいましょう、と繰返して喋っていた。

## 四

午後になって、雨の音が、閉じこめられた部屋の中でも聞かれるのは、よほど強く降りだしているためらしい。夕食までの、途方もなく長い時間を誰もがもて余して、隣り同志の話し声が、高くなり低くなりして続いている。少し静かになると、地面や庭の樹々にうちつける雨の音が、急に鮮やかにひろがってきて、そうすると、その陰気な、人間の弱点にしみこんでくるような物音を、とりのけようとするように、人々は意識して話の調子を強くしたり、陽気にしたりするのだった。

三森も、石黒とならんで、窓際に倚《よ》りかかって話し合っていた。

「此処にいる人達ですね、……特務機関の人達です、……」

石黒が、かすかに顎を動かして、彼の右手にいるその「人達」を三森に示した。おそらく、室内で一番若い年齢の、いつもふざけている連中だった。

「王爺廟《ワンイエミャオ》から逃げてきたのだそうですが、特務機関ということは隠しているのです」

「どうして捕まったのです？」

三森も、窓によりかかったからだを動かさずに、視線だけをその三人組に移した。彼等は、額を丸く集めて、小声で話していた。

「闇市場をぶらぶら歩いていて、何ということなしにダワイされたのだそうです、……」

町を歩いていて、行きずりのトラックにひきあげられていったという話を、三森もきいたことがあった。

「あの人達、王爺廟から軍の阿片を運んできて、新京市内に匿しているらしいのです。此処を出たら、それを資本にひと商売しようと、ああして相談をしています。……いつもああです、……」

三森は、ちらっと、神林の家の屋根裏にある、満洲国幣の詰まったミカン箱を思いうかべた。あの中に、自分の取り分が入っているのだ、という想念が、ちょいちょい頭をもたげるのだ。彼が捕ったことを知ったら、神林は、彼の取り分を妻の手に渡してくれるだろうか。その額は、三森たちの半年分の生活費に充分できると計算はしているのだが。

「どれ位の阿片か知らないが、大変な値うちになってるだろうね、……こうした混乱の時期には、……」

しかし、石黒は、それには返事をしないで、しばらく三人組をみつめていた。何か思案にくれているような表情だった。それから、からだをずらして、三森にぴったりくっついた。急に低い声だった。

「私は同僚を一人殺しています。阿片中毒の男だったのです。その男は、細君も、……つまり夫婦で中毒してたのです、……」

八月十五日の正午、天皇が戦争終結の放送をしたとき、保安局では、各科ごとに、夫々の部屋に集合してラジオに向っていた。情報は前の日に入っていたので、格別の動揺もなく、職員たちは、「やっと終ったのか」という顔つきをしていた。顔を両手で覆って、声もなく泣いたのは科長だけだった。

そして虚脱したような時間が、三十分も経つと、事態の全く変った忙しさが、建物をゆり動かした。給料の前払いと非常用物資の配給が行われた。石黒がハンコをもって会計科に行く途中で、廊下に新品の緋の絨緞《じゅうたん》がぐるぐる巻きのまま転がっていた。誰かが靴で蹴って、動かそうとしたが、その重い厚味のある絨緞はびくともしなかった。罐詰や乾パンや煙草がどしどし運ばれていったが、絨緞は誰の目にも入らず、むしろ通路の邪魔ものとして転がっているだけだった。

室内の机や椅子やキャビネットからは局名と番号のはいった備品札がむしりとられていた。公文書類が庭に山積されて、火がつけられていた。

石黒たちの科は国内と中国関係の情報を集めて、それを分析検討するのが任務だったが、ついさっきまでは営々として積み重ねてきたそれらの資料に、惜しげもなく石油をかけて、灰にするのは奇妙な気持だった。科員たちは皆庭に出て、書類が燃えやすいように、表紙をはがしたり綴紐をぬいてばらばらにしたりしていたが、真夏の直射日光の下で、焚火の熱をうけた頰は異様に上気していた。黒い煙が、風のない空にまっすぐにたちのぼり、その勢いに煽られて、火のついた白い紙片がひらひらと舞いあがっていた。

石黒は、自分の机を整理すると、これも矢張り空っぽになったキャビネットの前に行って、八月九日ソ連参戦以来からだにつけていた日本刀をはずして、棚の上にのせた。政府機関の若い職員たちで、関東軍の逃げたあとの新京の治安を守ろうという計画があった。ソ連軍を邀撃《ようげき》するために、市内の各所に塹壕も掘り始めていた。しかし、今となっては、それも子供じみた戦争ごっこにしか思えなかった。軍や政府の首脳部が、最悪の事態に直面して、ロクな対策をたてられなかったと同様に、青年たちの情熱も、一時の昂奮が大部分を占めていた。雨が続いたせいもあるが、塹壕掘りは殆んど進んでいなかった。そして、敵は数日中に新京に迫る気配であった。

キャビネットをしめ、鍵をかけると、石黒は庭の焚火の中にその鍵をなげこんだ。それで、すべての過去を抹殺できる、と彼は考えた。いや、まだ書類が残っていた。一枚々々では燃えやすい紙が、台帳や帳簿や綴になると、なんと燃えにくいことだろう。科員たちは火のまわりを歩いて、棒のさきで黒焦げになった書類の束をひっくり返していた。ひっくり返したときだけ、上の一枚二枚はぺらぺらと燃えて白い灰になるが、すぐ火の勢いが弱くなってしまう。この紙片を全部燃えつくさない限り、保安局が行ってきたソ連や中国に対する諜報活動が暴露されるのだ。「完全焼却」が局長から下された命令だった。

石黒が、汗みずくになって棒でかきまわしながら、ふと室内をみると、窓に近い机に坐って、太田がぼんやり焼却作業を見ていた。

「なんだ、あいつ、ひとごと見たいなつらしやがって、……」

誰かが、矢張り太田の気のぬけた様子に向っ腹をたてて、荒い声をあげた。

「そういうな、彼、細君を旅館において、どうしたらいいか、途方にくれてるんだよ、きっと」

なだめる声が答えた。

太田は、奉天の分局の職員で、ソ連軍の攻撃の前日に、出張で出て来た。まさか最悪の事態がまちかまえているとは予想もしなかったので、妻を連れてきていた。つまり運が悪かったのだ。そして、それ以後の情報の急転で、奉天に帰る機会もなく、石黒たちと行動を共にしてきた。夫婦で、着のみ着のままの旅館ぐらしも、終戦の詔勅のでた今日以後どうするか、ということで、仕事を手伝うどころではないのかも知れなかった。太田は満洲生活二十年に近い中国語の一等通訳で、中国人のスパイを使っている工作員だった。

その日は満軍が暴動を起したという噂が飛び、事実南嶺方面から銃声が聞えてきたりしたので、夜になっても待機の状態が続けられた。細かな糠雨が降りだした中で、庭の書類焼きはいつ終るとも知れなかったが、今になっては保安局の機密を守ることよりも、誰もが今後の身のふりかたに腐心しているようであった。

「おや、変だぞ、……」

太田が頓狂な声をあげたのは、夜も大分更けてからであった。部屋の中では将棋盤をかこんでいる数人をのぞいては、机の上に毛布を敷いて仮眠しているものが多かった。

「庭で怪しい人声がしたぞ、……誰か木の蔭にかくれているようだ」

石黒は、懐中電燈を握ると、廊下からとびだしていった。黒々と積みあげられた書類の山は火が消えかかって、見張りの職員の姿も、もちろん怪しい人影も見られなかった。それでも、石黒は念のため、保安局の庁舎のまわりを一廻りした。どの部屋も灯がついて、話声がしていた。樹立の間から、すぐさきにある国務院の塔の部分だけが、夜空を区切っていた。燈火管制が解除になったので、雨は降っていたが、明るい夜だった。

「太田さん、おどかさないで下さいよ、……誰もいませんでした」

しかし、太田はまだ蒼ざめた顔で、憑かれたように、硝子窓の外を睨みつけていた。

翌日、保安局では、各科ごとに解散式を行った。式といっても簡単に科長が挨拶しただけで、我々はこれから敗戦という曽てない試練に直面することになったが、お互いにからだを大事にして日本に帰ってほしい、という意味のことを科長は喋った。それから、石黒をよんで、太田夫妻が奉天に帰る便がみつかるまで、下宿の部屋においてくれないか、と頼んだ。異存はなかった。二人で旅館に寄って、太田の妻を誘い、馬車に乗って秋花胡同の政府官舎に向った。

おどろいたことに、石黒はそのとき始めて太田の妻という婦人に会ったのだが、夫の方は四十年輩なのに、彼女は、多く見ても石黒ぐらい、或いはまだ二十四五歳くらいの若さだった。だが、その若さにもかかわらず、顔の皮膚が弱々しくたるんでいるのは、思いがけない運命の急変からくる心痛のせいかも知れなかった。

石黒が下宿している家の主人は、大同学院の講師をしていたが、春さき応召して北満の方にいるという話で、留守を守る夫人が男の子一人を抱えて心細いので、頼まれて、独身寮から移ったのだった。二階家で、上の二間を石黒が使っていた。

「こういうときですから、一人でも多い方が気強いですわ、どうぞいつまででもお使になって下さい」

夫人はむしろ大喜びで太田夫婦の飛入りを歓迎した。夫婦は二階に上ると、自分たちの部屋にぐったりと長くなって、動かなかった。石黒はそれを、むし暑い日向を馬車に乗ってきた疲れと見てとった。昨夜ロクに眠っていないので彼自身もくたくたになっていた。それでも、いつものように階下に降りていって、風呂に水をいれはじめた。彼は此処に下宿するようになってから、夫人のために風呂焚きと、隣組の雑用を買って出ていた。

「ずいぶん齢のちがう方たちね、ほんとの御夫婦かしら、……」

夫人が後に立って、洗濯物を抱えていた。

「さあ、……」

「なんでしたら、石黒さん、……階下におやすみになってよろしいことよ」

夫人は悪戯っぽく笑って出ていった。女学校時代短距離の選手だったという彼女は、性格も陽気で、仕事をしながらたいてい口笛を吹くか歌うかしていた。

その夜、石黒は殆んど一睡もできなかった。壁一枚へだてた隣りの部屋では、汗だらけになった太田夫婦のぶつかり合う音が断続し、その合間に泣いたりわめいたり、野獣のようにうめく声がいりみだれた。甘酸っぱい匂いが、石黒のねているあたりまで漂ってきたが、そのときは何の匂いか彼には理解できなかった。しばらくすると荒々しい物音が急に静かになり、こんどは夫婦のひそひそ話が延々と涯しもなく続いた。その低い話し声がまた石黒の神経に鋭く突きささってきて、目が冴えるばかりである。彼は何度か起きあがっては煙草を吸った。すると、いつの間にか話が途絶えて女のあえぐ声がきこえてくる。それは露骨な、間投詞を含んだ言葉の繰返しを伴い、それを追って男の烈しい息使いが高まり、畳の上にのたうつ音や女の泣き声が錯綜する。断末魔のような女の絶叫がぱったりやんで、急に虫の音がきこえる静けさにもどると、又涯しのない囁やきが始まるという具合であった。

翌朝おそく階下におりていくと、夫人も寝不足らしく、瞼のふちに冴えない陰影を残していた。彼はだまって、風呂場に入って、顔を洗ったが、いつも清潔に白く光っている夫人の頸《くび》に、後れ毛が二、三本粘りついているのが、妙に淫らに瞼の裏に残った。

その日も混乱と動揺の一日だった。南満へ行く避難列車が出るという噂さで、官舎街の人々は隣近所一団となって町に出ていった。石黒と夫人はリュックサックを背負い、男の子は水筒を肩から吊した。何度かの避難騒ぎで、最少限度必要な荷物はいつでも運びだせるように仕度ができていた。太田は奉天からもってきた小さいトランクを下げていた。若い妻はミンクの防寒コートを腕にかかえていた。それは夫人の持物だった。出発の準備をしているとき、彼女は夫人の洋服箪笥をあけてみて、このコートおいていくかとたずねた。

「荷物になるばかりだもの、おいていくわ。……でも、あなたよろしかったらあげるわ」

太田の妻は白粉気のない荒れた顔を急に輝かせて、コートをとりだし、自分の肩にかけて、鏡に写して眺めていた。

いくつかの集団が幅員五十メートルの大通りを駅の方に歩いていた。烈しい陽光と鋪道からの照りかえしにあぶられて、プラタナスの並木の蔭で小休止している組が多かった。時折、この大通りを、反対に、駅の方から歩いてくる集団に出会った。殆んど荷物らしい荷物もなく、真黒に汚れたぼろ着を纏ったこの群集は、女子供老人だけで、よろめきながら陽差しをさけようともせずに、大通りの中央をのろのろと行進していた。

「きっと開拓団の人たちね。可哀想に、敵軍に追われて命からがら逃げてきたのでしょう、……」

夫人が石黒に囁いた。

駅についてみると、駅前の広場も、駅の待合室も、そしてプラットホームも避難者でごった返していた。煤煙で真黒に汚れている奥地からの難民と、新京から南満へ、あわよくば朝鮮へ逃げこもうとする人々がごっちゃになって、いつ出るかわからない列車を待っているのだった。

「男の人は集まって下さい。日本人の男は全部集合して下さい」

「停車場司令部」と書いた腕章をつけている制服の軍人が、駅舎正面の石段の上で叫んだ。

「みなさんに協力して貰いたいのです。敵軍が入って来ないうちに、全力をあげて輸送したいのですが、列車が不足しています。鉄道の従業員も足りません。……ただ今、寛城子の待避線に軍用列車が十数輛入っております。武器弾薬食糧を積んでおりますが、この列車の積荷を下して新京まで廻送すれば、今此処でお待ちになっている人々を全部乗車させることができます。……おわかりですか、みなさんの家族を一刻も早く避難させるために、寛城子の作業に参加して頂きたいのです」

もちろん、そこに集った男たちは大賛成だった。石黒は自分のリュックサックを下して、夫人の傍にいた。太田の姿は見えず、コートを抱えた妻がトランクにより掛って眠りこけていた。

「無理しないようにね、……あなたも疲れていらっしゃるんだから、……」

夫人が、目もとに感情をこめていたわってくれた。

「私は大丈夫です。それよりも、坊やが迷い子になると困りますから、この場所を絶対動かさないで下さいよ」

石黒は男の子をリュックサックの上に腰かけさせて、笑った。

「停車場司令部」の軍曹が指揮する一団は、徒歩で寛城子に向った。途中の白系ロシア人の部落では、家々にソ連の国旗を掲げていたが、服装も年齢もまちまちの日本人の男たちの行列を不審気に見つめていた。

積下し作業は、こまごました物資が雑然と重なっているため、予想外に時間がかかった。完全に作業が終って、列車が待避線を出る頃には、夜空に無数の星が輝やきだしていた。

石黒は無蓋貨車の上に、寝ころがって、新京駅の広場で待っている夫人と男の子のことを考えていた。不思議と内地にいる両親や兄妹たちのことは念頭になかった。

「俺は満洲に来て、秘密機関の保安局に入ったが、一人前の役人にもなれなかった。ロシア語やシナ語の検定を受けようと思ったがものにならなかった。郷里に送金もせずに、飲んだり食ったりしてしまった。女遊びは覚えたが、結婚の相手を見つけることもできなかった。つまりロクなことをせずに終戦を迎えてしまった。俺が今、一つだけ出来ることはあの人達を岡山県の実家まで送り届けてやることだ。それだけだ、……」

彼は白く光った夫人の頸を思いだした。簡単なワンピースの襟にかくれている頸から肩にかけての曲線が、背にかけての脂ののった柔かな隆起が目の前に浮んだ。すると、一晩中彼を眠らせなかった太田夫婦に対して、するどい憎悪が湧きあがってきた。石黒と夫人の間に保たれていた快適な均衡が、あの不潔な狂態で乱されてしまっていた。しかも太田は、広場の男たちが、軍曹の要請に応えて作業に立ちあがったとき、どこにか姿をくらましていたのだった。軍用列車は、速度をおとして、機関車の鐘を鳴らしながら、新京駅の構内に滑りこんでいった。ホームには相変らず、北の方から引揚げてきた避難民たちが、がらくた屑の間で雑魚寝していた。

しかし、様子がおかしかった。待合室にも駅前の広場にも、人影がなかった。作業隊の男たちは、駅長室の「停車場司令部」におしかけていった。指揮をとった軍曹は、室内に入ったきり二度と出てこなかった。将校が出てきて、男たちに応対した。

「まことに申しわけありませんが、防衛司令部の命令によって、本日列車を南下させることは中止になりました。……みなさんの御家族には、三十分ほど前事情を説明して、解散して頂きました」

「馬鹿野郎！　何が防衛司令部の命令だ。……戦争に負けて、関東軍の奴等は通化に逃げてしまいやがって、……」

激昂した男たちが、堰を切ったように怒鳴りだした。

「お前じゃ話がわからないから、駅長を出せ、駅長の指示で列車を出させろ！」

「家族が解散したって、満人街で暴動が起っているのに、護衛もつけずに、解散させたのか？」

「責任者を出せ、司令官はいないのか？」

「司令官は十三日に逃げてしまったとさ」

将校が軍刀を握りしめて前に出てきた。

「司令は私です。戦争に負けても、みなさん、秩序は守って下さい、秩序は、……」

そのとき、前の方の連中が、二、三人走っていって、将校の頬をいきなり殴りつけた。駅員が出てきて、手を振って男たちを静めた。

「みなさん、冷静になって下さい。軍人さんを責めても、どうにもならない事情なのです。ソ連軍からの連絡で、ここの停車場は司令部は入城したソ連軍に引継ぐまで管理をすることになっているのです。……ほんとに申しわけありませんが、みなさんの家族は、駅に近い方々には帰って頂きましたが、遠方の方は附近の旅館や寮を借上げて、休んで頂くようにしました、……」

男達がふんがいするのにはわけがあった。八月十一日に、関東軍司令部や満鉄、特殊公社等の高級幹部の家族はいち早く避難列車を仕立てて逃げだしたが、一般市民や下級職員、応召者の家族等は、何度も新京駅に集合させられながら、その大部分は作戦の必要とか、予定変更とかで乗車せずに追いかえされていたのだった。そして、ソ連軍がハルピンに迫っている今となっては、この寛城子から廻送してきた無蓋列車が最後の脱出の機会を与えてくれるのかも知れなかった。

しかし、司令を殴っても、事態が好転するわけではない。駅員が地区毎の宿舎を発表している間に、男たちの激昂は、家族の安否を一刻も早く確かめたい思いに変化していった。

石黒が、日本人旅館の一室に夫人を見つけるまでに、大分時間がかかった。ぎっしり詰めこまれた家族たちの中で、彼女は荷物に背中をおしつけて、うなだれていた。男の子は、母親のひざに頭を沈めていたが、石黒が入っていくと、飛びついてきて甘えた。夫人は彼のリュックサックも運んできていた。

「ひどい目に会いましたね。疲れたでしょう、……」

「あなたこそ、……もうもうこんな騒ぎは沢山ね、……どんなになっても良いから、もうお家から動かないことにしましょう、死んだって、構わないわ」

彼女は弱々しく笑って見せた。

「太田さんたちはどうしました？」

「それがね奥さんの方見えなくなっちゃったのよ、……あなたが寛城子へ出発するとき、太田さんいなかったでしょ、買物に行ったらしいの、……しばらくして、奥さんが探してくるからって、出ていって、それっきり帰って来ないのよ、……そうしたら、大変、こんどは太田さんがもどってきて泣いたり騒いだり、……」

「それで、彼は？」

「別の部屋、……男だけのグループに入ってもらったわ、だって気味が悪いんですもの、……あの人の目がすわっちまって、色んなこと口走って、まるで気が狂ったみたい、……」

それから夫人は声を落して、

「石黒さん、お気づきにならない？……あの人たち阿片患者なのよ、……二階のお部屋臭かったでしょ、……どうもひどすぎると思ったの、……普通の人じゃ、あんな真似できないわ」

彼女はちょっと顔を赤らめて、彼をのぞきこんだ。

その夜も寝苦しい夜だった。部屋の中は、からだを横にするすき間もないほど混み合って、しかも、蚊がはいらないように、窓は閉めきったままだった。石黒は、男の子を抱きよせて、壁に凭れたが、足をのばすこともできなかった。だが、傍で、夫人がからだを動かすたびに漂ってくる微かな香料の匂いが、彼を深い眠りに誘っていった。

太田と同室した連中は災難だった。不気味な叫び声を発して、皆を叩き起したり、不意に悲鳴をあげて窓から飛び降りようとしたりする太田を、おどしたり、なだめたりして、まんじりとも出来なかった。太田自身も昨日と較べると一層憔悴していた。

朝食をとると、避難者たちは思い思いに自分の家にもどっていった。石黒たちも太田を連れて帰るよりほかなかった。駅前の大通りを歩きだすと、太田が石黒のシャツの袖をひいて立ちどまった。

「石黒さん、おねがいです。僕と一緒に城内に行ってくれませんか？」

「城内？……」

一般に城内とよばれていた満人街（中国人居住区域）は一昨日からすっかり反日的になってしまって、日本人が近寄ることもできなくなっている筈だ。

「……何の用事です？」

「阿片を買いにいくのです、……お恥かしいことですが、僕も女房も中毒患者で、……薬が切れて、苦しいのです、……一緒に行って下さい、……女房の奴もきっと城内にいると思うのです」

「暴動が起きて、城内の日本人は命からがら逃げてきてるんですよ、……とても行けたもんじゃありません」

「おねがいです、……石黒さん、……一生のお願いです」

太田は、いきなり舗道の上に坐ると、両手を握り合わせて、頭をこつんこつんと敷石の上にうちつけた。中国人の乞食がやる仕草そっくりだった。唇の端から蒼いあぶくが流れだしていた。

駅の方から馬車が一台走って来た。石黒はそれを停めて、夫人と坊やを乗せた。

「秋花胡同の一番南の官舎まで行ってくれ、……奥さん、私は太田さんと兎に角城内に行ってみますから、どうぞ、おさきに、……」

太田の腕をとって歩きはじめると、二人を追いぬいて、馬車は南の方にまっすぐ走り出した。大きなロシア馬の蹄がコンクリートを蹴る規則正しい音は、平和な時代と少しも変っていない爽快な音だった。

右手に樹立の多い公園があった。石黒は大通りをそれて、樹立の中の砂利をしきつめた散歩道の方へ太田を連れていった。日露戦争で有名な将軍の騎馬の銅像が立っていたが、その将軍の首は落されていた。鋭利な刃物できりとられたらしい青銅の切口が、ぎざぎざにささくれたって、生きた人間の処刑の直後のように生々しい感じだった。

露で濡れたベンチの上に、太田は酔ったように崩折れた。

「石黒さん、……僕はもう駄目なんだ、……僕は重慶の密偵につけ狙われて、一刻も油断ができない、……そこに立たないで下さい、向うの茂みに奴が隠れてるかも知れないから、……」

「私のほかには誰もいませんよ」

石黒は殊更静かにいって、ベンチに腰を下した。

「いや、もうこのところ、ずっと追い廻されています、わかっているんです、……しかし僕は保安局の仕事で、やっただけだ、……ピストン工作は本局の命令だった、石黒さんも知っているでしょう、……重慶と満洲との間を泳いでいる密偵はどちら側からの手で消されねばならなかった、こちらの機密があちらに売られる前に処分しなければならなかった、……それが工作員の任務だった、……だが今になってみると、奴等は僕だけを狙っている、夜も昼も犬のように後を追ってくるんだ、……」

「妄想ですよ、太田さん」

「しっ! あいつは誰だ、……あの便衣を着た男は、彼奴は、……」

石黒がふりかえってみたが、公園の並木路には午前の明るい陽光がさんさんとふりそそいでいるだけだった。

太田の眼は、大きくむきだされて、濁った瞳がせわしなく右に左に動いた。

「ほら、誰も来ませんよ。みんな、この頃の疲れと睡眠不足からくる錯覚です。家へ帰って、ぐっすり寝るとなおります。さあ帰りましょう」

しかし、太田の軀《からだ》は、ベンチから立ちあがるかわりに、下の地面にずるずるとうずくまった。

「石黒さん、城内に行って阿片を買ってきて下さい、今すぐ、……僕はもう駄目だ、逃げることもできない、……歩けもしない、……僕を殺してくれ、……重慶の密偵になぶり殺しされるより、君にやってもらった方がいい、……」

しばらく上半身を動かしていた太田は、腹巻の間から拳銃をとりだした。そして、ぶるぶる震える手で石黒の方にさしあげてよこした。それから、相手がぎょっとして二、三歩さがったのをみると、ベンチに両手をかけて、いざりながら石黒の方によってきた。

その表情は、今まで見たこともない、残忍な、けだものじみた狂態と変っていた。石黒はベンチの端をぐるりと廻ると、いつでも、茂みの蔭に逃げこめるように、見当をつけて、からだを構えた。

「殺せ、僕を殺してくれ、……」

太田はよれよれのワイシャツの胸のあたりで、拳銃を両手で握りしめ、前のめりに近づいてきた。暗い拳銃が何度か石黒の方にまともに向けられた。森閑とした公園の外側を、前線から後退してきたらしい戦車のカタビラの音がゆっくりと移動していった。

「馬鹿な真似はおよしなさい、これは私が預っておきます」

太田の手首をきつく掴むと、拳銃は砂利の上に大きな音をたてて落ちた。

石黒が秋花胡同に帰ってきたときは、夜更けになっていた。夫人は蚊帳の中で団扇を使っていながら、雑誌を読んでいた。石黒はだまって二階に上っていこうとした。

「あら、太田さんはどうなさいましたの、……奉天にお発ちになりました？……」

「あいつは虫けらです、……薄汚いどぶ鼠です、……」

二階の開け放した窓には水のような色の月光がいっぱいさしこんでいた。夫人がゆかたの裾を白くちらつかせて追いかけてきた。

「どうなさった？……ずいぶん、お酔いになってるようね、……あれから城内へいらしたのですか？」

「いや、いきませんでした」

「それじゃ、こんな時間まで、どこにいらしたの？」

それは彼にもわからなかった。児玉公園から、この秋花胡同までの距離と時間は彼の記憶のずっと奥の方に沈んでしまっていた。ただ、彼の右手の手首にあの手応えだけがはっきり残っていた。どぶ鼠を射ち殺したときの鈍い手応えが、彼の手首を痺れさせていた。

「奥さん、この部屋、まだあの甘酸っぱい匂いがしますね、……」

「そうかしら、帰るとすぐ掃除して、窓をあげておいたから、匂わない筈だけど、……」

夫人が首をかしげて、下から石黒の顔を見あげた。その手入れの行届いた蒼白い女の額や頰を見つめていると、石黒は急に怒りに似た感情がこみあげてきた。彼はいきなり、書棚から部厚い判例集をとりだしてきて、頁をめくった。郵便ハガキぐらいの大きさの白い紙片が何枚か畳の上にちらばった。それは前に、彼が偶然見つけたものだった。この部屋は、主人が応召するまで書斎に使っていたらしく、専門の法律関係の図書がぎっしりならんでいたが、あるとき、石黒が何の気なしに、手あたり次第にぬきとって見ていた本の間から、発見したのだった。

「あら、なんでしょう、……写真かしら、……」

彼女は、もっとよく見えるように、月の光を背にして眼をちかづけた。そして、あっ、と低い叫び声を洩らした。浮世絵の春画を写真で複製したものだった。石黒は、彼女の耳に口をよせて、いった。

「奥さん、よく見えなかったら、電燈つけましょうか」

夫人は首をふった。片手を畳について、片手で一枚の写真を握りしめていた。

「あなたは太田夫婦のことを、あんな真似をするのは、普通の人じゃない、と笑いましたね。たしかに、あいつらはきたならしい豚です。けだものです。……しかし、これはどうなんです？……あなたたちだって、御主人がいなくなるまで、この春画を眺めながら、こんな姿勢で夜を過してきたんでしょう。大同学院講師とその夫人もけだものだったんです、……その証拠がこれです」

石黒は別の一枚をとりあげて、夫人の鼻のさきにつきつけた。

「わたし、知らなかったわ、主人がこんなもの持っていたなんて、……だから、見たこともなかったのよ」

かすれた声が、彼を一層昂奮させた。

「知りません、清潔です、上品です、普通の人じゃあんな真似はできません、……そうおっしゃりながら、あなたも二階のけだものどもの交尾に耳をすましていたんです、……ね、奥さん、あなたは私の下着を洗濯したり、風呂の湯加減をみてくれたりしながら、私が気になりませんでしたか？……男が欲しいと思いませんでしたか？」

彼は夫人の両肩に手をかけてゆすぶった。彼女は返事をするかわりに、彼にゆさぶられるままに、上半身をぐらつかせた。そうすると、浴衣の襟の間から汗と香料のいりまじった匂いが拡がってきた。彼はまた女の耳に口をおしつけた。

「あなたも、阿片中毒の太田の細君と同じ女だ、……そうでしょう？」

するど、夫人の顔がゆっくり上向きになり、目を瞑ったまま微かにうなづいた。

## 五

九月下旬の、高く澄んだ秋空の下を、思い思いの服装をした日本人の一団が、前後を武装したソ連兵に護衛されて、今は長春という元の名にかえった新京の大通りを、南の方に歩いていた。

都市の名が変ったばかりでなく、この大通りの名称も、日本人が支配していたころの「大同大街」から「スターリン大街」という如何にも占領地らしい呼び方に変っていた。幅員五十米、長さ四粁ほどの一直線にひかれた街路のあちこちに、レーニン、スターリン、蔣介石の大きな肖像がたてられ、四辻には燃えるような髪の色をした女兵士が立って、きびきびした動作で、交通整理をしていた。

乾いた午前の風が上空を吹いていて、黄ばんだプラタナスの葉が、並木の梢からアスファルト舗道に舞い降りて、風の煽りで転げまわっている。その中を日本人たちは五列の縦隊を組んで行進していた。縦隊の前と、後と、左右とに、マンドリン(7)を斜めに構えた兵隊が歩いていたが、そのうちの一人は、のんきそうに口笛を吹いている。

通りは、戦争中にくらべると、ずっと閑散だった。はしっている車は殆んど占領軍の軍用車だったし、歩道には日本人の姿はまるで見えなかった。日本人が長春の街を歩きまわる用事がなくなってしまっていた。建物の玄関や窓には、ソ連と中国との旗がかかげられていたが、それらの建物に出入りしているのも、殆んど戦勝国の人達だけだった。

何十万という日本人は、一体どこに姿をひそめてしまったのか。それとも、この町は、日本人など昔から余り見かけなかった外国の町だったのか。そんな疑問をもちたくなるような、行進している日本人達にとって素気ない大同大街の雰囲気だった。

その朝、海軍武官府の収容所では、食事当番の呼びだしのかわりに、室毎に何人かずつ名前がよみあげられていた。この部屋では、三森と石黒の名がよばれた。宇津山というやくざ風の青年と、王爺廟から逃げてきた一組の中の佐伯という男を加えて四人だった。

「なんです、朝っぱらから取調べですか、……きいて下さいよ、通訳さん、……」

佐伯が心配そうな顔でのびあがった。

「取調べではありません、……この警備兵の話ではダモイ、ダモイ(8)といっているから解放だと思いますがね」

外交官が、自信のなさそうな返事をしたが、「解放」という言葉は、室内をすっかり昂奮させてしまった。

「あと一時間したら迎えの者がくるから、それまでに準備をしておくように、といっています」

「準備、といったって、何もやるこたねえやな、……しかし俺だけ解放されて、お前らだけ残るのは、こりゃどういうわけだ」

佐伯は仲間の者に気の毒そうに、しかし弾んだ口調で声を高くした。

向井老人も昂奮していた。彼は、最初は自分の名前がよばれはしないかと、びくびくしたのだが、釈放とわかると、こんどは警備兵のメモをのぞきこんで、彼の名がおちていないか、通訳にたしかめて貰った。

「畜生、この私をいつまで監禁しておくつもりなんだ、……私は悪いことは一つもしないんだ。私の人格は、内地に行きさえすれば、証明してくれる人はなんぼでもいる、……私は泥棒やスパイと一緒に寝起きする人間ではない、……それなのに、スパイを釈放して、この私を閉じこめておくとはなにごとだ、……これが平和と人道を愛するという赤軍のやりかたか、……」

向井は威猛高になって、宇津山のいる方をにらみつけた。だか、当の「スパイ」は、いつもの朝のように、押入の下段で寝入っているらしく、顔が見えなかった。

石黒が昂奮に頰を赤くして、しかし、不安そうに三森に話しかけた。

「私たちは、戦争犯罪人じゃないのですから、釈放されるのが当然だと思いますが、……しかし、……ほんとに釈放でしょうかね、……ほんとに帰してくれるのでしょうか」

ほんとだ、といい切る自信は、三森にもなかった。だが、通訳の外交官が、「釈放」という言葉を口にした瞬間から、彼も帰ることばかり考えていた。

受付のカウンターで、預けた品物をうけとって、外に出たら、すぐ電車に乗ろう。いや電車を待ってる間に、歩いた方が早いかも知れない。四つになる男の子と、三月に生れた赤ん坊の女の子の様子が瞼に浮んだ。妻の照子のソバカスの多い顔が、びっくりした表情を浮べて玄関にあらわれるだろう。赤十字病院の裏の闇市によって、鶏でも買って行くのだ。あすこでは日本酒が手に入るかも知れない。

三森は、妻の肉体を思い出そうとした。痩せた、色白の、小柄な肢体。子供を二人も生んでも発達しない、小さく固まった乳房。お産のために黄色いだぶだぶの襞のできた下腹部。照子はその黄色い襞をみられるのを厭がっていた。強く抱きしめると、彼女は、骨が痛いといって悲鳴をあげた。クリスチャンの妻は生殖のための性行為しか認めない女だった。しかし、彼は、子供達の無事な顔をみて、安心したら、夜になるのを待ちかねて照子を求めるだろうと思った。そして抑圧された肉体の充足と飽和の中で、はじめて解放された実感を味わうことだろうと思った。ちょうど、あの当時、旅行から帰ってくるたび、そうしたように。

「三森さんは、安民区にお住まいだそうですね、……」

今まで話し合ったこともない男が、一枚の紙きれをもって、そばによってきた。

「すみませんが、お帰りになられたなら、この私の家に寄ってみて頂けませんか、……病院の社宅の、この反対側の道路をですね、……」

紙きれには、鉛筆で略図が書いてあった。それによると、この男の家は、照子がこの春お産で入院した赤十字病院と、三森の家の中間ぐらいにあった。

「しかし、釈放かどうか、わかりませんよ」

「いいや、大丈夫間違いありません、……」

その男は自信たっぷりに断言した。

「だって、そうじゃありませんか、……今日は二十日でしょう。ソ連軍が新京に入城してからちょうど一ヵ月です、……入城一ヵ月を祝って、あなた方が釈放される幸運に恵まれたというものです、……ほんとに良うございましたね、戦争に負けたって、家族が一緒に暮せれば、生きる望みも張りもありますからね」

三森は、その男が、心から三森たちの幸運を羨やんでいる顔を直視するのに忍びない気持がした。だから、といって、その幸運をこの男に譲れるとしても譲る決心がつくかどうかは疑問だった。戦犯でさえなければ、早い遅いはあっても、いずれそのうちに、この武官府の門を出ることができる。

「家族の者には、達者でいるから、私のことは心配しないようにとだけ伝えて頂ければ結構です。私もそれで安心できるのです。あなたが出られたということは、やがて私が出られるということですから、あなたに家に寄ってもらっただけで、女房子供は喜ぶだろうと思います」

三森はうなずいた。そして、その紙片を小さくたたんでしまいこんだ。

「私がそのうち釈放されましたなら、さっそくお宅にお礼にあがります、……まあ、これまで軍に関係した仕事をしておりましたので、シナ人の商人ともつながりがありますから、或いはお役に立つことがあるかも知れません、……敗戦国民となったからには、日本人同志お互いに助け合っていかねばなりませんからね」

三森は、その男の話にあいづちをうちながら、屋根裏に隠してきた幾許かの金のことを考えていた。その隠し場所は、「大陸文化」の神林編集長から教えられたのだが、あの金をもとでにして、自分は妻と二人の子供を養うために、何か商売の真似ごとができるだろうか。たとえば、逃亡してきた兵隊たちのやっているお汁粉屋とか靴の修理とか、或いはまた衣類や調度品を売買したり、食料品と物々交換するとか、蔵本を処分するとか、……もし、そういうことができなくなれば、中国人に雇われて肉体労働もしなければならないのではないか。

それにしても、満洲国幣の価値が急速に下っているので、照子はあの金にすでに手をつけているかもしれなかった。彼が逮捕されたことを知って、神林がミカン箱から何枚かの紙幣をぬきとって、照子に届けていてくれればいいのだが。

石黒も、秋花胡同の夫人の家に帰ることを考えて、胸をどきどきさせていた。風呂場で、単衣の裾をからげて、洗濯している夫人の白い二の腕が生々しく匂ってくるようだった。彼女はきっと、シャボンの泡をついた両手をそのまま拡げて、彼の首に抱きついてくるだろう。そして、髭ぼうぼうの、汗とほこりにまみれた彼の顔の中から、唇を探し求めて烈しく喘ぐことだろう。

「こんどこそ、俺は、別な人間になりきらねばならない、……保安局にいた石黒は何処かに消えてしまって、全く別な、行商か農夫になってしまうものだ、……でないと、ソ連のかわりに国民党がきても、共産党が入ってきても、俺はつけ狙われるのだ、……俺の過去は海軍武官府で償いをつけたのだから、今日から生れかわるのだ」

この考えは今はじめて芽生えたのではなかった。あの家の二階で、夫人と夜をあかしたときから、彼は決心したのだ。政府官舎ということで目をつけられるこの家を出て、日本人の密集している吉野かドヤ街界隈に間借生活とする計画をたててみた。夫人と男の子に食わせるぐらい、何をしたってできるのだ。街頭の靴磨きでもやれないことはない、と真剣に考えた。

しかし、夫人が賛成しなかった。

「あなたは、外に出てはいけないわ。道を歩いていて、捕虜にされてしまう人が沢山いるといいます。あなたのような若い人はすぐ捕まって何処かに連れていかれるわよ。……それに、わたし、一人で家にいるの、怖いわ、……ソ連の兵隊が日本人の女を追っかけ廻すそうだから」

二人は昼と夜の長い時間を、生命を燃えつくすばかりに愛し合って暮した。彼の決心はぐらついていた。この家に篭っている限り、平和と安逸がいつまでも保障されるような気特に傾いていた。

「……食べるものは、当分間に合うのよ。学院の方で、応召家族には優先的に配給してくれたから、……なにもなくなったら、そのとき考えたらよろしいわ」

夫人の眼の奥で妖しい灯がゆらゆら揺れて生活のめやすも現実のきびしさもつきのけてしまった絶望をうつしだしているようだった。

「でも、奥さん、………いつまでもこうしていて、……もし御主人が無事に復員してこられたら、……」

「よして、そんな話、……わたし、将来のことは何一つ考えないことにしてるのよ、……きりがないじゃないこと、……わたしは今あなたと、坊やと、三人で生きてるのよ。それだけで沢山なのよ」

野菜畑で、男の子が近所の子供たちとふざけている元気な声が、二人のいる二階にもきこえてきた。この坊やの父親である人が、いつ北の戦線から戻ってくるかもしれないという危惧が、二人の感覚を一層しびれさせていた。長椅子の上で、石黒は頭を女の豊かな胸の上に埋めて、熟れた無花果の実に似た乳首を口に含んでいた。夫人は柔かい掌で、男の剛髪を愛撫しながら、時折低い叫び声をあげていた。……

石黒は、警備兵がもう一度彼等をよびにくるまでの時間を、とてつもなく長いものに感じながら、大同学院の講師がとうに秋花胡同の家に帰宅していて、以前のように妻と子と三人の暮しを再び始めているのではないか、という想像に苦しんでいた。

「そこへ、俺はのこのこ帰っていくのか。又、下宿させて下さいと頭をさげにいかねばならないのか。奥さんは、何食わぬ顔をして、早く釈放されてよかったと、俺を迎えいれ、主人に紹介でもするのか」

そんなことは真っ平御免だ。それよりは、素気なく玄関払いを食った方が、余程ましだ。だが、それが主人が生きて帰ってくることも、ありうるという確度の低い仮定のことにすぎない。庭の木戸をあけて、畑の方から、その家の気配をうかがっている自分の姿を、彼はえがいてみる。いつものように、二階の戸が開け放されて、洗濯ものがひらひらならんでいるにちがいない。坊やが飛んでくる。そして、彼だということを確かめると、大きい声でママを呼ぶだろう。彼女が、エプロンで手をふきながら、裏口に出てくる。開ききった向日葵のように笑いながら、まっすぐ彼の方にやってくる。

「御主人は？……」

彼女は、返事をするかわりに、両腕をひろげて、坊やが見ているのも構わずに、全身の重みを彼によせかける。……

いよいよ海軍武官府を出ていく時間が来た。各棟から出て来た釈放組は、運動不足のために少しよろめきながら、それでも明るい表情で、玄関前の広場に集合した。四、五十人の人数であった。

「所持品をうけとって下さい。番号札をよく見て、間違いのないようにして下さいよ」

使役の日本人が、一抱えの品物を、地面にじかに拡げた。三森は、ハンケチで包んだ自分の所持品、鹿皮の財布や娘の写真を探したが見つからなかった。ハンケチの包みをしばった皮バンドも見えなかった。ほかのものはどうでも、バンドがないことには、外に出るのに困るのだ。彼はズボンを両手でひきあげながら、その辺りをうろうろした。

「これが一本残ったようです。背嚢の背負革のようですが、何とか間に合うでしょう」

石黒が細い革紐のようなものを探しだしてくれた。それは、使い古して、保革油と汗がしみこんだために真黒に汚れていたが、バンドの代用に使えないことはなかった。財布も、その中にいれてあった現金と娘の写真も、あの緑色の瞳の兵隊がくすねてしまったのだろうか。

「ジェーヴォチカ！」(1)

と叫んで、頭を横にふった、まだ少年のようなソ連兵が、今頃は三森のバンドを締めて得意気に仲間に見せびらかしているのだろうか。

宇津山が三森のまごまごしている様子を見て、笑っていた。

「あいつら、日本人の持物ならなんでも欲しがりますよ。穿きふるした越中ふんどしまでとりあげようとしますぜ」

佐伯が石黒に耳うちしていた。

「俺は、新京の町は全然地理がわからないんだ、……柳町の朝鮮人に会う用事があるんだが、外に出たら道を教えてくれないかね、…」

「柳町、……」

「そうだ。そこには朝鮮ピーの家が並んでるんだそうだよ」

石黒が返事をしようとしたとき、武装したソ連兵が彼等をとりまいて、五列に整列させた。そして、先頭から、「アジン、ドヴァ、トリー」(9)と数えながら、五人づつ、武官府の門の外に前進させた。

三森は、門の外の舗道に出れば、「帰ってよろしい」といわれるのだろうと思って、不自由な監禁生活を強いられたこの木造建物をふりかえってみた。正面玄関の庇の上の壁に、菊の紋章をはぎとった跡が、その部分だけ白々と浮き出ているのが目に残った。

衛兵の前をすぎると、そこは街路だった。並木が人道と車道の間に一足の間隔をおいて続いているのが、整然としていかにも美しかった。三森は、その並木の下を西の方に歩いていけばよかった。太陽が敷石道の上にきらきらした光をなげかけていたから、その光をあびながら、敷石を一枚ずつ踏んでいけばよかった。

だが、門の外に出たとたんに、銃を構えた兵隊に怒鳴られて、彼等は車道の中央に整列させられた。そこで隊列を組んだ日本人たちは、三森が歩いていく筈だった方向とは反対の方へ、「ダワイ！」という号令の下に行進を始めた。

「変だな、何処へ連れてゆきやがるんだ」

「こりゃ、きっと別の収容所に送るつもりにちがいない」

「そんなことはない。この道をまっすぐ行くと新京駅に出るから、駅前で解散させるのだろう」

だが、新京駅の屋根が見えるところまでいくと、先頭のソ連兵は右に曲っていった。宇津山は毛皮のチョッキに両手を突込んで歩きながら、しきりに首をふっていた。

「だましやがったかな。ダモイだの、マダム、フルフル、ハラショだのって、人を喜ばしておいて」

石黒が、暗い視線を三森に投げてよこした。三森も、すっかりうちのめされた気特になっていた。そういえば、あの通訳だって、はっきり断言したわけではなかった。警備兵のいうことも、その場限りの出鱈目かも知れないし、或いは上官から何も教えられていないのかもわからない。釈放かもしれないという臆測が、釈放にちがいないという期待にかわり、てっきり釈放されるんだと誰もが思いこんでしまったのだ。

「だが、俺達を家に帰さないで、何処に引っ張っていくつもりだろう、……」

「いや、やっぱり釈放だよ。きっと児玉公園で、ソ連の将校から訓示でもあって、解散になるのさ」

事実、彼等は児玉公園に向って、進んでいた。石黒は、ちらっと頭をもたげて、こないだとくらべると、すっかり凋落の気配の濃くなった樹々の茂みを見やった。あれから、もう一ヵ月、いや、それ以上経っていた。

あの男は、今でも、あの茂みの中で、丸く背をかがめて、うずくまっているのだろうか。そして、落葉を全身にあびながら、甘酸っぱい、阿片に腐蝕された臭いを漂よわせているのだろうか。

宇津山が、新京の地理に暗いという佐伯に教えていた。

「あれが日露戦争の児玉大将の銅像で有名な公園だ、……ところが、終戦後は、別なことで有名になってしまった、……洋車夫《ヤンチョフ》の奴等が、日本人の女を防空壕にひきずりこんで、強姦するんだよ、……うめいこと考えついたもんさな。狭い防空壕の地べたにおし倒されると、からだの自由が利かないもんだから、上からのし掛って、簡単にやられちもうんだ。何人もの洋車夫に輪姦されて死んだ女もいたそうだ、……」

佐伯が、その防空壕が見えやしないか、とのびあがっていた。

「ちえっ、見えないな、……だが、ほんとに阿呆らしい戦争だったよなあ、……一生懸命汗水たらして勤労奉仕に出て掘った防空壕が、洋車夫のマラを喜ばせるのに役立っただけとはなあ、……」

「大体、日本人の女というのは駄目なんだ、……シナ人の女のように、かみついたり、ひっかいたりして、死ぬまで抵抗する意地がないからな、……相手がロスケだと、もっと駄目なんだ、おさえられると、小鳥のようにからだをすくめてしまって、口さきだけ、殺してくださいい、なんていってやがる」

あのとき、太田も、張れぼったい瞼の間から、涙を流しながら、殺してくれ、と哀願したが、まさか、そのねがいをかなえてやるわけにはいかなかった。石黒は、太田の惨めな姿を、軽蔑と嫌悪の念でにらみつけていたが、殺意は自覚しなかった。挙銃を太田の手からうけとったのは、錯乱している相手が、自分で自分の胸を射ちぬくか、石黒に向けて、暴発する危険を感じたからだった。

だが、太田の不潔な体臭を嗅いでいるうちに、彼は自分の身内の奥から、或る兇暴な力が湧きあがってくるのを抑えかねていた。

太田夫婦が、秋花胡同の夫人の家の二階で、傍若無人にまきちらした、あの粘液と麻薬の混合した匂いと、畳の上を露骨にのたうちまわった肉のきしみがよみがえってきた。

彼は舌うちした。

「虫けらめ！」

だが、これはもう太田の耳に入らないようだった。

この哀れな男は、敗戦のショックと阿片のきれた苦しみで、狂いかけているようだった。

「殺してくれ、」

太田がまたわめいていた、

「……阿片をくれ、阿片をくれ、……そのかわり、何でもやる、……機密を売れというなら、いくらでも売る、……僕は、保安局に、六年もいたんだ、……奴等は、極秘書類を燃してしまったが、僕はみんな知ってるんだ、……どうだ、大したものだろう、……そのかわり、阿片を渡してからでなくちゃ駄目だ、……君は八路か。それともゲペウか、……どっちでも良い。阿片を渡したものに、満洲国保安局の機密を全部提供するぞ」

太田は、まるで石黒が、その取引の相手でもあるかのように、ぶるぶる震える右手をさしだして、にじり寄ってきた。咽喉が、からからに乾いたせいか、舌をだして野犬のように喘いでいた。

「虫けら奴、………」

石黒は声に出して、罵った。反響はなかった。そのとき、彼は、今まで経験しなかった恐怖に襲われていた。

「こいつは、放っておいたら、何を喋りだすか、わかったものではない、……しかも、太田の奴は、保安局の経験は長いし、ずいぶん手荒な任務に服していたのだから、……俺も巻添えをくって、処刑される羽目におちいるかも知れない、……」

戦慄が背すじをはしった。

その途端に、相手を支えていた右手に力がはいった。右手は挙銃を握りしめていた。ひきがねがおちた。

銃口が、太田の腹にくいこんでいたので、発射音は殆んどきこえなかった。反動が、右手の手首を烈しく圧しつけ、太田のからだがぐにゃりと潰れたとき、砂利の上で荷物をおとしたような音がしただけだった。……

石黒の逮捕は突然だった。ソ連軍の将校が、夫人の家に入ってきて、彼の所在をたずねた。まだ朝のうちだったので、彼は二階にいた。間もなく、夫人の声が、食事の仕度ができたことを知らせる筈だった。

「お客さまよ、……おりていらっしゃい」

夫人の声がかすれたが、石黒はまだ気づかなかった。

「あなたは、石黒さん、保安局職員です、ね、……まちがい、ありませんね」

上手な日本語で、その将校は、手帖を出してみながら、確かめた。

「……」

夫人の頬から、血の気がうせていくのを見ながら、彼はだまってうなずいた。あの戦慄が又もや彼の五体を硬直させていた。

「保安局職員、ひどい人間、……みんな、これです」

その将校が、ぽん、と首をうちおとす仕草をしてみせた、処刑をするぞという意味だった。……

六

大同広場にきていた。

児玉公園は、もちろん、右手に眺めて通りすぎてきていた。日本人の一団は、釈放の希望を失いかけていたが、列中の誰かが、大同広場で解散されるのかもしれない、といった言葉にすがりついていた。

佐伯が、宇津山の袖をひっぱった。

「みんなで、逃げようじゃないか、……てんでばらばらの方向に逃げ出せば、ロスケも追いかけられないぜ」

「馬鹿野郎！　そんなことしたら、マンドリンでパラパラッとやられるだけだ、……一人二人は助かるだろうが、その運の良いのがお前さんとは限らねえんだぜ、それに、柳町は、とうにすぎてしまったよ」

宇津山が、泣きそうな顔をみせてる佐伯を嘲笑った。

中央銀行や新京市公署などの高層建築でとりかこまれた大同広場の中央には、ソ連軍の戦勝記念碑がたてられていた。台座の上に高い塔がたち、塔の天辺には飛行機の模型がすえつけられているのだが、その記念碑全体が金色に磨きたてられて、ピカピカに光っていた。

彼等は、その傍を通って、広場の真中に出ていった。三森は、一番近い警備兵が、自慢そうにその記念碑をふりかえっているのにつられて、彼もふりかえってみた。彼は、昌図県の田舎の粮桟を思いだした。

彼処の応接間には、置時計が五つか六つ飾ってあった。飾ってあった、というのは、その置時計の針は、どれもとまったきりであったが、どれも金ピカに光って並んでいたからだ。

だが、そんなことを考えているのは、ほかに誰もいなかった。誰もが、広場のどこかで停止させられ、解散の号令が掛るのを期待していた。自然と歩度がおちていた。警備兵の右手がさっと上がるのが待遠しかった。

「ダワイダワイ！　ヴェストレー！」⑤
先頭の兵隊が、日本人達がずっと後になったのに気づいて、マンドリンをゆすりあげて怒鳴った。

「カケアシ、ハヤクー」

後尾の兵隊も、片言の日本語で追い立てた。

石黒は、目の前が急に暗くなったような、絶望を覚えた。釈放ではなかったのだ。どこかへ、別の収容所に連れていかれるのだ。甘い期待はけしとんでしまった。秋花胡同は広場から五、六分の距離にあるのだが、今はその距離が涯もなく遠のいてしまっていた。

とうとう広場を出はずれ、幅員五十米の大同大街の中央を、彼等はまた南に向って歩きだしていた。

「あすこが、今は、ソ連軍専用のキャバレーになってるんだ、……女どもが百人近くもいるかな、……それがよ、びっくりするじゃねえか。その中には素人の女が大分いるんだ」

宇津山が一人で喋っていた。彼の声には、動揺がなかった。三森はそのビルの方に目をやった。内地資本の毛織会社のビルで、二階のレストランはフランス料理がうまかった。ショー・ウィンドーの前に、中国人らしい背広を着た男が立って、ソ連兵に追い立てられていく日本人の群をながめていた。その男は煙の出ているタバコを、参道の上に投げすてると、内側にカーテンのおりた硝子窓の方にからだをむけた。

三森は、それを見ると、無意識にポケットに手を入れて前門《チエンメン》を探していた。ある筈がなかった。タバコを吸って、気持を静めたかったが、靴の底に隠して収容所にもちこんだ前門は、一週間目になくなっていた。その彼の手が、一枚の紙札を掴んでいた。荷札の半片だった。出てくるときに、この荷札とひきかえに、彼の所持品を返して貰う約束だったが、今は何の役にも立たなくなっていた。

「一五三番、……」

この番号は縁起が悪い。収容されるときカウンターの前で、所持品と引換えにこの番号札をうけとったとたんに、彼は漠然とそう感じた。娘の写真も、鹿皮の財布も、二度と自分の手にはかえって来ないのではないか、という予感だった。

一五三番は、三森が兵隊にとられて、北朝鮮の部隊に入営したとき、与えられた番号だった。その番号を、作業服や巻脚絆や食器や、寝台の毛布にまで、糸で縫いとりしたり、ペンキで書いたり、毛筆で書いた布片を縫いつけたりしなければならなかった。

彼の所属は五中隊だった。従って、「五の一五三」という数字が、三森信夫という名前にとって変った。この数字は、三森という人間の存在よりも確実であった。なぜなら、三森は阿部であっても、井上であっても、入江であっても、構わないが、「五の一五三」は九ヵ中隊を擁している連隊に唯一しかない員数であった。

しかし、彼が自分の番号をしっかり身につけるのには暫らく時間が掛った。数字を覚えることの下手な彼は、一五一番や一五二番の食器を自分の席に運んだり、ひとの洗濯物を間違えて、とりこんできたりして、そのたびに古年次兵からどやしつけられた。

あるとき、それは入浴の帰りだったが、慌て者の彼は、営内靴から上履に穿きかえて、自分の内務班にもどるときに、ひとの上履をつっかけたのに気がつかなかった。運悪く、それは他の内務班の三年兵のものだった。

「おう、初年兵さん、お前さんの上履はえらくばりばりの新品じゃねえか、……二年兵でさえゴムの奴が渡っているのに、豪勢にも革の上履ときてやがら、……そいつを、俺のボロ上履と間違えるとは、御立派なめんめをつけてるものだねえ」

ビンタを二つ三つくらって、すっかり上気してしまった三森は、適当な受け答えもできずに棒立ちになっていた。その、三年兵の上履が革製ではあるが、大分傷んでいて、それとならべてある三森のは、まるで将校用のそれのように光っているのも気づかなかった。特別のわけがあるわけではなかった。被服掛の下士官が、初年兵に上履を支給するとき、ゴム製のが足りなかったので、一番後でうろうろしてた三森二等兵に新品の革製が当ってしまっただけであった。

「五三番と一五三番では、大した違いがございますよ、初年兵さん、……手前どもは、もう二年以上軍隊の麦飯を食ってるんだぜ、…」

三年兵はにやにや笑って、自分の上履に足をいれた。

「すみませんでした」

「御挨拶はいいの、……古年次兵がボロ靴をはいてるのに、新兵がピカピカの新品をはいている。それが軍隊というものですか、と訊ねているんだ」

「すみませんでした」

三森は、気が廻らなかった。自分の上履をこの三年兵が欲しがっている。そんな簡単なことがわからなかった。

その夜、消燈してから、三森は急に便所に行きたくなって、起きていった。中廊下に出ようとしたとき、彼の隣りの内務班から、鋭い声が、彼を呼んだ。昼の三年兵だった。

「消燈後は、皆の安眠を防げないように、静粛にしろ、という中隊長殿の命令を忘れたか」

「はい、わかっております」

「わかっていて、どうして廊下をバタバタ音を立てて歩くのだ、……その上履を脱げ」

三年兵は、三森の上履を片方ずつ両手にもつと、襦袢、袴下姿《こしたすがた》で廊下に直立不動の姿勢をとっている鈍感な初年兵の頬を、威勢の良い音をひびかせて殴りはじめた。

それから間もなく、三森は更に重大な過失をおかした。教練のあとで、泥のついた作業衣を洗濯して、物干場に干している間に、誰かに盗まれてしまったのだ。彼は血眼になって、中隊の各班をきいて廻ったが、笑い声と罵声で追い回されるだけだった。

「三森よ、……困ったことになったな、……」

隣りの寝台の二年兵が、彼を慰さめた。

「軍隊ではな、員数が最も大切なのだ、……兵隊さんは一銭五厘のハガキで、なんぼでも補充できるが、官給品の員数はそうはできんのだ、……被服掛軍曹殿に知られたら、ただごとでは済まない、……なんとかしなくちゃならん、……お前は学校教育を受けているのだから、そこのところをよく考えてみるんだ、……」

だが、彼は、こうした場合の処置について、誰からも教えられなかったし、名案も浮ばないのだ。

「お前の作業衣はなければならん、……被服台帳にちゃんと記載されとるから、盗まれたというわけにはいかん、……わからんかな三森よ、……他の中隊から員数つけてくるのじゃや、……お前の作業衣をかっぱらった奴も、きっと他の中隊だよ、……」

夕飯で、皆が舎内にいる時間を狙って、彼は他の中隊の物干場を廻って、自分が着られそうな作業衣を盗んできた。それは、まだ洗ったばかりで、しずくがぽたぽた垂れていたが、内務班の者が食事をしている傍らで、彼は、持主の番号のはいった布片をはぎとり、そのあとに新しい白布を縫いつけて、「五の一五三」という番号を書きいれた。……

彼は荷札の半片をちぎって、捨てた。

商社や官庁の、高層建築の多いこの辺りは、どこまで行っても森閑としていた。敗戦の混乱のあとの、虚脱した静かさ、空しさが、ビルの谷間に拡がっていた。それでも、いくらか人通りがあった。子供の手をひいて歩いている、日本人の男が、三森たちの行進をみて、子供の傍にしゃがんで、指をさして何か喋っていた。買物帰りらしい、着物姿の女が、並木の下に立って、ぼんやりこっちを見ていた。

「あここには、自由がある」

三森は呟やいた。自分にも、曾て、あのように自分一人で歩いたり、立ちどまって往来を眺める自由が、あることはあったのだ。そして、彼は自分を、他人から拘束を受けない自由人だと思っていたし、雑誌の原稿を書いたり、編集したりする自由業に従事していると考えていた。

だが、ほんとうに、自由だったのか。海軍武官府に収容されるとき、朝鮮人の通訳は、「あなたのいう自由とは、どういう意味ですか」と反問した。彼はその意味を説明するのにてこずった。

北朝鮮の歩兵部隊を一年だけで除隊して、その後幸い二度と軍隊生活を繰返さないで済んだから、こんどの戦争が終ったとき、彼は心の底から助かったと思った。その直前に、関東軍は在郷軍人全員に対して、根こそぎ動員を発令したが、彼は多くの市民と同様、指定された場所に出ていなかった。そして、それはそれで済んでしまった。馬鹿正直に応召した連中は、ロクな武器も与えられずに、ソ連軍の攻撃正面に投げだされたり、山の中に連れていかれて行方がわからなくなったりした。

とにかく、二度とメンコ臭い飯を食わないで、済ませられたことは、ありがたかった。銃を担って強行軍しないでもすむということ、粗野で無智な古年次兵の理屈にもならない説教と暴力の前に、不動の姿勢で立たないでも済むということは、たしかに素晴らしいことだった。だが、それで、三森信夫は自由でありえたのか。

確かに自分は自由だった、と断言する勇気が、彼にはなかった。彼が二度と軍隊生活を繰返さなかったのは、応召の赤手紙が来なかったからであるが、それは単なる偶然の仕業だったのか。そうではなかった。それは甘崎次郎のおかげだった。

「なんだったら、俺から甘崎先生に話してやろうか、……気難しい親爺だが、親分肌の面もあってね。ざっくばらんに頼むと案外わかりは良いんだ、……」

「大陸文化」の神林編集長が、おろおろしている三森の様子を見かねて、こういってくれたのは、ドイツとソ連軍の間に戦争が起った年の夏、満洲では関東軍特別大演習が発動されて、大騒ぎをしている真中であった。ドイツ軍がソ連軍をウクライナ、ロストフに打破り、モスクワに迫ろうとしているのに呼応して、七十万の兵力をソ満国境に集結して、一挙にその背後を衝かんとする作戦で、在留邦人の大量動員が行われていた。

結婚したばかりの三森は召集令状がいつくるかわからない不安とおそれから、脱け出すために、いっそ思いきって志願しようかという気にさえなった。暑い夏だった。彼はみるみるうちに憔悴した。革の上履のビンタが眠れない夜の夢になんども再現された。関東軍に顔の利く甘崎社長なら、赤紙を抑えることができる、という神林の話に、彼は飛びついた。土下坐して、頭を下げてもいいと思った。

「承知した、という返事はきけなかったが、首を横にふらなかったところを見ると、脈はあるよ、……まあ、心配しないでいいと思うな」

満映の理事長室まで出掛けていってくれた神林の報告は頼りなかった。

しかし、関特演[10]は間もなく解除になり、その年の十二月、太平洋戦争が始まったが、彼が怖れていた赤紙は、遂に彼の家に配達されないで終った。

そのかわりに、そのことの償いを求めるかのように、ソ連の占領軍が彼の自由を奪ってしまった。

「君は甘崎次郎の部下だ」と断定した、取調べの将校は、まさか、神林しか知らない甘崎と三森の関係まで熟知していたわけではあるまいが、「大陸文化社」をめぐっての二人の関係を説明しながら、三森の胸の中では、関特演のときの自分の惨めな姿が、苦々しく思いだされていたことは事実だった。そんなことは忘れてしまいたいことだった。……

「だが、俺は、今此処で釈放されても、それで自由になれるのだろうか、……」

また、日本人の女が、歩道を歩いていた。年恰好が、妻の照子ぐらいの女だった。彼女は、車道の中央を、ソ連兵に護衛されて何処かに送られていく日本人の群には注意を惹かれていない様子だった。おそらく、夫は無事で、家で子供たちと一緒に暮しているのだろう。敗戦の結果、生活の窮迫がおそいかかってきていたが、当分は売い食いだってできるし、情勢が落ちつけば、日本人の働き口も増えるにちがいない。家族がみな元気で暮せるだけ幸福としなければなるまい、——そんな生き方をしている家庭の主婦らしかった。

「キャバレーの女の中には、ちゃんとした奥さんで、玄人はだしに達者なものもいるぜ、……いずれ、亭主が応召中で、男に飢えているんだろうが、……」

宇津山がひとりで喋っていた。彼も、歩道をさっさと歩いている日本人の女の方をみていた。

「身を落すまでは仲々時間が掛るが、落してしまうと恐しく大胆になると、ロスケの連中がいってるよ、……ダンスの相手を変えるように、男を次々と変えて、早いとこ一財産を作った奥さんもいるという話だ」

「やめてくれないか」

石黒が叫んだ。みんなは、釈放の望みをすてて、黙々と陰気な面持で歩いていた。その中で、宇津山が一人ふざけたお喋りをしているのが、石黒のカンにさわった。

「……やめてくれよ、そんな話、……君はソ連のスパイを勤めているという話だが、日本人の女達が働いているキャバレーあたりをうろついて、堕落していく奥さんをみつけて面白がっているのかね……」

「スパイ、……」

「そうだよ。収容所ではもっぱらの噂だった、……夜出ていっては、戦犯容疑の要人を追いかけまわして、朝帰ってくる。日中はぐうぐう寝ている。いまどき普通の人間には手の届かない料理や菓子をもってくる。しかも警備兵は君には文句一ついわない、……」

「アッハハハ、……」

宇津山が、人を小馬鹿にしたように、背を曲げて笑った。ソ連兵のマンドリンがきらりと光って、こちらに向いたが、何事もなかった。

「俺が、スパイだっ、……て笑わせちゃいけませんぜ、……俺がスパイなら、なんで、あなたたちと一緒に、囚人みたいに護送されなくちゃならないんだ、……俺はただの運転手にすぎない、……それも運悪く、ハルピンから派遣されて来て、終戦で帰れなくなっちまって、……車ごとソ連軍におさえられてしまったのさ、……ハルピンの国際運輸のトラック運転手というけちな野郎が、戦犯を追っかけるスパイだとは、……いや、これは恐りいりました」

そして、彼は石黒に向って、ぴょこんと頭をさげた。だが、石黒は、唇をかみしめて、そっぽをむいていた。その顔には、不信と疑惑の表情がまだ残っていた。

宇津山は、並んで歩いている三森に、話しかけた。

「あなたなら、私のいうことをまっとうに受けて下さるにちげえねえ、……俺はたしかに、毎晩奴等の乗用車を運転させられていた。奴等に命令されるままに、キャバレー通いもするし、要人らしい日本人を運んだりもした。住宅街にもちょいちょい行って、女を乗せたこともある、……しかし、俺はスパイじゃねえ、……収容所でごろごろしているよりも気が晴れるから、それに、食いものもあるし、たまに酒にもありつくから、運転しただけですよ、……」

「わかるよ、……」

三森が答えた。宇津山がスパイらしいということは、蒙彊政府顧問の向井老人もいっていたが、おそらくは、単なる想像にすぎないのだ。毛皮のチョッキを得意そうに着こんで、やくざ臭い態度をするこの青年は、人の好いお調子ものにすぎないのかも知れない。

「ハルピンには、奥さんがいるの?」

「まだチョンガですよ、……馬家溝《マージャコウ》の独身寮に住んでるんです、……もっとも、好きな彼女がいたんで、そいつがどうしてるか、気掛りだがね、……」

「ところで、私たちは、これから何処へ連れていかれると思う、……」

「見当つきませんよ、まあ、……シベリアでも北満でも、奴等の好きな処へ連れていくがいいさ」

宇津山の返事には屈託がなかった。楽天的な性格なのか、ずぼらでやけっぽちなのか、いずれにしても、三森はいささかこの男が羨ましかった。

石黒の胸には、宇津山の言葉が鋭く突き刺さって、疼いていた。スパイかどうか別にしても、この運転手はロシア人と一緒に、キャバレーで堕落していく女たちを見ているのだ。最初は、子供たちに何か買ってやりたいために、家族を飢えさせないために、働きに出た女が、ロシア人たちと酒を呑み、踊っているうちに、誘惑におちいる。そして思いがけない金にありつく。主人が応召してから、忘れることに馴れてしまった欲望が目を覚ます。石黒は、夫人の脂肪ののりだした豊かな肢体を連想していた。あの腕が将校か兵隊の逞しい首に巻きついて、下半身を相手にすりよせながらゆれている。相手が男で、金払いさえよければ誰でもいいのだ。酒と踊りを交互に繰返したあげくに、ロシア人が下手な日本語で囁やく。夫人は、相手の胸に顔をくっつけたまま、軽くうなずく。快楽への期待で、彼女はうっとりと夢心地でリズムに乗っている。毛むくじゃらの男の手が、女の背中から次第に下って、細くくびれた胴をさすり、腰から尻にまわる。そして、音楽が終るのを待ちかねるように、夫人のからだは宙に浮いて抱きあげられ、ホールの上にある小部屋の方に運ばれていく。鍵のかかる個室がたくさんあるのだ。

次の日、ロシア人は、仲間の者に、踊っている夫人を示していう。

「お前、あの女と寝てみろ、……金さえやれば、どんなことでもさせる女だ」

仲間は好奇心に誘われて、ダンスの相手を申込む。抱いてみると、女の肉体の成熟がじかに感じられる重さとしなやかさである。ターンをするときに、わざと右足を女の股の間におしこむようにすると、女はそれを避けずに、むしろ男をうけいれるように腰をひねって下腹部をこすりつける。反応は充分だ。男が二言三言囁くと、女は濡んだ眼を大きく見ひらいて、「ハラショ」とつぶやく。……

「馬鹿な、……あの人に限って、そんなことが起ってたまるか、あの人はそんな女じゃない、……」

石黒は、あられもない妄想に耽っている自分を、叱りつけてみた。だが、不安な疼きはおさまらない。それまで貞淑だった夫人は、あのときの、彼の激情の前にたわいなく屈してしまったではないか。そして、一度ふみきった後は、自分から積極的に石黒を求め、その烈しい燃焼の中に道徳も羞恥も名誉も投げこんでいるではないか。石黒のかわりに、ロシア人であっても、それは起りうることではないのか。生活が苦しくなって、働かねば食えないという状態に追いこまれたら、最初のためらいさえも感じないで、淫蕩な生活に飛びこめるではないか。

石黒は周囲を見まわした。もう市街地を出はずれて、住宅は畑にかこまれて、点々とちらばっていた、ゆるい起伏がはじまって、新京の屋並が丘の蔭にかくれてしまっていた。

環状線の電車の線路が大同大街の末端と交叉して、そこからさきは南嶺の丘陵になっていた。

「関東軍の最後も哀れなものだったよ、……」

後の方で、誰か話していた。

「新京にいた部隊が、この大同大街にずらりと整列させられて、武装解除をうけたんだからな、……無敵関東軍がよ、……片側に、丸腰の兵隊が何千人となくならんでいて、反対側には、今おいてきたばかりの小銃、機関銃、短剣、指揮刀などが、がらくたの山のように積まれてさ、……そいつを大きなトラックがきて、どこかへ運んでいくんだ、……」

「あっ、あの大型トラックは、スチュードベーカーというのさ。アメリカから日本海を渡ってソ連に送りこんだというしろものだ」

宇津山がふりむいて教えていた。

「これは、南嶺の収容所送りに間違いありませんね」

石黒が、蒼ざめた顔で三森に囁やいた。

「もう少し行って、左に曲れば建国大学だから、そこへ入れられるのかな、……だけど、うちの近所の人で、南嶺から逃げてきたというのがいるから、そう厳重じゃないのかも知れませんよ」

三森は、相手を慰さめるようにいった。それは、ほんとうだった。その人は、終戦直前応召して、すぐ捕虜になったのだが、皆が逃げるので、炊事場の砂糖袋を担いで、鉄条網を潜って脱出してきた。その人から分けて貰った砂糖で、三森の家では久し振りに汁粉をこしらえて鱈腹たべた。

だから、捕虜収容所といっても、大したことはあるまい、とたかを括る気持が、三森にはあったのだ。

赤土だらけの丘の凹みで、一行は左に向きを加え、なだらかな傾斜を東に進んでいった。自動車や大車《ターチャ》の車輪の跡が、荒々しく土をえぐっている道路だった。

赤煉瓦の二階建が見えてきた。誰も口をきく者がなかった。諦めきった動物のように、彼等はうつろな眼で、今近づきつつある収容所の光景をみつめていた。

大学の校庭の周囲には二重に鉄条網がめぐらされ、その檻の中を、軍服を着た日本人たちが雑然と歩きまわっている。出入口には、望楼のような櫓がくみたてられ、そこには照明燈と機関銃がすえつけられている。

一行が、その出入口に近づくと、丸太を組んで、有刺鉄線を張った門が八の字に開き、矢張りマンドリンを抱えたソ連兵が出てきて護送してきた兵隊と何か話し合った。

檻の中の軍人たちは、服装のまちまちな新入に興味をもったのか、ばらばらと鉄条網にかたよって、外をのぞいた。それは恰度《ちょうど》、動物園の猿たちが、見物の客を迎える仕草とそっくりだった。白い歯をむきだして、笑っている表情まで似ていた。

「アジン、ドヴゥ、トリー(9)、……」

また念入りな数え方で、海軍式官府からやってきた兵隊が員数をかぞえ、それを此処の収容所の兵隊がもう一度かぞえ直して、それで引継ぎが終った。

「ダワイ、スカレー(2)、……」

新しい捕虜がすっかり入ってしまうと、丸太の門が閉められ、送って来た兵隊たちは一人の口笛を合図に軍歌をうたいながら帰っていった。

「お前たちは地方人かい、……何処から来たのだ、……」

制服の軍人が近づいてきて、横柄にたずねた。みんな黙っていた。

「建国大学に入れられなかっただけ、お前たちは運がよかった、……あすこは偉い将校が多いから、兵隊や地方人は使役につかわれとるそうだ、……此処はそんなことはない」

「それでは、この建物は何ですか」

こちらの一人が、おずおず質問した。

「国立師道大学だ、……俺は小学校しか出てないが、捕虜になったお蔭で、大学にはいることができた」

その軍人は、唇を薄くあけて、ぎごちなく笑った。垢で汚れた襟には、赤い地に金条一本と星一つついた階級章が縫いつけてあった。

# 七

今までの、海軍武官府の拘禁生活とくらべて、こんどの、国立師道大学の捕虜収容所は、食物もよく、鉄条網で囲まれた制限された枠内ではあるが、ともかく自由に動きまわれる暢気な生活だった。

収容所内部は、捕虜の自治に任されていて、各教室ごとに、将校を責任者とする班が組織されていた。そして、机も椅子も何処かへ運びだされて、がらんとした部屋の中で、床板にぢかに毛布を敷いて、多勢の軍人が無為に日をおくっていた。

三森たちは、講堂に使っていたらしい、だだっぴろい建物の中の一隅をあてがわれたが、此処は、いわゆる地方人だけの溜りらしく、服装の雑多な、そして秩序も行動も乱雑なグループが、おもいおもいによリ集まっていた。海軍武官府で同じ部屋だった四人、石黒に宇津山に、佐伯、それに三森は、自然ひとつにかたまって、廊下から講堂にはいってすぐの、演壇の前に陣どった。

「失礼ですが、今おいでになったばかりですか、……」

色白の、秀麗な面持の男が、話しかけてきた。

「……此処では、十五人から二十人程度の人数を一班に編成する建て前だそうでして、班を作らないと、被服も食料も受領できないのだそうです。……私たちもさきほど着いたばかりで、様子がわかりませんのですが、どうでしょうか、一緒になっていただけませんか……」

三森たちは、顔を見あわせた。しかし、相談するまでもなかった。着るものも、食うものも手にはいらないのでは困るので、困らない方法があれば、とびつくよりほかかない。

「いや、どうしたらよいのか、まごまごしてたところですので、みなさん、よろしくお願いしますよ」

宇津山が神妙な声で、一同を代表するような返事をした。

「これでも、まだ十五人にはならんのですが、あとから入ってきた人に加わって貰うとして、一応班を作ったことにしましょう、……本部に報告せねばなりませんので、この紙に皆さんのお名前を書きいれて下さい、……失礼しました、私は相沢と申します、……さしでがましいと思いましたが、班の責任者がきまるまでのお世話をさせていただきます」

その男の、きびきびしたとりなしで、二つのグループが合体して、新しい班ができあがった。班長を選ぶ段になると、なりゆきからして、世話をやいた相沢が指名された。彼は一度は辞退したが、お願いします、と多勢に声を合わされると、あっさりひきうけて、悪びれないところが、頼もしかった。三森より一つ二つ年下に見え、言葉には秋田の訛りがあった。

夕方になって、新しい仲間がどやどや入ってきた。その中から、ぼろきれのように汚れきった軍服を身につけた、しかし一見して地方人とわかる男たちが五人ほど、相沢の班に編入された。この連中は、よくみると、年齢はまちまちだが、態度も言葉使いも、先に収容されている地方人とは肌合が違っていた。三森たちのすぐ傍ではあったが、彼等は、自分たちだけで丸くかたまって、上眼づかいに周囲を見廻しては、ぼそぼそと低い声で話しあっていた。

夜、講堂には明るい電燈がついて、賑やかな笑い声や、トランプで遊んでいる組の騒ぎなどで、収容所らしい陰気さは少しも感じられなかった。

三森は、いちいち警備兵に許可を求めなくとも、自由に便所にいけるのが何よりも嬉しかった。廊下に出てみると、どの教室の扉も明放してあって、明るい光と話し声が流れていた。消燈時間がすぎても、同じだった。

「これでは、寝ようにも寝られませんね、……しかし、いいなあ、なんぼ捕虜でも、日本人だけがこれだけ集まっていると、すっかり解放された感じで、悪いことなんかなに一つ起りそうもありませんですね」

石黒が、からだをのびのびと伸ばしながら、いつもより昂奮している口調でいった。

「日本とソ連は、戦争したといっても、ほんの一週間たらずだからね、……そう敵愾心をもってるわけでもないさ、……だが、捕虜収容所って、こんなのんびりしたところとは想像もしなかったね」

そして三森は、明治三十七、八年の日露戦争のとき、日本軍の密偵であるシナ人が、ハルピンに潜入して、日本兵の捕虜たちが急造のバラックに、まるで豚のようにおしこめられて生きていた状況を、昌図《チャントゥ》の軍政官に報告した、――零下三十度にも下る冬の最中だというのに、熱気と悪臭のたちこめる中で、褌ひとつになって、ごろごろ寝ころがり、チフスと栄養失調で苦しんでいた惨状を思いだして、石黒に話してきかせた。その資料は、彼が新聞に連載していた物語を書いているうち、安東《アントン》の寺で所蔵している大原軍政官の手記の中でみつけたものだが、検閲が煩《うる》さいので、当時は発表することができなかった。日本の軍人は捕虜になるよりも死を選ぶように、教えこまれてきたし、したがって捕虜になる筈はなかった。だが、それにもかかわらず、戦争で捕虜になる日本人は決して少くはなかったのだ。

そして、こんどは、あの有名な戦陣訓のいましめにもかかわらず、関東軍数十万の兵力が、そっくりそのまま捕虜にされてしまったのは、――そして、その捕虜の中に、民間人までもが混入されて、家族から隔絶されているのは、いったい、どういう皮肉なのだろうか。

「へええ、……そんなにひどかったのですか、……でも、昔は野蛮でしたからね、……今は、もうそんなことはないでしょう」

石黒は、三森の話に、ちょっと不安な印象をうけた。今朝までいた、あの海軍武官府の生活は、あれをもっと長く、この冬まで続けたら、昔のハルピンの捕虜収容所の惨状を再現するのではないだろうか。

「まあ、この程度で、かんべんして貰いたいものだね、……」

三森も苦笑いした。彼も、武官府では、どうなることか、と思っていた。塩分の不足には誰もが苦しめられていた。関節ががくがくして、脚気のような症状があらわれていた。誰か、炊事から岩塩を盗んできて、それを細かに砕いて、皆で分けあって噛ったときのうまかったこと。三森はそれまで、塩の味がこんなに素晴らしく美味しいとは考えてもみなかった。あの生活で、発疹チフスでも発生したら、どんなひどいことになるか。それを考えると、当分、自分の家に帰れないとしても、生活が変っただけでも大助かりだった。

「……それにしても、ソ連側はどういうつもりで、私たちのような非戦闘員を、こうして捕まえておくのかね」

「さっき、廊下で将校の人からききましたがね、……鉄条網を潜って脱走する兵隊が多いのだそうです。それで、此処の収容所も、最初は警戒がルーズだったのが、だんだん厳しくなって、鉄条網も三重にする工事をはじめているとかです。そして、脱走者が出ると、その人数だけ、新しく日本人の男を捕まえては運んでくるようになったといってます」

「それじゃ、つまり、我々は捕虜の員数の穴うめ、というわけかな、……」

実際、それよりほかに、考えようがなかった。戦犯の容疑がないと認めたのであれば、彼等は、今朝、あの海軍武官府の衛門から釈放されてもよかったのだ。ただ釈放するのは、もったいないから、捕虜の員数を充たすために、南嶺に送りこんだのにちがいない。

「……不当だ、といっても文句のもっていきどころがないしな、……敗戦国民の悲哀だな」

「……そう落胆されることもありません、……」

三森と背中あわせに寝ていた、相沢班長が話しかけてきた。

「……なにも、自分たちが捕虜ときまったわけじゃありませんからね。……げんに、部屋だって、軍人と地方人は、このように別にしてあるのですから、捕虜と抑留者は区別して扱うのだと思われます。……近いうちに、日本から、赤十字の代表が視察にくるという話もあるそうですから、まあしばらく辛抱しましょうや」

相沢の柔かい話しぶりには、おちついた説得力がこもっていた。石黒が、ほっとため息を吐いて、相沢の方に、縋《すが》りつくような視線をなげた。

「私たちは、今まで、関東軍や政府の首脳部がぶちこまれている収容所にいたものですから、暗い予想ばかりしてたのです、……しかし、国際法や捕虜についての協定もある筈ですから、無茶な取扱いはまさかしないと思っていますがね、……ところで、班長さんは、御出身は秋田じゃありませんか、……私も東北ですが、……」

「それは、おなつかしいですね、……お察しのとおり、秋田です」

相沢が、秋田のキを発音するのに、舌を上あごの奥の方にまきあげて、重苦しく、殆んどツかクときこえるように話すのが、いかにも東北人らしかった。

「三森さんは、仙台ですか、……」

「はあ」

「仙台は、六月の空襲で、ひどくやられたようですね」

「ええ、……それが、あの空襲からあと、全然便りがないものですから、様子がわかりませんが、……」

新聞もラジオも、簡単に報道しただけだったし、被害の状況は想像に任せるよりなかったが、郷里の家族が無事でいるとは思えなかった。

「あの人たちも、宮城県出身ですよ、……東安省の開拓団から逃げてきたらしいです」

相沢は上半身を起して、あとから班に加わった数人のグループを指さした。国際運輸の宇津山が、その群に入りこんで、何かしきりに喋っていた。ぼろ軍服を着た男たちは、まだ横にもならず、まるで、野良で一休みしているときのように、前かがみに腰を下して、立てひざをした上にあごをのせ、うなずいたり、首を横にふったりしながら、宇津山の話にきき入っていた。


三森が、「大陸文化」の仕事で、東安の満拓にいる友人を訪ねていった帰り、仙台開拓団に立寄って一泊したのは、昨年の夏だった。

そこで、彼はまさか知人に会えるとは思わなかったので、まず駅に近い開拓団本部で、満拓の友人の紹介状をさしだし、視察の希望をのべた。どこでもいいから、農家に泊って、開拓の苦労話をききたかった。

「横山さんとこ、ええがな、……あすこは餓鬼が一人だけだから、そう煩さくもねえし、……」

本部の事務員がひとり言をいって、先に立って三森を案内した。その事務員が、下駄をつっかけて歩きだしたので、本部の周囲にある農家のどれかに入るのかと思っていると、そうではなくて、集落を出はずれて、家一軒見えない高梁畑の間をどこまでもてくてく歩いていくのだった。

そして、リュックを背負った三森が、全身汗と埃でどろどろに汚れきった頃、横山という開拓農家の屋根が、丘の起伏の間にやっと見えてきた。

「なんだ、これは、信ちゃんでねえすか、……あれ、まず、…」

事務員から三森を紹介された、この家の主人は、びっくりして叫んだ。三森は、その男の、無精髭をのばした、陽に焼けて真黒い顔をしばらく見つめた。思いだした。小学校のときの同級生だった。

「やあ、横山さん、……ちょっとわからなかったなあ、……」

「なんですや、知合いだったのすかや。……珍らしいこともあるもんだね、……」

案内してきた青年は、横山に、あがってお茶でも、とすすめられたが、本部が忙しいから、といって、さっさと帰っていった。

六畳一間に、台所と土間の作業場のついた粗末な開拓住宅だった。モンペ姿の細君が、顔中おできだらけの女の子を遊ばせながら、六畳間のアンペラの上で、繕ろいものをしていた。

「信ちゃんが、満洲に来てるっつう話は、内地できいてきたが、会えるとは思わなかったなあ。……偶然つうもんだなあ、……」

横山は、この不意の邂逅に驚いた表情をむきだしにして、細君に、小学生時分の三森の話をしてきかせた。

三森は三森で、あの横山が、開拓地で百姓をしているという事実を呑みこむのにもどかしい思いをしていた。

横山は小学校を高等科まで進んで、卒業すると、市電の見習車掌にはいった。三森は時折、電車の中で、切符を売っている横山の黒い詰襟姿を見かけたが、声をかけるのが照れ臭くて、知らぬふりをした。横山の方でも、中学生の三森の金ボタンが眩しいような顔で、いつもそっぽ向いていた。

年が経つにつれて、横山は一人前の車掌になり、やがて運転台に立つようになった。三森は高等学校に入った。

ある日、横山が珍らしく、三森を見て笑顔になり、片手で運転しながら、部厚い新聞紙の包みを手渡して、囁やいた。

「こいつを、学校の中で撒いてけろや」

それは、市電の従業員たちが、待遇改善を要求するためにストライキを決行するという趣意書だった。進歩的な市民大衆、学生諸君に訴える、というどぎつい標題が、赤インクで刷られたガリ版のアジビラは、三森の胸をどきどきさせた。

市電に争議が始まっていることは、新聞にも書かれていた。地下の共産党が煽動して、不平分子をかりたてているということだった。高等学校の中でも、共青同盟(11)が動いているのを、三森は知っていた。

彼は、横山から渡されたビラを、一人で学内に撒く勇気はなかった。共青の学生に頼もうかとも思ったが、発覚した場合、彼も同盟員の一人とみなされる危険があった。

迷っているうちに、市電の労働者は弾圧され、組合幹部や医学部の大学生たちが検挙された。ストライキは未然に紛砕された。三森は、学校から、その新聞紙包みを家にもち帰って、鉄砲風呂にくべて燃やした。

横山はあの争議で馘になったらしく、もはや電車の運転台で見かけることはなくなった。そして、三森の記憶からも薄れてしまっていたのだった。

「おれは、君が東安にきてるとは全く知らなかった。……ただ宮城県人が沢山入植してるというので、寄ってみる気になったのだ。………君が開拓国に、なあ、……」

「市電をやめてから、色んな仕事やってみた、……土方もしたし、牛乳配達もした。……しまいに、こいつと一緒になってな」

横山は細君の方に顎をしゃくって、

「……デパートに納める花作りやってみたら、案外うまくいったよ。……ところが温床作る金の工面をはじめたとこで、前歴がばれてさ、デパートの契約は取消しだ。……ポリの奴が始終出入してるもんだから、それから聞いたんだべな。……どうにもこうにも仕様なくなって、満洲さ逃げてきたんだ。……そしたら、どうだんべ、此処さまで県公安の警察が、視察だと称してきやがったよ。……なにも、人殺しや物とり強盗したわけでもねえのにや」

「気にすることはないさ、そのうち向うの方で忘れてしまう時がくるよ」

「うん、それに、百姓してれば、誠きられることもねえしな。……だが開拓も楽でねえど、畑みればわかるこったが、……こんな広い土地預けられたって、夫婦二人っきりで、営農資金も、労力も、機械も、足りねえづくしでな。……それに医療施設も、学校も、本部の近辺はいいとしても、農家が分散してるから、利用したくも出来ねえ家が多いんだよ」

それから、横山は、気をとりなおしたように、

「せっかく来て貰っても、何も御馳走できねえから、ずんだ餅でもつくべ」

といって、細君に準備をいいつけ、自分は、朝鮮部落からどぶろくを仕入れるために出掛けていった。

……

戦争が終って、北満や東満の避難民が新京に流れこんできた。その中から、三森は横山を発見しようと

努めたが、無駄だった。東安方面の開拓団は、土民とソ連軍に挟撃されて全滅したという噂がたっていた。貨物列車で、命からがら逃げてきた婦女子の、悲惨な恰好から、その噂も嘘ではないと思われた。無蓋貨車に乗ってからさえ、飛行機の銃撃で死んだ人は少くないという。

三森は、宇津山の傍にわりこんでいって、横山の消息をたずねた。

「横山、……ああ、あのアカだっつう男だな、……」

ひざ小僧をかかえている年寄株の男が答えた。

「あいつは、ソ連が攻めてくる十日ほど前赤紙が来て、……そうだ、団では一番最後の応召者だったな、……アカの奴まで連れていくんでは、日本も落ち目だっつう皆の話だった、……」

「家族はどうしたでしょうか、……細君と女の子は、……」

「わかんねえね、……おら達は、駅に近い者だけが避難列車にやっとこさ間に合ったんで、……横山や、あれから西の方の連中はどうなったことだか、……」

仙台開拓団は、林口から東安に至る鉄道沿線のうちでも、もっとも満ソ国境に接近していて、僅か三十粁彼方には、ソ連のツリローブの町が、興凱湖畔にあった。そして、国境線は、このツリローブの北側で湖を東方に横切っていた。

東安への往き帰りに、三森は、沿線の耕土を掘り起して、戦車の侵入を阻止するための水溝が、国境線と平行して連なっているのを眺めた。横山も、その水溝掘りの労役に出た話をしていたが、ソ連軍の怒涛のような進撃の前に、なにほどの役にも立たなかったのであろう。避難列車に乗れなかった開拓農家の家族の運命は、容易に想像できるのだった。三森は、汚れたアッパッパの裾をからげて、餅つきのあいどりをしていた細君と、おできを切ながって泣いてばかりいた女の子を思いだして、暗然とした。

「男どもといっても、若え者はみな兵隊さとられて、おら達のような年寄りや、検査前の子供だけだものな、……逃げてくるのが精一杯でがした、……」

「あなたがたは、どうして、こんな所へ連れてこられたのです、……」

「そいつが、話にもなんにも、なんねのっしゃ。……民団のお世話で、室町国民学校で暮してたんだがね、……寒くなるんで、布団を配給するから、運搬の使役に出てくれっつうもんで、男たちばかりトラックに乗ったら、そこさソ連兵がきて、此処さ運ばれてしまったんでがす、……」

「まったく、ひどいことするもんだな、……」

宇津山が同情した口調で合槌をうった。そのとき、開拓団の仲間の一人が、泣き声で叫んだ。

「それも、これも、戦争に負けたからなんだ、……勝った、勝ったって負けてしまって、……」

三森は、その男の方をみつめた。他の男たちと同じように、ぼろ軍服をきて、汚れきっていたが、浅黒い顔が清潔に光っていた。まだ未成年の、年寄のさっきの言葉にあった、「検査前の子供」らしい青年だった。この男は、自分が叫んだことでびっくりしたらしく、しばらくぽかんと天井を仰いでいたが、三森の視線に気づくと、急に、はずかしそうにうつむいてしまった。

八

次の日、新しく収容されたものに衣類の配給があった。配給といっても、一人々々に何枚かずつ配るというやりかたではなく、空いている数室に、軍衣、襦袢、袴下《こした》、靴下などが山のように積みあげられ、その中からからだに合うものをとってくる。という鷹揚な分配の方法である。

新品ではないが、洗濯やつぎあてがこまめにしてあって、すぐ着られるものばかりだったから、襦袢袴下などは二枚も三枚ももってくる男がいた。

石黒は、自分が秋花胡同から着てきた夏服が汚れていたので、その教室の隅で、布地の厚い冬物の軍服に着換えた。そして、そのまま講堂にもどろうとしたが、思い直して、脱ぎすてた協和服を丸めて、持ちかえった。

講堂では、新入者たちが、夏物と冬物を着換えてみたり、余分の衣類を整理したりしてごたついていたが、その中で、班長の相沢が、あぐらをかいて、しきりに縫いものをしていた。石黒はその傍によってみた。

「班長さん、何をこしらえているところなんです。……」

「やあ、……えらいものを見つかりましたな、……」

相沢は、右手にもった縫針を女のような仕草で、頭髪にこすりつけながら笑った。

「……これ、夏衣ですがね、要らなくなったから、これでリュックを作るところです。体裁をぬきにして、がらくたを詰める用をなせばいいのですから、簡単に出来ます」

「班長さんは、我々がシベリアに送られるのを覚悟しているわけですね。……リュックを準備されるところを見ますと、……」

石黒が真剣に質問したが、相沢は明るい声で、相手の疑問を否定した。

「そういうわけじゃありません。……下着をいれるにしても、我々は雑嚢ひとつ持ってないから、不便で仕方ない、……それにがらくたが何だ彼だと増えますしね、……内地へ送還されるか、此処で解放されるかわかりませんが、貰えるものは貰っておかないと、不自由をするものです」

相沢は何処で見つけてきたのか、兵隊の使うお針道具を一式もっていた。木綿糸も、黒と白と国防色の三種を揃えている。そして、器用に軍服の夏衣の袖をとりはずし、そのあとを縫いあわせているのだった。

「あなたも作ってみませんか。……針と糸もふんだんにありますから、……これで、あとは前と裾を縫いこんで、襟のところに蓋をつければ袋になります。ポケットはそのまま小物いれに利用できます。……あ、背負紐をつけなくちゃなりませんね、……これも準備してあるのです、……」

巻脚絆を二つ折にして、袋の背に縫いつけるばかりにしたのを、相沢は出してみせた。

「……これは考えたんですよ。……丈夫で、しかも、肩に食いこまないようにするには、細い紐では駄目だし、帯革では固くて針が通らないし、……それでこれにしたのです、……」

その顔には、自分の仕事に対する自信と満足感がこもっていた。

「……釈放まで、また収容所を移動するようなことがあると、役に立ちますよ」

しかし、石黒はだまって、相沢班長の手の動きを見下していた。おれたちが、いよいよシベリアに出発することになったら、そのとき、この相沢という楽天家はどんな慌て方をすることだろう。そんな筈ではなかったと地団駄ふんで口惜しがるにちがいない。おれは、絶対、シベリアになどいかない。

「ソ連はドイツとの戦争で、工場もコルホーズも破壊されたので、我々をかりあつめて、戦災復興の強制労働をさせるのだという話がありますね」

「それはね、……こういう時ですし、これだけ多勢の人間が集っているのだから、色々なデマや臆測が生れるのは当然です。……しかし、考えてみなさい。……関東軍の何十万という捕虜をどうして輸送するのです。……どうして食わせるのです。……ウクライナの穀倉地帯がドイツ軍に焼きはらわれて、ソ連自体が食糧に困っている状態じゃありませんか、……」

それから相沢は、相手をなだめるように、しかしきっぱりとした態度でいった。

「……流言飛語に耳をかして、余計な心配をするだけ、つまらないと思いませんか。……それに我々は地方人です。……ソ連軍と戦ったわけではありません。……万一、捕虜がシベリアに連行されるとしても、我々地方人は満洲に残される筈です」

地方人、という言葉に、相沢は妙に力をいれて話すのだが、自分の思いに囚われている石黒は気がつかなかった。

師道大学の裏手に以前学生達が耕作していた畑があり、その畑の外側を鉄条網が厳重にとりかこんでいた。ソ連の警備兵は、その有刺鉄線の壁に沿うて巡回しているのだが、一時間に一度か二度しか姿を見せなかった。

石黒は、講堂を出て、畑の方に出ていった。日向ぼっこをしたり、あてもなく歩きまわったり、畑で馬鈴薯を探したりしている捕虜がいた。畑の隅に、鉄条網に近く、倉庫のような窓のない建物があった。その建物の蔭で人声がしていた。

彼はそちらの方に歩いていった。収容所から逃げるとすると、安全な、逃げ易い場所を探しておかねばならなかった。外に出ても、背後から狙いうちされる公算が大きいので、からだを隠せるような凹凸がないかどうか、附近の地形も見ておかねばならない。

倉庫の裏手に捕虜が群れていた。そして、鉄条網の外側には二、三十人の女や子供が、鉄線にしがみついて、口々に叫んでいた。風呂敷包みを投げてよこす女もいる。

「おい、××部隊の杉本という一等兵だそうだ、……たしか××班だから、誰か呼んできてやれよ」

そういう声に応じて、教室の方に馳けだしていく捕虜もいる。

「大丈夫、心配することはない。……そのうち釈放されるという話だから、俺のことより家の方を頼む。……子供たちが待ってるから早くもどった方がいい」

男の方がそういうのに、鉄線に縋って泣いてばかりいる女もいる。

石黒はこの面会者たちの後を、ゆっくり歩いていきながら、視線はひとりでに夫人の姿を求めていた。彼が此処にいると知ったら、彼女は何をおいても会いにきてくれるだろう。だが彼女は知らないのだ。此処にいる女達の誰かに、秋花胡同の政府官舎に伝言を頼めないだろうか。だがそれは出来ないことだった。彼は空しい思いで、鉄線をへだてて叫び交している男達の間を歩いた。

紫色の矢絣模様の袷を着た女が、人待ち顔に立っていた。さっきの杉本とかいう兵隊の細君らしかった。石黒はその前にたちどまった女の白いふっくらした指が有刺鉄線をこわごわ掴んでいるのが、目に沁みるようだった。女は、前に立った男の顔をのぞきこんで、失望したように首をふった。そして、畑の方や建物の方に杉本一等兵の姿を探しもとめていた。

「不思議と、矢絣が流行るときは戦争があるということよ、……」

あの二階で、衣類の整理をしながら、夫人は矢羽根の大きな模様のついた着物を、肩から垂らしてみせながら話したことがある。

「……でも、こんな着物、二度と着られるかどうか、わからなくなったわね……」

夫人は嘆息をもらした。その面影を、石黒はあてもなく追っている。だが、目の前の細君はまるで夫人とは似ても似つかない人だった。その女は、もどかしそうに、上半身をのけぞらしたり、指に力をいれて、爪先で伸びあがったりしていたが、からだを動かすたびに、帯の上の胸のふくらみが烈しく息づいた。それは彼に、熟れた無花果の実のような乳首の触感を思いださせるのだった。

「巡察が来たぞ、……」

端の方で叫ぶ声がした。すると、あっという間に、捕虜たちは倉庫を廻って逃げだし、夫や父親に会いにきた市民たちは、丘の傾斜をかけ降りて、姿を隠してしまった。

「どうして逃げるのです」

石黒は一緒に走っている男たずねた。

「……あの女たちにソ連兵が発砲でもするのですか?」

「そうじゃないんだ。……面会は黙認みたいなもんで、なんぼ人が寄ってきても、奴等はきまった時間にならないと、巡察に廻ってこないのだ。……そのかわり、俺達の方でも、巡察がきたときは、鉄条網のところにはいないように、気を配ってるんだ。……つまり、兵隊同志の一種の仁義みたいなもんだな」

そして、その男は、ロスケの兵隊って奴は面白いところがあるよ、とつけ加えて笑った。きまった時間にならないと、巡察に廻ってこない、という言葉が、石黒のからだの奥にはっきりと刻みこまれた。

「その、きまった時間というのを調べる必要がある、……それも日によって違うのか、どうかもだ、」


うららかな秋日和の日が続いた。

食事の運搬と、室内の掃除以外に仕事らしい仕事はなかった。何か新しい情報がはいると、その情報を中心にして、さまざまな臆測が行われたが、情報そのものの確度が不充分なので、ずいぶんくいちがいのある話が新しくいくつも生れ、それが収容所内部の隅々まで波及していって、その間にまた修正や加除が行われて、はねかえってくるという仕末だった。

赤十字の視察団がくる、という情報もその一つだった。ソ連が日本人の非戦闘員までも逮捕して、捕虜収容所にかり集めているのが、万国赤十字社の知るところとなって、現地視察にくるのだ、という話があった。その話が、二度目に相沢班に届いたときには、赤十字の代表立会の上で、軍人と民間人が区別され、民間人は釈放、軍人は日本内地に送還されるのだ、という話に変っていた。それがまた収容所内を一巡して、三度目にもちこまれたときには、軍人は捕虜として、ソ連領土内に連行されて取調をうけ、その後で日本に帰還するが、満洲に在留する一般邦人の帰国よりは早くなる筈だ。だから、軍人の身分を秘して民間人になりすましてる者もいるが、そういう者は今のうちに正確な申告をしておいた方がためになる。という穿った話になっていた。

そして、事実、収容所内の将校団代表の名前で、終戦当時の職業、階級、氏名等を偽わりなく報告されたいというガリ版刷の文書が各班に配られてきた。

王爺廟から逃げてきた、特務機関の佐伯は、こんどの申告には、満洲国軍部隊の日系の将校と書いてだした。班長の相沢がそれをみて、にやりと笑った。此処に入ったばかりのとき出した身上調書には、佐伯は商人と書いた筈だった。

「佐伯さん、……あなた、ほんとうに満軍の将校だとすると、この班を出ていただいて、将校団に編入替えになりますがね、……」

困った、という表情が、特務機関員の顔にうかんだ。

「……私の意見を申しあげて差支えなかったら、……元のままの方がいいと思いますね、……正規の捕虜は、これはどうしたってソ連に連れていかれますよ、……そして、一定の期間労役に服するようになるでしょう、……そのまま内地に送還するなんて考えられませんよ、……まあ、これは私の推察にすぎませんがね、……」

佐伯は、板の間にかがみこんで、しばらく考えこんでいたが、班長の手から調書をとりもどして、職業欄を、最初のときのように、商人と書き直した。

相沢の推察を裏書きするように、その次の日には、十月にはいると、収容所毎に梯団を編成して国境方面に送られる模様、先発梯団はすでに新京駅から貨車で北上したらしい、という情報がはいった。このニュースは将校団をすっかり動揺させてしまった。気の早いものは身廻品の整理をはじめ、持ちきれないと思われる軍用の罐詰をくれて歩いている将校もあった。

「班長さん、おかげさんでした」

佐伯が安堵の色をうかべて、相沢に礼をいった。

赤十字の視察団がやってきた。それも、空からやってきたのだった。

その日も、晴れ渡って、暖い日和だった。三森は、相沢に教えられて、校舎裏の畑で、馬鈴薯を掘っていた。ほとんど掘りつくされたあとで、地面には薯のつるや葉っぱが、ちらばっているだけだったが、それでも、土の塊を丹念にもみほぐしている間に、掌に小粒の淡紅色の皮をつけた新じゃがのっかっているのだった。

相沢は何日もこの作業を続けているとみえて、腰の曲げ方も、手の使い方も馴れたものだし、罐詰の空罐に入れて、炊事の火を借りて茹でるやりかたも話してくれた。

「はずかしい、だの、照れくさいなどと考えては出来ません。……こうなったからには、食えるだけ食って、栄養をつけて、からだを作っておくことです。……丈夫なからだで家に帰ることだけに専念すればよいのです」

相沢は、収容所生活での処世法を、自信をもって喋っていた。

飛行機の爆音がきこえてきて、その音は急速に頭の上に近づいてきた。そして、二人が上を仰いだときには、その飛行機は建国大学の方から、低空で、馬鈴薯畑の上空を斜めにつっきってくるところだった。

「……」

相沢が何か叫んだようだが、轟音があたりの空気をかき乱してしまって、聞えなかった。双発単葉の輸送機で、翼に日の丸が、胴体に赤十字のマークが、赤々と記されてあった。収容所の出入口から、爆音をききつけた捕虜たちが、とび出してきて、腕を大きくふりまわしたり、ハンケチや持ち合せの布をふって、喚声をあげた。視察団が来るという情報は知れわたっていた。

飛行機は、南嶺の丘の上を、何度も旋回した。機体がぐらぐらと左右にゆれると、そのたびに、乗員の横顔が見えるように思われた。

「とうとう来てくれましたね、……」

相沢はすっかり昂奮して顔を赤くしていた。彼は、炊事から盗んできたメリケン粉袋に、薯を集めていたのだが、夢中になって袋をふりまわしたものだから、せっかくの収獲物は地面に散乱してしまっていた。

「……きっと写真をとっていたんでしょう、……あんなに旋回したところをみると。……早く交渉がまとまればいいですがねえ、……」

飛行機が最後にもう一度、師道大学の上にやってきて、それから針路を北にとり、新京の市街の方向に飛びさったあと、捕虜たちの顔には、どれにも明るい希望が湧きたっていた。その日は一日中、赤十字の釈放斡旋についての予想が、各教室の話題になった。

相沢班でも、色々の意見がでた。

「視察に来るなら、歩いてきて、実地に収容所の内部をみて貰いたいもんだ。……飛行機で、上から見たって、何がわかるもんかね、……」

石黒が不信の念を表明した。

「敗戦国の代表だもの、ソ連側から指示されたようにしか行動できないのじゃないですかね。……しかし、これで窓口ができたのだから、我々は静かに情報待ちというところですかな、……」

背広を着た、年輩の男が、おちついた態度で、班長の相沢を支持した。九月中に、赤十字の視察の結果がでるだろう、飛行機を使用したのは、迫ってきた冬にそなえて、一刻も早く対策をたてる必要からで、地方人の釈放も、これによって促進されるにちがいない。というのが、相沢の見解だった。

三森は、自分の内部で、結論をだすのを控えていた。たしかに、赤十字の飛行機が飛来したことは、情報の確実さを証明はしてくれたが、それが、相沢のいうように、非戦闘員市民の解放に、結びつくかどうか、ということになると、楽観はできなかった。あてにしないこと、空しい望みに精神をすりへらさないこと、そして、好い目がでれば、儲けものと考えることが、いつの間にか彼の信条になっていた。

彼は、この師道大学の生活に馴れるに従って、建物の中を、将校団の教室の方まで足をのばして歩きまわった。そうして、たまく彼は、三階で、いくつか教室のならんでいる間に、図書室があるのを見つけだした。中国人の学生向の参考書が、書棚にならんでいたが、その中から、何冊か日本語の図書、――それも殆んど学習用のものだったが、――を発見した。床には、雑誌や用紙類がちらばっていて、彼はその上に腰を下して頁をくってみた。活字の整然とならんでいる印刷用紙の匂い、一冊々々の本の重み、紙をめくるときの手触り、そして個々の活字が組立てている、思想なり事実なりの叙述は、新鮮な感動を彼のうちによびさました。

「ここにいらしたのですか、……」

廊下に面した扉の間から石黒の顔がのぞいた。

「……こんなところで、のんびりされているときではありませんよ。……いよいよ近いうちに、この収容所にも出発命令が出そうです。……こんどは確実な情報らしいですよ、……」

三森は、自分の傍に石黒を坐らせた。

「そうだとしても、相沢班長は、地方人は現地解散だといってるから、そう案ずるほどでないと思うがね」

「それは、あの人の希望的観測にすぎないのじゃありませんかね。……ソ連側は、我々を、誰が軍人で、誰が民間人だなんて、区別してませんよ。区別してるのは、鉄条網の中のこちら側が自分で勝手にしてるだけです。……日本の国策は国民皆兵だから、日本人は全部兵隊と見なして、新京市内からどしどし捕えてくるのだそうです」

「だが、こないだ、赤十字の飛行機がくる前にも梯団編成の情報があったけど、それっきりだったしね」

「三森さん、……貨車に詰めこまれてから、騒いだって、どうにもなりませんよ。……今夜逃げましょう」

石黒の熱い呼吸が、頰にふれてきた。

「佐伯と相談したのです、……あいつも、まごまごしてると危いから、今夜あたりが潮時だといってました、……」

三森は、ちらっと家族の顔を思いうかべた。安民区の、近所の人が、南嶺から脱走してきたときに、妻の照子が、男の人は家族を守る義務があるのだから、少々の危険を冒しても逃げてくるのが本当だ、といった言葉をおぼえている。あのとき、彼は、ほんとうに勇気のある人は冒険をしないものだ、としたり顔で喋ったのであった。

「三人の方が、二人よりも逃げやすいのです、……脱走の工作がしやすいし、意見が分れたときも、多数決で結論が出せるのです、……」

「それや、そうかも知れないが、私のような人間は、足手まといになるばかりで、かえって邪魔になるぐらいのものだ。……それに、どうも、私は、相沢さんの判断を信頼している方が無難だと思うのだが、……」

すると、石黒は、突然立っていって、半開きの扉をしめてきた。

「三森さんは、気がつきませんか。……班長は民間人を装っていますが、あれは確かに、軍人ですよ。……言葉尻にも時々軍隊口調が出ますし、動作にも将校らしい横柄なところがあります。……何かわけがあって、私たちの間にもぐりこんでいるのです。きっと。……それだから、殊更、軍人と民間人を区別して考えたがるのです。……そうは思いませんか」

三森はそれに対して、どうとも返事できなかった。相沢に秘密があるといえば、たしかにそのような節もみられる。しかし、この石黒にしたって、彼はどの程度知っているといえるだろうか。一緒に海軍武官府から出てきた、ほかの連中、佐伯や宇津山にしたってそうだ。

「班長の考え方の問題は、別にしても、……脱走に当っての危険については、充分に対策をたてているのかね。……鉄条網だって。すっかり三重になってしまって、このところ、誰も逃げだした人はないじゃないかね」

「そうです。警戒が厳しくなって、二、三日銃声がしないところをみると、皆おとなしくしてるのです。……しかし、それがチャンスでもあるわけです。今夜、夕食までに腹をきめておいて下さい、……なあに、大丈夫ですよ。……明日の朝は奥さんや子供さんの顔が見られますよ」

石黒が特別明るい声で、三森の肩を叩いて出ていったあと、彼はしばらく、紙屑の山に腰を下して考えこんでいた。

ひざの上には、書棚から選びだした、一冊の本がのっていた。まだ、こんどの大東亜戦争が始まって間もない頃出版された、菊判の、グラビヤの写真がいっぱいはいった、「日本美術小史」という、高等学校か専門学校の学生むきの本だった。彼は、その頁をひらいて、拾い読みをしながら、もし、捕虜として、シベリアに送られることにでもなれば、この本をリュックの中にいれていこうと考えていた。その頁のあちこちには、古代の埴輪や桃山時代の建築や、徳川時代から近代にかけての陶磁器の代表作などの絵があった。彼は今まで、そのような造型美術に殆んど関心をもたなかった。日本が戦争に負けて、あらかたの美術館や博物館が灰燼に帰した今になって、しかも彼が日常座右に備える唯一の書籍として、ロシアの流刑地まで携えていくつもりであった。

それらの造型美術は時代の隆替や戦乱の中を生きのびてきて、彼に芸術の生命の長さを教えているようであった。そして、これから、その本と共に生きていくことによって、ともすれば失いがちな、素朴な人間性や、感情の平衡を常に身につけていられるような気がするのであった。

あたりが薄暗くなったのに、気がついて、三森はやっと図書室から出てきた。三階の廊下の窓から、ゆるやかに波うっている南嶺の丘陵地帯が拡がってみえた。その向うに、鼠色の靄につつまれた新京市街が、燈火をちらつかせて静まりかえっていた。そして、薄墨色の空と、帯状に東西にのびた靄の重なり合うあたりに、地平線に没した太陽の残照が、消えかかる炎のように茜色にゆらいでいた。

相沢班の夕食はぎこちない空気の中に終った。班の者は誰も、石黒と佐伯の二人が、今夜脱走の計画をたてていることを知っていた。あるものは、二人の大胆さに羨望を感じて、かえって軽蔑するような顔つきをしていた。余計な騒ぎを起して、収容所の取締りが厳しくなるのを心配するものもいた。

「なんぼ逃げたって、逃げただけ又捕まえてくるのだから、敵わんよ。……逃げる本人はいいが、何も知らないで、員数で捕虜にされる町の連中のことを考てみるべきだ」

と声に出して非難するものもいる。しかし、その誰の心の底にも、佐伯たちの試みが成功するものなら、その次には、という気持がひそんでいた。

三森は目顔で、俺は加わらないよ、という合図を、石黒におくった。班長の相沢が、心配そうに、この海軍武官府グループの気配に目を光らしていた。そして、皆の気を鎮めるように声をかけた。

「さあ、もう寝ようじゃありませんか。……大分冷えますから、風邪をひかないように、よく毛布にくるまって下さいよ」

明日から、もう十月だった。気温は日増しに下りだしていた。講堂の住民たちは、冬の軍服を着た上に毛布をぐるぐる巻きにして、板の間にころがって寝た。

三森は、眠らなかった。石黒たちは、計画した時間に、そっと起き出して、夜の闇に出ていくだろう。そのときまで目を覚ましていて、よそながら見送ってやるつもりだった。

「男には家族を守る義務があるわ、……」

妻の言葉が思い出される。他の男たちが脱走に成功したことを知ったら、照子はどんなに三森の意気地なさを罵しることだろう。

「……それでも、あなたは男ですか。……いつもあんなに威張りくさっていて、偉そうな口をきいているあなたが、家族のために危険を冒す勇気がないのですか。……そうよ、もともとあなたには勇気などなかったのですわね、……」

四つになる男の子が、窓際で、硝子戸におでこをくっつけている様子が見えてくる。

「お父ちゃん、って呼んでみようかな、……」

彼が旅行しているとき、男の子は淋しがって、よく一人ごとをいうくせがあった。硝子戸にぺったりくっついたおでこには、傷あとがあった。足が充分に発育しないうちから、座敷をかけずり廻っては、あちこちにぶつかって、始終傷をこしらえている子だった。

三月に、女の子が生れたとき、三森は毎日この男の子をつれて、病院に通った。病院の食事だけでは充分でないので、馴れない手つきで副食物をこしらえてもっていくのだが、子供は病院のベットの上で、母親と一緒に食べるのが楽しみで、二粁近い道のりを歩いていくのだった。

ところが、あるとき、同室の、やはり産後の母親に会いにきていた少女から、「三つ目小僧」とからかわれてから、二度と父についていこうとしなかった。そのとき男の子は、また新しい傷を額にこしらえて、そのあとが、菱形に凹んでいたのだった。

何処かで、自分の名を呼ばれたような気がして、三森は頭をもたげた。いつの間にか、うとうとしていたらしかった。

「三森さん、お宅の地図を書いて下さい、……奥さんに連絡をしてあげます」

石黒の声がした。その時間がきたのだろう。三森は、周囲の者を起さないように、低い声で答えた。

「いいんだよ、……私のことは気にしないで、……落着いて行動して、無事に帰って下さい」

石黒の手がのびてきて、三森の手を握った。

「お世話になりました、……それじゃ」

二人の脱走者は軽々と、寝こんでいる仲間を飛びこえて、講堂から姿を消した。それっきり、ひっそりと静まりかえって、何の物音もきこえてこない。

彼はいやな予感がして、はっきり意識をとりもどした。俺は何故、石黒があいってくれたのに、地図を書いて、伝言を頼まなかったのだろう。二人が当然失敗すると信じているからではないのか。そうだ。海軍武官府を出るとき、てっきり釈放だとばかり考えた囚人の一人が三森に図面を記した紙片を渡して、同じ安民区にあるその男の家を訪ねてくれ、と頼まれたのだった。

　彼はその紙片を、もし身体検査があって、とりあげられては困ると思ったので、丸い小さな玉にして、どこかにしまいこんで出た筈だった。あの男は、三森が武官府から帰宅する途中、ちょっと寄り道して、彼の口から、丈夫でいることを家族の者に告げてくれたとばかり信じているかも知れない。

　そして、今、石黒が、出発前の心忙しいときに、三森のために声をかけてくれた好意も、同じように徒労に終る気がしてならなかった。

　三森は耳を澄ましていた。講堂のあちこちで、いびきや歯ぎしりや寝返りの音がするだけで、戸外の物音は何もきかれなかった。だが、今にも巡察のソ連兵の放つ銃声が、闇にこだまして響いてくるような気がして、いつか、その銃声を心待ちしている自分にびっくりした。精神の過度の緊張から一刻も早く脱けだしたいための、一種の自己防衛のせいかも知れなかった。

　彼は、こんどは、自分から眠ろうと努めた。こんなに時間がたっているのだから、あの二人は、とうに脱出に成功しているのだろう、と考えてみた。だが、講堂の正面の壁に掛っている大時計の針は殆んど進んでいなかった。

　眠ろうと努めると、かえって、目が冴えるばかりで、心臓の鼓動がひとつひとつ明瞭にききとれるのである。いつまでたっても、銃声はきこえてこなかった。

## 九

銃声はいつまでたってもきこえなかった。三森信夫の神経は、夜の闇を縫って、音のきこえてきそうな方向を追い廻して、くたくたに疲れた。彼は、その追究をあきらめようと努めた。

しかし、あきらめようとしている自分に気がつくと、彼の神経は苛だった。あきらめるということは、石黒と佐伯の二人が、師道大学からの脱出に成功したことを自ら認めることではないのか。そうだとすると、石黒と佐伯にできることなら、自分にもできた筈ではなかったのか。彼等の成功を支えたものは冒険の気力だが、その気力は自分にだけは欠けていたのか。

「男の人には、家族を守る義務があるのよ、……それだけの責任があるのよ」

妻の照子は、こんどもそういうにちがいない。そして石黒の誘いを三森が拒絶したことを知ったら、こうもいうだろう。

「……あの人は駄目なのよ。自分だけ安全なら、妻や子供たちがどんな難儀な目にあっても、平気でいられるのだわ。……今までもあの人ってそうだったのよ。そういう意気地のない男なのよ」

俺は、ほんとは、照子のいうように意気地のない人間かも知れない。

三森はこの瞬間すっかり打ちのめされた気分になっていた。そして、脱出に成功した二人を、心の底から羨やんだ。佐伯の奴は、王爺廟から運んできた阿片を一人占めにして、ぼろい儲けをするにちがいない。彼の仲間が、海軍武官府に収容されている限りは、その阿片が特務機関の謀略工作用のシロモノだとは誰も知らないのだ。混乱し、激動する新京の街の中で、飴色をした阿片の煙膏がどんな偉大な威力をもって流通するかを考えると、三森の胸は烈しく痛んだ。あれと手を組んで逃げれば、分け前の何分の一かにありつくこともできたのではないか。しかも、新京の地理に通暁しない佐伯は、前々からの在住者である三森を頼りにしていたのは明らかだった。

石黒は石黒できっと俺を軽蔑したにちがいない。

彼は、図書室で、ちらばった書籍の上に腰を下して、長いまつ毛の蔭から、じっと彼をみつめていた石黒の表情を思いだした。何が、あの男の心に、脱走の決意をかためさせたのだろうか。石黒はまだ独身だった。あの男が下宿していた家の、大同学院の講師の夫人と子供が、一途に石黒をひきよせたのか。それは、夫人との愛情なのか。

三森は、自分が、死の危険をも踏みこえていく愛情の強さというものを、概念的にしか認識できないことを口惜しく思った。

照子はいうだろう。

「そうなのよ、……エゴイストのあなたには私や子供たちに対する真の愛情がないんだわ。あなたが口にする愛は、理屈や観念だけのもので、あなたの血や肉の中からほとばしりでるものではないのね」

彼はうなだれて、目をつむる。ゆるい起伏の郊外の野原を、秋花胡同めがけて、ひた走りに急いでいく石黒の姿が浮んでくる。この男が、師道大学の周囲にはりめぐらされた鉄条網を脱けだすとき、歩哨に狙撃されて殺されるか、傷をうけて捕えられるか、ということは計算されていたにちがいない。その計算の中で、失敗の確率を賭して、脱走を実行せしめた愛情の相手である女はどんな女なのだろう。

三森は、秋花胡同の政府官舎に辿りついた石黒が、夫人の軀を抱くさまを想像した。男が死の危険を冒して帰ってきたことを知って、女の血は一層奔騰するにちがいない。最初は、夢かとばかりに疑い、おののき、ついで、自分の腕の中にいる確実な実在に気がついて、歓声が涙とともに湧きあがるだろう。石黒はまた、自分の冒険の目的が完成されたことを確かめるために、夫人の寝衣をはぎとり、白い腕や豊かな胸や張りのある腰を抱きしめ、なでまはし、唇で味わうことだろう。極度の緊張から解放されて、男の顔は盛上った双の乳房の間に静かに伏せられる。女の鼓動と肌の匂いが彼を柔かに慰さめてくれる。

もう二度と離れない、と女がいう。どんなことがあっても、と男が約束する。そして二人とも、以前にもこんなことをいい合ったのを思いだす。すると、お互いに、今こそ確かに生きているのだという意識がめざめる。生きていることを、相手によってたしかめることができて、はじめて生きているのだと実感する。

男の頬と女の胸のふれあった間から、汗がにじみでてくる。そして、その汗が、女の腹から背中にかけてふきだすにつれて、はてしない睦言と愛撫が高まっていくにちがいないのだ。

三森は、照子との結婚生活の中で、そのような情熱を経験したことはなかった。もちろん、彼も妻を愛していた。しかし、彼等の愛情の中には、ある種の違和感がひそんでいた。三森は今、そのことを考えたくなかった。石黒がひたすらに追いもとめていった愛の姿を想像することさえ、彼には苦痛だった。三森の知ることを許さない愛情の燃焼がありうるというだけでも、彼の胸には羨望と憎悪の念がたぎりたってくるのだった。

ずいぶん長い時間が経ったようであった。彼は自分をさいなむことに疲れて、うつらうつらしていた。あるいは、そのような夢をみて眠っていたのかも知れなかった。

のっそりと人の気配がしていた。その男は、三森の背後の、昨日まで石黒の席だった場所にはいってきて、ならんで軀を横たえた。そしてそこからきこえてくるすすり泣きで、三森ははっきり目を覚ました。

男は、石黒だった。彼は一人で、鉄条網のところから引きかえしてきたのだった。

「どうした、……駄目だったのかね」

三森は、自分でも抑えきれない歓びを感じながら、声をかけた。その歓びは、石黒がかえってきたことについて、無茶な冒険が簡単に遂行されるものではないという三森の信念が証明されたことと、石黒が成功することによって今後長く自分の臆病に腹をたてていかねばならないおそれが消滅したこととから生れたものであった。彼は、卒直に、石黒がともかく無事で戻ってきたのを祝福する気持になれない自分を鋭く軽蔑した。

「佐伯だけはうまくいきました、………私は運がなかったのです……」

彼等がきめた場所も時間も、石黒があらかじめ綿密に調べて、見当をつけておいたのだった。巡察が廻ってくるまでには、たっぷり三十分ある筈たった。作業をはかどらせるために、彼等は一緒に地べたに伏せて、鉄条網の下の土をかいだした。最近まで畑だったので、柔かい土だった。やっと人一人通れるほどの凹みができて、最初に、佐伯が潜りぬけた。鉄条網は一メートルほどの間隔で三重になっていた。彼等は三十分以内に、三つの凹みを掘る計画をたてていた。しかし、有刺鉄線かひっかかるので、作業は予想以上にはかどらなかった。二つめの凹みができたとき、佐伯は、汗をぬぐいながら、ずいぶん時間を食ったな、と囁やいた。

そして、また佐伯が先に、二番目の鉄条網の下を潜った。石黒がその後に続いて、掘りかえした土の上に腹這いになった。そのとき、足音がきこえてきた。

「早くしろよ、巡察がくるぞ」

佐伯が低く叫んだ。遠くで懐中電燈の灯が不気味にゆれていた。

石黒は地面に耳をつけて、ソ連兵の足音をききながら、とっさに判断した。三番目の凹みを掘って、外に出るのと、今通ってきた一番目の凹みを後戻りするのとでは、戻る方が早い。

彼は両腕に力をこめて、上半身を後にずりさげながら、佐伯をよんだ。

「時間がない、……ひきかえそう」

石黒は必死になって、最初の鉄条網の下から脱けだした。巡察の足音はもう間近にせまっていた。おどろいたことに、佐伯は彼に続いてこなかった。大急ぎで土をかきのける音が、きこえていた。石黒は、校庭の端にある倉庫の蔭に身を隠して、その場の様子をうかがった。

佐伯に声をかけることは、もうできなかった。懐中電燈の光芒が地面の上をちらついていた。淡い光の中で、佐伯の靴の底が二つならんで、鉄条網の外に消えていくのが見えたようだった。此処は昼間女や子供の面会人がおしよせるところで、鉄条網の外には、巡察が廻ってきたとき、面会人たちが一斉に姿を隠す斜面がある筈だった。

兵隊は酒でものんでいるのか、歩調に合せて、陽気に歌をうたっていた。彼は懐中電燈をふりまわしながら、鉄条網の中を歩いているのだが、別段足もとに気をつけてる様子はなかった。斜面をすべりおちていく佐伯の物音も耳にしなかったらしい。

石黒は息を呑んで、巡察兵の後影をみつめていた。腋の下がぐっしょり濡れ、はりつめた気力がぬけきって、虚脱したように倉庫の壁にもたれかかっている自分に気づいた。彼は、何か重要な約束を反故にしたような悔恨を覚えて切なかったが、巡察兵が戻ってくるまでの時間を利用して、もう一度脱出を試みる勇気はなかった。

彼は佐伯が逃げていったと思われる方向に眼をむけた。暗い闇が続いていた。その闇の底の方で、新京市街のいくつかの灯が星のようにちらついていた。

石黒の脱走が失敗した頃から、収容所内の空気が目に見えて殺気立ってきた。いろいろな情報が、今までより一層頻繁に発生し、波及したが、暗い、悲観的な予想が多くなっていた。毎日のように、班長が集められて、会議を開き、いたずらに動揺しないようにという申し合せが行われた。しかし、その班長会議の中でも、シベリア行きの情報がひそひそと語られる始末だった。

相沢は、そうした集まりから講堂の居室にもどってくると、班の者を自分の周りに集合させて、会議の内容を要領よくかいつまんで話してきかせるのだが、その相沢の様子が変ってきているのが、三森には感じられた。

十月にはいると、暗い見通しを反映するように、急に脱出を試みるものが多くなった。そのことは、同時に、ソ連側の警戒を厳重にさせ、探照燈が終夜収容所の四周をなめるように動きまわり、毎晩のように銃声がきこえてきた。時には、運の悪い脱走者の射殺死体が、朝になっても、鉄条網の間に放置されていることもあった。

三森は、班長の相沢が、そうした動きに支配されて、あるいは、脱走の機会を狙っているのかと疑ってみた。相沢は、あまり人と話したくない様子で、だまりこくって何事か思案していた。てきぱきしたところが消えて、顔色が蒼黒く澱んで見えた。

「三森さん、……お願いがあるのですが……」

いつものように、三森が図書室にもぐりこんで、本を漁っていると、相沢が入ってきて、頭をさげた。

「お願い、だなんて、こんな生活の中で、お願いもへちまもないじゃありませんか。……どういうお話なんでしょう」

「三森さんに、私にかわって、班長をやっていただきたいのです。お願いします」

相沢は、唐突にいって、また頭をさげた。その仕草には、思いつめた気配が漂っていた。

「…私はうかつにこの役を引きうけましたが、私のような人間にはほんとは向かないのです。みんなも、自分ではひきうけたくないものですから、私を班長にまつりあげましたが、腹の中では誰も、私を適任だとは思っていません」

「と、おっしゃられるのは、班の中で、何かあったのですか」

すると、相沢は首をふって、笑ってみせた。その笑いは、しかし、笑いにならないで、頬の筋肉がみじめに動いただけであった。

「何もあったわけじゃないのです。ただ私自身で、自分は班長という柄じゃない、ということがわかったまでのことです。私は馬鹿な人間です」

だが、これは、説明にはならなかった。何が彼をそう考えさせたのか、がわからなければ、三森には返事のしようがない。

「………」

「あなたは、年齢の上からも、社会的な経歴からも、私などよりは、ずっと適任です。ぜひお願いします」

執拗な感じだった。

「いや、私は、多勢の人をまとめたり、世話をする能力は全然ありませんね。……大体、自分自身をもて余しているような男ですから、班長などという仕事はとんでもないことです。……ところで、相沢さん、……あなたも脱走を考えていられるのですか」

相沢の目が、このときはじめていきいきと光を放って、相手を食いいるように見つめた。

「三森さんは、石黒さん達のときには反対なさいましたね。……私もそうでした。今でも、誰かが脱走するとすれば、私はきっととめるでしょう。……しかし、わからなくなってきたのです。……逃げだして、家族と一諸に、新京で暮してる方がいいのか、……シベリアに連れていかれて、強制労働に服した方がいいのか、……三森さんは、どう思いますかね」

相沢は、はじめの頃は、赤十字の斡旋で、正規の軍人以外の捕虜は釈放される、少くともシベリア経由で早く内地に帰される、と信じていたのだが、この頃の収容所の空気から、その確信もぐらついているようだった。

「そりゃ、もちろん、……シベリアに行くより、新京に残った方がいいにきまってますよ。生活は楽じゃないでしょうがね」

「重慶の国民党政府が入ってきますよ。……三森さんは、そのことをお考えになったことはありませんか。……ソ連軍はある期間占領すれば、そのあとは、満洲の主権が中国にあることを認めているのですから、重慶にまかせて撤退すると思うのです。……そうなった場合のことです」

相沢の、緊張した表情には、あきらかに恐怖の色があらわれていた。

「ソ連とは、僅か一週間たらずの戦争でしたが、中国とはもう何年も戦ってきているのです。その中国軍が満洲に進駐してきたら、満洲事変以来の怨みでどんなことをしでかすか知れないじゃありませんか。……それを考えると、私は、いっそのこと、ソ連に行った方が無難だとも思えるのです、……」

「しかし、そうすると、御家族はどうなるのです。私もそれが心配なのですが、我々が捕虜になるのは仕方がないとして、家族の生活はソ連か中国側でみてくれるのでしょうかね」

すると、相沢は、両手で頭を抱えて、うずくまった。そして、ひとりごとのように、うめくように呟いた。

「……そうなんです。家族のことを考えると、私の考えは全く混乱してしまいます。……私には、妻と、子供が一人おります。私がいなければ、暮しに困る筈です。ですから、私は、出来れば此処を逃げだしたいのです。私は建築技師ですから、仕事を見つけるのは難しいことではないでしょう。……しかし、重慶政府の政権ができたときに、果して私たちは安泰に生活しうるあてがあるのでしょうか。私がいるために、家族にまで迷惑をかけないでしょうか。……私一人なら、迫害をうけても、恐喝にあっても我慢できます。……しかし、妻や子供にはそんな目にあわせたくありません」

三森は、このとき、自分の予感が十中八九的中したことを信じて、質問した。

「相沢さん、……あなたは地方人じゃないのですね。……軍人、ですね」

「そうです、私は陸軍の中尉です」

相手は、顔をあげて、あきらめたように答えた。このことが、彼をきびしく苦しめていたことは疑いなかった。

「私は、自分を隠して、この収容所に入ってきました。……妻はもう、私が国境で戦死してるものと思っているでしょう、……第一線に勤務していましたから。……捕虜収容所に入っていれば、早かれおそかれ、内地送還になるか、ソ連行きになりますから、いつまでも満洲にいなくてすみます。……それに、私は今でも、民間人は捕虜と区別されて、釈放されることを信じていないわけでもないのです」

三森は、彼の話の中に、矛盾と混乱を認めた。相沢が軍人の身分を秘していることだけはあきらかだった。しかし、そのことが何故彼を苦しめ、その苦しみから逃れるために、相沢はどうしようというのか、という点になると、三森には見当がつかなかった。

だが、胸の中にもたもたしていたことを、自分以外の人に話したことによって、幾分晴ればれした気特になったのか、相沢は、私が陸軍中尉だということは、此処だけの話にして、秘密にしておいて下さいよ、と念を押して、図書室を出るときは、控え目な笑い方だったが、くっくっと音に出して笑った。

班長を、三森にゆずりたい、という話はそれきりになったが、三森は、それはそれで、ほっとした。そして、相沢は、それからしばらくの間班長の仕事を今までのように続けたのだった。十日頃に出発命令が出るだろう、という噂はほんとうだった。

「我々は梯団を編成して、明朝出発することになりました。行先は不明です。いろいろの情報がありますが、我々としましては、一日も早く無事祖国に帰還することができるよう念願するのみであります。新京在住の方は、家族あてに連絡の手紙を書いておいて下さい。ソ連軍当局と折衝しまして、居留民団を通じて必ず家族の手に渡るよう取りはからいます、……」

九日の夕食のあと、一人の将校が講堂に入ってきて、演壇の上からこう話したとき、皆の顔には、いよいよ来るべきものが来た、という表情が浮んだ。相沢班の背広を着た男がたちあがって、質問した。この男は配給の軍服を決して着ようとしなかった。

「それは、関東軍の軍人諸君は捕虜になったのだから、仕方がないでしょう。……しかし、私どもは民間人です。不法に逮捕されて、南嶺につれてこられた地方人まで一緒くたにして、捕虜の部隊を編成するというのは、おかしいじゃありませんか。……私どもがシベリアに送られる理由は一体何なのです、……」

「シベリア行きときまっているわけじゃありません、……」

その将校は当惑しながら静かに答えた。

「……我々は、ソ連軍から、移動のための出発命令をうけただけです。地方人のとりあつかいについては今後とも善処したいと考えております」

「もしもし、将校さん、……善処する、なんて暢気なことをいってる場合じゃありませんよ。明日の朝出発なんでしょ。早速収容所側とかけあって、地方人と関東軍を分離するように、そして、地方人は移動させないようにとりきめて下さいよ」

この背広の発言で、講堂の中は騒がしくなった。賛否二つの意見が出た。

「捕虜は早急に日本に送還する計画だそうだから、編成の中に入っていた方がいい」

「阿呆なことをいうな。ドイツとの戦争で国土をふみにじられたロシアが、関東軍六十万の捕虜をただで帰すようなことをするもんか。五年でも十年でも奴等の都合のいいように労働させるにきまってる。……シベリアでこき使われて、一生日本の土をふむことができないかも知れないぞ」

要するに、見通しの問題だ、と三森は講堂の中を見廻していた。相沢班で発言しているのは背広の男と、その仲間のものだけで、班長は烈しい打撃にうちのめされたように、うつむいたきりだった。石黒と宇津山は、ひとごとのような顔で、意見の一つ一つに耳をかたむけていた。開拓団の連中は、いつものようにひとかたまりになって、ぼそぼそと彼等だけで喋っていた。

将校団には、情勢を分析して判断を下す能力はないのだ、と三森は考えていた。捕虜の集団の統卒者として、ソ連軍の命令を受領し、実行するだけのことなのだ。したがって、今の指示は、いろいろな見通しを排除して、将校団としてとりうる最大限の手段を講じた上の措置であろう。見通しということになれば、結論がでないのは当然かも知れない。だから、三森は、当惑して、この場の成りゆきをみつめている当番の将校に同情した。

しかし、背広服の発言に対する賛否の結論も、有耶無耶《うやむや》のうちに消えてしまった。どちらがいいということは、どちらの場合も、単に仮定の上に立っての意見だから、反対意見を説得するだけの力がないのだ。そして、その自信のなさは、口から泡をふいてがなりたてている本人がよく知っていることなのだ。

将校が、地方人たちの班長を集めて、ザラ紙と「陸軍」の文字の入ったハトロン封筒と鉛筆を分配した。それを、班長がさらに各人に渡した。チビた、よせあつめの鉛筆は数が少くて、班に二本か三本しか廻ってこなかった。この鉛筆とザラ紙と封筒は、彼等のおかれた状況を要約したきびしい現実だった。家族と通信する、おそらく唯一つの機会が、そこにあった。母や妻や子供たちは、この通信によって、彼等の肉親が、十月九日の夜までは南嶺の師道大学の収容所に生存していたことを確認し、十日の朝にどこか別の収容所に移動したことを知るだろう。

将校団の腑甲斐なさを非難するものも、軍民分離を主張するものも、この与えられた現実を拒否することはできない。拒否すれば、家族にその安否を知らせ、後事を託する機会は失われてしまうのだ。

相沢の班では、背広の男のグループが、早速手紙を書きはじめていた。高い天井から吊られた電燈が、いつもより暗い感じだった。

石黒が、だまったまま封筒とザラ紙を三森の前につきだしてきた。

「君は、書かないのですか、……」

「誰に書くんです、……」

石黒の声は、傷をうけた獣のようにうめいた。

「新京在住の家族に書くのだ、とあの将校がいったでしょう。……自分には該当しませんよ」

そして、自らを嘲けるように渇いた笑い声をあげた。

この青年には、脱走に失敗したときから、変ったものがあらわれていた。憑きものがおちたように、けろりとしているかと思うと、ふてくされた女みたいに、一日口を利かずに板の間に寝そべっていたりした。

「そんなことをいうもんじゃない。君が此処から逃げようとしたのは、君自身のためばかりじゃない。……心にかけている人のために筆をとりなさい」

すると、石黒は今まで三森に対して見せたことのない、敵意に満ちた顔を近づけてきていった。

「余計なおせっかいはよして下さい。私が書いた手紙があの人の手にはいるのが確実だ、とでもあなたはおっしゃるのですか。……あの人の主人にでなく、あの人に渡ることを、あなたは保証してくれますか。……こないだ、佐伯と一緒に逃げるときも、……私はそれで迷ったのです、……」

彼は、海軍武官府の収容所に拘禁されていたときから、彼の下宿の主人の大同学院講師が、召集解除で秋花胡同の夫人のもとに戻っているのではないか、という想像に悩まされてきた。石黒が、その家からソ連軍の将校に連れだされるまで、帰ってこないところをみると、あるいは前線で戦死しているか、部隊と共に山にはいってしまったか、とも考えられるが、その反対に、石黒が逮捕された後に、無事で帰宅する可能性だって大いにあるのだ。

そして、夫人が、何食わぬ顔で、主人と息子ともと通り平和に暮していることを考えると、彼の胸は焼きごてをあてられたようにうずいた。

「……どたん場になって、佐伯をおしのけてでも、鉄条網の外に飛びだす勇気が、私には湧いてこなかったのです。……結果からみると、奴は私を利用して、うまく成功したわけです、が私は奴を憎んだりしません。羨やましいと思うだけです。……佐伯は、隠匿した阿片を自分のものにすることだけで一生懸命でした。……だが、私は、逃げだしたさきのことを疑ってみたり、疑いを否定してみたり、最後まで自信がもてなかったのです」

それから、石黒は自分の激しい口調に気がついて、はずかしそうに軽く頭を下げた。彼は、話している間に、これまで、いつも堂々めぐりをしていることに気づいていた。何処でもいい、新京を離れて別の収容所に移動してしまえば、この堂々めぐりから解放されるのだ。そのときが、今では、一刻も早く来ることが望ましかった。

「三森さん、このザラ紙をつかって下さい。……私はほんとに、こんなものに用がないんです」

十

行先はわからない。シベリアだという説もあるし、捕虜として、内地に直送されるのだという説もある。だから、五、六年経たないと君達に再会できないか、あるいは、君達より早く内地に帰ることになるかは神様でなければわからないことだ。とにかく、明日は移動のために南嶺の師道大学を出ていくことだけは確かだ。……

三森は此処まで書いてきて、筆がとまってしまった。この手紙は、もしかすると、照子にあてて書く最後の文章になるのかもしれなかった。彼は楽天家だったから、戦争のどさくさの中でも割とへたばらないで生きてこられたが、今後の運命の変転は計り知れないものがあった。

だが、これが、遺書だとしても、何を、どう書けばいいのか、三森には見当がつかないのだ。それよりも、彼は今、達者でいる二人の子供たちより先に生れて、早く死んだ娘のことを思いだしていた。

満洲と朝鮮の国境を流れている鴨緑江畔《おうりょっこう》の安東で、三森は照子と知合い、結婚したのだが、はじめての女の子が生れて間もなく、彼は新京の「大陸文化」の編集長に勧められて、首都に出ていった。家がみつかったら、すぐ妻子をよびよせるという予定が、あてにしていた社宅がなかなかあかないので、のびのびになり、照子から子供の健康がすぐれないという手紙をうけとったときには、半年以上もたっていた。

彼が安東の家に帰っていったとき、春さきのまだうすら寒い朝だったが、おどろいたことに、まだぐっすり眠っている照子の枕もとで、赤ん坊は肌着一枚で畳の上を這い廻っていた。

「風邪気味だというが、これじゃますます悪くなるじゃないか」

三森は旅の疲れもあって、とげとげしく照子を叱りつけた。

「この頃、朝早くて困るのよ。わたしの知らないうちに這いだして一人遊びをすることおぼえてしまったのね。さあ、お父ちゃんに叱られるから、お布団に入りなさい」

彼女は平気な顔で、腕をのばして、赤ん坊の肌着をつまんでひきずりよせた。

子供の容態は、三森が帰るのをまちかねていたように、その日のうちに悪化した。照子は、行きつけの近所の医師に診てもらいに行ったが、肺炎になるおそれかあるから、入院させた方がいい、といわれてもどってきた。熱が出て、薄桃色の子供の小鼻がぴくぴくとけいれんしていた。

「どうせ入院するなら、個人の病院なんかじゃ不安だから、満鉄病院に行こう」

照子は、そんなにまでしなくても、という顔をしたが、三森が先に立って、もっていく夜具や衣類を押入から出しはじめたので、ようやく娘の容態の重さに気がついたようであった。

満鉄病院の診断の結果は、法定伝染病の流行性脳脊髄膜炎ということだった。赤ん坊の背中をくの字がたに折りまげて、脊髄から水をとって、検査をしたあげくにその宣告をうけたとき、三森は目先が真暗になった思いをした。脊髄に針を刺すとき、三森は看護婦と二人で、娘のからだをおさえつけていたが、その小さな肉体が悲鳴をあげて悶え苦しむさまに目をむけていることはできなかった。このときになって、照子は泣いてばかりいる始末だった。そして、彼女は愚痴をいった。

「うちの近所の、朝鮮人女学校の校長先生のお嬢さんが、流脳だったのよ。……生命だけは助かったが、白痴になって帰ってきたの。……きっと、そのバイ菌が伝染したんだわ。……あのお嬢さんのように白痴になるぐらいなら、いっそ死んだ方がいいわ。……そうだわね、……死んだほうがいいわね」

彼女は娘の名をよびながら、そのような埒もないことを繰返していた。

その晩は、妻に看病を任せて、家にもどった。夜汽車で眠ることのできない彼は、くたくたに疲れていた。しかし、がらんとした部屋の中で、鴨緑江を上り下りする客船や貨物船の汽笛の音をきいていると、神経がたかぶってねつけそうもなかった。

夜更けに、押入の中で、鼠の走るような気配がしたので、彼は物差をかまえて、襖をさっとあげた。鼬《いたち》だった。

最初、彼は、赤ん坊のおもちゃの栗鼠《りす》の縫いぐるみだと思った。尾が太く大きく、全身あざやかな黄色い毛で包まれていた。鼬の方でも瞬間とまどって、行李と布団袋の間の隙間にじっとしていたが、三森の手の物差が動くより早く、さっと姿を消してしまった。

この鼬の話は、照子には聞かせなかったが、彼は不吉な予感がしてならなかった。

次の夜から、三森夫婦は赤ん坊の病室につききりで、看病をしたが、恢復のあてはなくただ少しでも長く幼い生命の灯をかきたてようと試みるだけであった。意識が混濁すると、医師は脊髄から水をとった。そのあと、赤ん坊はくたびれはてたように、眠りこけるのであるが、その眠る長さが水をとるたびに短かくなっていった。

「この赤ちゃんは心臓が丈夫ですよ。それでももってるんですね」

医者がお愛想をいった。すると、照子は娘の上に、覆いかぶさるようにして、

「お医者さんが、強いって賞めて下さったわよ。……えらいわね、え……頑張ってちょうだいよ」

と大声で叫んだ。

子供が絶命したとき、その顔面にあらわれた死相は、大人のそれのように不気味であったが、看護婦の手でつりあがった瞼をなでおろし、白粉と紅の化粧をほどこすと、こんどは女らしい媚をたたえた表情になった。

照子はその死児を抱えて、頬ずりしながら、

「可愛いいお嫁さんになったわね。……あなたは天国へお嫁にいくのよ」

と泣きながらいい続けた。三森は病室のソファに横になると、徹夜のつづいたあとの、ずきずきと疼く頭の中で、こんな時代に子供をつくった俺たちが馬鹿だったのだ、と考えながら昏々と深い眠りにおちこんだ。

赤ん坊は、生れながらに栄養が悪かった。それは母体のせいもあった。照子は妊娠すると、急に痩せだして、悪阻《つわり》か結核の心配があったので、医者を二、三度かえてみたが、仲々その原因がつかめなかった。やっと、彼女の軀に条虫が寄生していることがわかったが、この条虫を駆除するドイツ製の特効薬は、もう手に入らなくなっていた。あちらこちら照会しているうちに、三森の知合いの中国人が、漢法の療法として伝えられている、どんぐりの実と馬鈴薯をためしてみてはどうかと教えてくれた。三森は、その医学的な効果を、朝鮮のある大学教授にきいてもらって、どんぐりも馬鈴薯も薬効がある、ただし、馬鈴薯

は味つけをしないで、飯の代りに多量にとる必要があるということを知った。

照子は、しかし、どんぐりの実を噛んだだけで吐き気がした。馬鈴薯も、最初は大した意気ごみで食べていたが、これも、少し続けただけで、薯の匂いをかいだだけで、むかむかするといいだした。そのような母から生れたのだから、赤ん坊は生れた当時は乳房に吸いつく力もないようだった。

もっとも、照子の乳の量も少く、朝鮮人の女中に、むしタオルで揉ませていたが、何日たっても乳房が張ってくることはなかった。人工栄養児の登録を市役所にして、粉乳の配給をうけることにしたが、切符で買える量は半月分しかなかった。

「どこのお家でも、足らない分は闇の粉乳で補っているのよ。満人街にいくと、いくらでも出てるそうじゃありませんか。……新義州からまで買い出しにくるといってますよ」

三森は、照子にいわれて、安東の町を東の方に歩いていって、中国人の市場を歩き廻って探した。しかし、そういう点では、彼はからきし能なしだった。うさん臭い日本人に、簡単に統制品のミルクの罐をとりだしてくれる商人はなかった。

「駄目ねえ、……あなたという人は。……私をどなりつけることだけお上手で、肝心のそういう交渉はほんとうに駄目なのねえ」

照子はそういうとき明らさまに、三森を軽蔑する目つきをした。

赤ん坊の屍を火葬場で骨にして、通夜をした晩、三森は、もう二度と子供はつくらないことにしよう、少くとも戦争が終るまでは真っ平だ、と自分にいいきかせた。葬儀屋が飾りつけてくれた仏壇には、金ピカ蓮の花や、隣組のひとたちが、乏しい中からもちよってくれた生花や果物がならんでいたが、女の子が息をひきとるときに浮べた断末魔の形相が、目さきにちらついてしようがなかった。

夜更けて、通夜の客が帰って、彼等は仏壇の前に夜具をのべた。彼は、こないだの晩の鼬の話をした。しばらくぶりに帯を解いて、タオル地のねまきに着換えた照子は、

「おう、こわい」

と大袈裟な声をあげて、彼の傍に入ってきた。

「こわい話はやめにして。……それより、ね、私に早く二番目の赤ちゃんを生ませて。……丈夫な、流脳なんかに負けない元気な赤ちゃんを生ませてちょうだい」

照子は、そういうなり、三森の胸にしがみついて、全身でのしかかってきた。それは、過度の疲労や緊張から生れた異常な性欲の発作なのか、死んだ子供の代りを求めようとする母性の妄執なのか、彼には見当がつかなかったが、妻の肉体を両手で支えているほんの短かい間に、彼はこの女に対して烈しい憎しみを感じた。

「ね、あの子の魂は、きっと私たちの行為を祝福してるにちがいないわ。……こんど生れる赤ちゃんを見守っていてくれることよ」

彼は、妻の軀をおしのけようと考えた。だが、彼の手は、彼の意志とは関係なく、長い間の別居生活で抱くことのできなかった照子の肌を、腰のところで鷲づかみにして、自分の方にしっかとひきよせていた。

……私たちはきっと再会できると思う。それまで苦労でも達者で暮して下さい。子供たちのことはくれぐれもよろしくたのむ。もし、万一、運が悪くて、私が君達のところへ、帰っていけないようなことがあれば、私が最後まで君達のことを考えていたと思って下さい。そして、君には頼りない夫、子供たちには余り一緒にいてやれなかった父親を許して下さい。しかし、そんな私でも、いないよりはいた方がましだ

ろうから、どんなにしてでも私は生きぬいて帰っていくつもりだ。……

　三森は、照子がときどき、彼の頭から爪さきまで、ちょっと距離をおいて、じろっとみつめる癖があるのに気づいていた。夫の体臭なり、身ぶりなりに、彼女の神経をいらだたせるものを本能的に感じているようだった。

「何か、ある。……だが、それは何なのだろう」

　彼女は、おそらく三森がシベリアに連れさられたあとまでも、時々小首をかしげて、考えこむかも知れない。

「終戦になってから、あなた、どことなく別の人になったようだわ。……どこかわからないけど、とにかく変ったわ」

　今、書いている手紙が、ほんとうに、彼の書く最後の手紙になるのであれば、彼は妻に告白して、彼女が頼りない夫だと思っている男が、それどころか不実な夫でもあったことを知らせるべきかもしれない。三森が、どことなく変ったのは、照子がいっていたように「終戦になってから」ではなく、正確には、ソ連軍が新京市内に入ってきてからであった。

　安民区の、彼の家のあたりは、勤め人が多かったが、ぽつんと一軒離れて、公園予定地の落葉松林のそばに春日という土建業者の人の住宅がある。三森が組長をしている、隣組の常会には、主人があらわれることがなく、いつも若い細君が出席した。春日さんの奥さん、とみんなは呼んだが、蔭では、あれは二号さんで、旦那とは二十以上も齢《とし》がちがうという評判だった。

　ソ連の兵隊が、この辺にも出没するようになったある日、その細君が、蒼い顔で、彼の家にとびこんできた。

「大変です、……ロシア人が二人、……家の中にことわりなしに入ってしまいました。……どうしたらいいのでしょう……。」

「御主人は、……春日さんはお留守なのですか」

「奉天に行ったきり、……便りがありませんの、……こんなときに私一人になって、……」

ともかく、三森がその闖入者に応対することにして、外に出た。カンカン照りの真昼の午後は妙に静かだった。だらだら坂の下に、春日家の赤瓦の洋風建築がひっそりたっていた。その坂を下りながら、女が、三森の耳に口をよせていった。

「私の、主人ということに、しておいて下さいましね」

「でも、ロシア語で会話ができるわけじゃありませんから」

「いいんです、……素振りでわからせれば」

草色の戦闘服を着たロシア人の兵隊が二人、応接間の飾り棚にならんでいる日本人形を、珍らしそうに見廻しているところだった。小銃は、ソファの上に横倒しにおいてあって、それが三森を幾分安心させた。二人とも、一七、八の少年らしく、口のまわりの生毛が鈍い銀色に光っていた。

「酒でも欲しいのでしょう、…ビールでもあったら、だして下さい」

三森は、手真似でロシア人たちを椅子に坐らせて、向い合った。春日の細君は、早速ビールとウィスキーの瓶を台所から運んできた。

入城以来、ソ連の兵隊が日本の女を追いかけ廻して暴行を加えているという噂がたっていたので、もし、この二人が細君に手を出すようだったら、どうしようか、と三森は愛想笑をしながら、しきりに考えていた。小銃をつきつけられたら、いや、それでなくても、この逞しい若者たちを相手に闘う力は彼にはなかった。金を掴ませたらおとなしく帰ってくれるだろうか。

「ワダ、ワダ……」

ロシア人の一人が叫んだ。

三森はその叫び声にどきっとした。そうだワダ、というのは、たしか水のことだった。

「奥さん、水をもってきて下さい」

なみなみとついだコップをさしだすとき、女の手が震えて、白いテーブル掛の上に水がこぼれた。

「オクサン、マダム、ハラショ、……」

ロシア人達は、コップの水を一気に呑みほすと、そのコップの尻でテーブルを叩いて、大声で笑った。

三森は、彼等が水を欲しくてこの家に入ってきたのかと思いながら、呆然とつったっている細君の腰を、いかにも主人らしい仕草でひきよせて、自分の傍に坐らせた。

「助かりましたわ、おかげさまで。……いきなり入りこまれたときは、どんな目に遭うのかと思って、……」

兵隊たちが、水を呑んだだけで帰ったあと、女はほっとした表情を軀じゅうにみなぎらせて、彼のためにビールの栓をぬいた。

「……三森さんにきて頂けなかったら、……、私どんなことをされたか、……」

「いや、あの連中は、この辺を巡察しているうちに、のどがかわいて入りこんだだけでしょう」

三森はわざと、事もなげに答えた。まだ昂奮している女は、さっき、彼がひきよせて坐らせた位置に、彼にぴったりくっついて腰を下していた。彼女の、男物の絣で仕立てたワンピースの袖は、肩口からほんのちょっと出ているだけたので、女が動くたびに、しめっぽい腕の感触が、柔かに三森のからだをこすった。

それから二日か三日たって、三森の家で、隣組の常会がもたれた。

問題が二つあった。一つは、奥地からの避難民が区内の国民学校に集結しているが、着のみ着のままの人達なので、各戸から夜具を集めて贈りたい、という班の指示で、これは家庭によって寝巻でも、布団でも任意のものを持ちよって寄附することにきまった。

もう一つが難題だった。ソ連兵の横行にそなえて、被害を最少限度にくいとめるために、各隣組から一名の接待婦をだしてもらいたいということである。

「接待婦というと聞こえはいいが、その実はソ連兵相手の慰安婦なんでしょうな」

そういう質問が出た。

「……良家の子女のやることじゃないが、うちの隣組からも、どうしても一人出さなくちゃならないのですかね」

「適当な人がなければ、ことわってもいいのです」

三森が答えた。班長宅での隣組長会議では、班長の構想として、接待所を設けて、そこにソ連軍の憲兵を駐在させる。もし日本人の家族に兵隊がおし入った場合は、その憲兵に通報して取押さえてもらう。接待婦はその憲兵の食事や洗濯をするのだということだった。しかし、食事や洗濯のサービスだけですまされるかどうか、という点になると、班長も自信がなかった。

「とすると、肉体を提供することも辞さない、という女性でないと勤まらないですな」

「うちの隣組にはおりませんね」

出席した組長たちはお互いに顔をみあわせて、うなずき合った。といって、ほかに家庭の婦人を守る、これという名案もなかった。

「ですけど、どこの隣組でも適当な人がいないとなると、私たちはいつになっても心配がたえませんわね」

という声が、片隅に集った女達の中から出た。

「奥さん方や娘さんたちを守るために、誰か犠牲になってくれる人がいないものでしょうか」

そのとき、照子が、三森の顔を正面から見すえながら発言した。

「春日さんのお宅に相談してみたら、どんなものかしら、……」

当の、春日の細君はその日出席してなかった。

「それは名案ですわ、……二号さんだというし、旦那さんは奉天に行って行方不明だというから、案外二つ返事かも知れませんわ」

女たちの瞳が、急にいきいきと光って、照子の発言を支持した。彼女たちは日頃、ぜいたくな家に住み、ぜいたくな家具調度にかこまれて、いつも身綺麗に暮しているこの女を、心の底で憎んでいた。ソ連兵が入城してから、若い女たちは避難民を真似て、髪を短かく刈ったり、軍服を着たり、わざと薄汚れた身なりをして兵隊の毒牙をのがれようと苦心していたが、春日の細君だけは前と同じように、派手によそおい、化粧をし、香水の匂いさえふりまいていたので、これも近所の注目のまとだった。三森も、照子が彼女の噂話をするのを何度かきいたことがある。しかし、まさか、妻が、皆の前で、彼女に対する反感をそのような形で表現するとは思いもかけなかった。あるいは、二、三日前の三森の行動に対する厭がらせかもしれないと彼は考えた。あのとき、照子は、春日の家からもどってきた三森のからだを嗅ぎ廻るようにして、ずいぶんゆっくりだったのね、と冷たくいった。

「これは、ひとつ、組長さんに本人と直接かけあっていただきましょう。……厭な役目ですが、よろしくお頼み申します」

賛成々々と上っ調子な声がいくつもあがって、皆は腰をうかせた。照子が勝ち誇ったように、胸をそらしてたちあがるのが、人々の間からちらっと見えた。

# 十一

三森は、その日も、翌日の朝も、ぐずぐずして、春日の家にでかけようとしなかった。

「あなたが春日さんのお宅に行きたくない気持、私わかるわ。あなた、あの奥さんに好意もってらっしやるんですものね。……でも、あれは常会の決定よ、……あの人以外にこの隣組から接待に出る女はいないのよ。いっていらっしゃい。それが、あなたの組長としての任務ですわ」

そうまでいわれると、三森はでかけないわけにはいかなかった。照子の唇の歪んでいるのが、いまさらに醜く見えた。

春日の家では、ソ連兵に入られた日から、人を頼んで、玄関を閉めて、その上から板をX形にうちつけていた。青天白日旗と鎌とハンマーのソ連国旗が、その板の上にピンでとめられて、秋風にめくりあげられていた。

裏口の扉が造作なく開いて、彼は、声をかけながら中にはいった。閉めきった室内は真夏の頃のようにむし暑い。留守だったら、置手紙をして帰ろうと思って、そしてその方が気楽だと思いながら、先日ソ連兵と応対した応接間に入っていった。

女は、ソファの上に、のびのびと横になって眠っていた。シュミーズ一枚の裸同然の姿が、ブラインドを下した薄暗い光の中で、白く浮きだして、三森は、外国の絵でこんな光景をみた憶えがあった。白いシュミーズの裾と胸のあたりに、ピンク色の花模様が刺繍してあるのが、あざやかで清潔だった。

「奥さん、……」

と、声をかけたが、それは声にならなかった。隣組では、あなたにソ連兵の接待に出てもらうように決議したのです、土建屋の二号であるあなたが犠牲にならないと、家庭の主婦や年頃の娘たちは夜もおちおち眠れないというのです、皆の意見がそうだし、私の妻の照子もそうです——三森は、ソファの前に棒立ちになったまま、そう心の中で叫んだ。

女は小鼻のわきに汗をにじませて眠っていた。彼は、相手がひとりでに目を覚ますまで待っていようと考えた。彼女は片手を床の上にたらし、片手を下腹の上にのせて、裏口から入ってくる客のあることなど全然予想もしていない寝姿だった。片足をくの字に曲げて、その上にもう一方の足を長々とのばしていた。胸の花模様のところが、三角形を二つならべたように盛上って、微かな寝息と一緒に上下している。

彼はこないだのとき、ソ連兵が帰ったあとも、彼にしがみつくようにして坐っていた、この女の二の腕の肌ざわりを思いだしていた。彼女は、主人を探しに奉天へ行こうか、それとも何かの便りがあるまで、新京に留まっている方がいいのか迷っていた。

「どちらがいいのかしら……」

と女はたずねた。三森には答えられなかった。敗戦後の混乱の中で、自分の生きる道を失って、無意味に時間をすごしている彼には、主人と離れてしまったこの女が、どうすればいいのか判断がつかないのだ。

「ニーヤの大車《ターチャ》(6)を雇って、奉天に行く方法もあるというんですけれど……」

彼女は、からだをねじって、三森の意見をひきだそうとするように、彼をみつめた。女の手がいつのまにか、彼の肘をしっかりおさえていた。

「………」

「ね、教えて下さい……私は、どうしたらいいのです……」

三森は、そのときの、女の真剣な目つきと、その話の内容にそぐわない、はたから見たら恋人同志の愛撫ともとれる、二人のからだのふれあいを思いだした。

彼は、すっと後に退った。今日の用件を、彼女に話せば、あのときのように、彼の意見をもとめられる羽目になるかも知れなかった。

「私はもうどうなってもいいの。でも、三森さんはどう……皆さんの決定に従ってソ連の接待婦になった方がいいのか、どうか、あなた自身のお考えをいって下さいな」

彼は応接間の扉のところに立って、まだ眠っている女の姿を眺めた。俺は、この女を抱いてやればいいのかもしれない。俺にとっても、動乱の中を生きていくふんぎりがつくかもしれない。女は眠ったふりをして、男の手がのびてくるのを、シュミーズをめくりあげるのを待っているのかもしれなかった。隣組の常会のあと、彼は欠席した者には一々その内容を伝えて歩く習慣だったから、それをおぼえている女はわざと欠席して、裏口の鍵をかけないでいたのかも知れなかった。

しかし、彼は首をふって、建物の外にでた。外の空気が冷たく彼のまわりをつつんだ。赤土の坂路をのろのろと登っていくと、照子が玄関の前で彼を待っていた。いらいらした様子が、その身振にあらわれていて、彼は、用件を果せなかったことをどう弁明しようかと思いあぐんだ。

「早くいらっしゃいよ、大変なことが起ったわ。……班長さんから、電話で急に車の都合がついたから、夜具を出しておきなさい、といわれたので、みなさん布団をかついで電車路まで出たの。……そしたら、通りがかりのソ連軍のトラックが停まって、兵隊がばらばら降りてきたと思ったら、夜具をみんなつみあげて、どこかに行ってしまったのよ」

「そうか、……そいつは困ったな」

三森の返事はいかにも間がぬけていた。

「困ったな、じゃすまないわ。みなさんにも、開拓団の人たちにも、私顔むけできないじゃないこと。……あなたがいらっしゃらないからよ。春日さんの奥さんのところで、なにしていらしたのかしら」

君が、顔向けできないということはないのだ、私たちの、班長や組長たちをひっくるめての責任だから、君を責めるものはいないのだ――しかし、彼はだまって、妻の顔をみつめていた。そして、そのとき、照子もまた、今までとはちがった、まるでそこいらをうろついているかさだらけの野良犬をみているような目つきで、瞼の蔭から彼をうかがっているのに気づいた。

その夜、彼はおそくまで起きていた。彼の部屋の窓からは、この辺から南新京にかけての緩い斜面が、広々と地平線まで見渡されるのであるが、暗くなるとその広さがかき消されて、公園の落葉松林の黒々とした背景をもった春日家の燈火だけが目立った。その家のあかりもおそくまでついていた。

三森は、あの女が、ただ一人で、この夜更けに起きていることを考えると、少年の頃のように胸がときめいた。首すじから胸もとにかけての、小麦色のつややかな皮膚の色が、瞳の奥にやきつけられていた。彼は、空想の中で、もう一度、女の花模様のついたシュミーズの方に手をのばした。そのとたんに、土建業者の洋館の燈がすっと消えた。

「馬鹿な奴だ」

三森は声を出して、自分をあざ笑った。その隣りの部屋では、照子と子供たちが軽いいびきや寝言をもらしながら、ぐっすり眠っていた。

今頃、安民区の彼の家では、照子と二人の子供は、そのときと同じように眠っているにちがいなかった。想念が、波のようにしぶきをあげておしよせてはきても、三森の鉛筆を握った手は殆んど動かなかった。

彼は周囲を見廻した。新京に住んでいた男たちは、講堂の天井の裸電球から流れてくる薄暗いあかりを、自分の前にかきあつめるようにして、一心にかきまくったり、鉛筆の尖を噛りながら思案にくれたりしていた。

石黒は、腕をくんで、どこかを睨んでいた。宇津山は、開拓団の男たちとならんで横になって喋っていた。海軍武官府でみんなからスパイ扱いされていた、この男は、ここでは開拓団の連中とだけつき合っていた。

相沢班長は、どこからか消しゴムをみつけてきて、しきりにザラ紙の文字を消しては書いていた。その目が、充血のせいか真赤にはれあがっているのが、三森の注意をひいた。

それをみると、三森は、気をとりなおして、また鉛筆をとりあげた。ほんの少し書きたすだけだった。

……収容所にいても、これから何処に行くにしても。万一、シベリアに行くにしても私一人だけではない。多勢の日本人が一緒に生活するのだ。私は、その生活の中で、人間と人間とのほんとうの結びつきがあれば、新しい人生が生れてくると思う。ほんとうの結びつき、ということを、もっと適切に表現したいのだが、今はまとめる力がない。あたたかい結びつき、しっかりした堅い結びつき、ペテンや虚飾や見せかけなどに毒されていない素直な結びつき――どうも、どれもこれも不充分で、はがゆいような言葉がとびだす――これは私の期待であり内省なのだ。

だが、ほんとうのことを書くということはこんなにも難かしいのだろうか。（これも反省です）こんど、君たちと会うときに、私がどんな人間になっているか、興味のある問題です。君や子供たちが、私が誰か見わけがつかないというようなことになるかもしれません。御健康を祈ります。坊やが、窓のところに立って、お父さん早く帰らないかなあ、と呟やいているのが見えるようです。三つ目小僧とからかわれていた額の傷あとはすっかりなおったかな。万事よろしくお願いするだけです。……

相沢が、班長を誰かに代ってもらいたい、といいだしたのは、その翌日の夜だった。列車は、どこかの駅か、野原の真中かで、何時間も立往生していた。列車が走っている間は、彼等は眠ったり、話に興じたりしているのだが、停車すると、眠っている者も目を覚まして、次に何が始まるかという期待と不安で、おしだまったまま、耳をすまし、目をぎらつかせる。やがて、車が動きだすと、何もなかったという安堵と落胆で、また横になったり、話の続きをはじめたりする。そういうことを、寛城子を出発してから何度か繰返していた。

「これは、どうも、我々は北へ向いて進んでいるのに、ちがいありませんね」

おちくぼんだ眼窩《がんか》の奥から、陰気な瞳でみつめながら、相沢が呟いた。

「どうしてですか」

「……車内の冷え具合で、そう思うのです。……ハルピンはもうすぎてしまったのかも知れませんね……」

「それにしたって、がっかりするのは、まだ早いですよ」

三森はなぐさめた。

「……ハルピンをすぎたにしても、羅津に出る可能性はあるのですからね。それに、夜になると、南満だって相当気温が下るのだから、まだ、どっちとも結論は出ませんよ」

だが、三森自身、自分たちの列車が北満を進んでいることを、今は疑うことができなくなっていた。

「私は、こんなに衰弱してしまって、班長の仕事はとても勤まりません。……お願いです、代って下さい、三森さん、あなたが、いやなら、誰かほかに頼んでみてくれませんか」

南嶺の収容所で、一度、彼が班長をやめたいといいだしたときは、陸軍中尉という自分を匿して、地方人の間にもぐっている立場上、あまり表面に出たくないという理由であった。そのとき、彼は三森になだめられて、思いとどまったのだが、こんどは、三森にも、彼が班員を統率したり、世話をやいたりするのが、無理な状態になっているのがわかった。

みんなは、出発にあたって、三日分のパンを分配されて、リュックにつめてきていた。それは貴重な食糧だった。不自由な貨車旅行で、下手をすると、そのパンを四日にも五日にも食いのばさなくちゃならないかもしれなかった。だから、たいていの者は、ひもじいのを我慢して、一回の食べる分量をできるだけ節約して、床におちた屑をひろってまでなめていた。

ところが、相沢は、その人なみの我慢ができないのだ。彼はもう明日の分を殆んど残していなかった。空腹にたえかねて、さきのことを考える余裕がなかった。いつも腹の中が空っぽに感じられた。車の動いている間は両隣りの者に食物の話ばかりしていた。そして、車が停まると、リュックの物入から、コチコチになったパンのかけらをとりだして、がつがつやり始めるのだった。そのくせ、あさましいほどの旺盛な食慾とは反対に、相沢の頰はやせ細り、皮膚が黄色くしなびてくるばかりで、南嶺で会ったときの、秋田生れにふさわしい色白の秀麗な面影は、全く見られなくなっていた。

「そりゃ、誰かに代ってもらってもいいんだが、こうして、ごろごろ寝ているばかりで、班長の仕事というのもないも同然だから、気にしないでいいですよ。……そのうち、必要になったら誰かにおしつけましょうや」

三森は、自分も寝る仕度をしながら、わざとこともなげにいった。寝仕度といっても、リュックから、私物の洋服をだして、それを布団がわりに裾にまきつけるだけのことだった。

その翌日、また何度か停車と進行をくりかえしたあげくに、列車はどこかの駅らしい、汽笛や自動車のクラクションのきこえる場所にとまっていた。

「停車場の構内にちがいないぜ」

「どこの駅だろうな」

もう、誰もそこがどこであるか、見当がつかなかった。走っている時間と、とまっている時間がごったにいり乱れて、どれほどの距離を動いてきているのか判断できなくなっていた。ずいぶん奥地にきているようでもあるし、案外新京から近いところをうろついているのかもしれない。

「おい、静かにしてくれ……」

突然、宇津山が飛びあがって、みんなの話し声を制した。

「……静かにしてくれ、……靴の音や、電車のチリンチリンがきこえるんだ……」

彼は車内を歩きまわり、天井を見あげた。

「……そうだ、この頭の上を通っている筈だ、……陸橋が、この車の恰度真上になってるんだ。ここはハルピンの駅にまちがいない」

「ハルピンだ？」

「どうして、ハルピン駅だということがわかるのですか」

みんなが、あっけにとられたように、宇津山をみあげた。

「何んていったけな、……道裡《タオリ》と南崗《ナンカン》を結ぶ陸橋があるんだ……駅から百米ほど北になっているんだ、……アーチ形になっていて、ロシア風の唐草模様のある欄干がついているんだ。……それに、ほれ、鐘の音が聞えるだろう……あれは、きっと中央寺院の鐘だ……」

たしかに、ロシア寺院の鐘楼でならす鐘の響きが、この貨車の中まできこえてきた。そして、天井の上を、遠い潮騒のように、街の物音がとぎれることもなく寄せては返していた。

「さあ、こうしちゃいられねえい、……そのうちに、何とかしねえと、……」

宇津山は、軍服の上は、海軍武官府以来の皮のジャンパーを着込むと、扉の上にある、明りの小窓には這い上ろうと試みた。扉の桟《さん》に足をかけて、やっと届くことは届いたが、その小窓には鉄の棒がさしこんであるのだ。

「誰か、ナイフをもっていねえかなあ」

彼は、哀願するように、車内を見まわした。誰も持っている筈がなかった。これまでの何回かの身体検査で、刃物類はすっかりとりあげられていた。

宇津山は、両手で、鉄棒にしがみつくと、自分の体重を全部かけて、もぎとろうと、ひっぱってみた。しかし、それは僅かに撓《しな》るばかりだった。

あきらめて、降りてきた彼は、今度は、扉の具合をしらべてみた。外側から頑丈な錠がとりつけられているらしく、部厚い板戸はびくともしない。そこも駄目とみてとった彼は、次に扉と反対側の隅にある便器のところをいじくってみた。丸いブリキの筒が、貨車の外につきでている。この筒をぬきとると、その大きさだけの穴が、ぽっかりあらわれたが、それだけの空間では、彼の軀をすべりこませるわけにはいかなかった。

宇津山が、まだ何かないか、と車内を物色している間に、遠くで機関車の笛がきこえ、車が動きだした。すると、彼は、真赤に上気した顔に、烈しい絶望の色を浮かべ、上半身を深くかがめたと思うと、扉に突進して、ごつごつと体当りをくらわせた。もちろん、どうにもなるのではなかった。彼は、板の上にからだを落しこんで、泣きながら、わめいた。

「ここで逃げなけりゃ、もう二度と、逃げられっこねえ、……ハルピンに、俺は帰ってこれねえんだ、……二度と帰ってこれねえんだ」

三森は、いつも陽気なこの男が、子供のように泣き叫ぶのに心をうたれた。ただ、この号泣の底には、逃亡をあきらめねばならない悲しさよりも、宇津山が住んでいたハルピンの街に対する愛着の切なさが色濃く漂っているようであった。

十二

三森が、この捕虜生活に芯からたえられない思いをしはじめたのは、列車が綏化《スイホウ》に着いてからのことである此処で、列車の中ほどに炊事車が連結され、炊出しが始まったが、進行中は粥をたくことができないので、一日二食の食事を作るために、列車はそのつど停った。そのため、停車の回数は前より一層多くなった。そして、捕虜たちが、列車から出て、町や森林から水や薪を運んできて、炊事車のドラム鑵に火をもやし、粥ができて、車輛ごとに分配を終って、列事が動きだす、という順序が繰返された。

本格的な冬に入っていたので、綏化を出発するときに、防寒外套が渡されたから、寒さはなんとかしのげる。たまらないのは、ひもじさだった。一日二度の粥は、海軍武官府当時にくらべれば、いくらか量は多いが、燃料さがしや水運びの労働をするには足らなかった。列車の運行がはかばかしくなく、雪野原の真中に、何時間も立往生することがあって、まる一日炊事車から煙のあがらないこともある。しかし、この飢えも、我慢すれば、我慢できないこともない。

列車が、駅や部落の近くに停まると、中国人たちが、ふかしたての饅頭を売りにくる。子供の頭ほどもある、真白い饅頭の匂いが、そのまわりに集まった日本人の嗅覚に、どんなに強烈にこたえたことだろう。しかし、それも、見て見ぬふりをしていれば、腹の虫をおさえることができる。

困ったことに、相沢班の車で、ふんだんに満洲国幣をもっているグループがいた。背広を着た三十七、八の男を中心とする数人の、どこかの会社の職員だった。彼等は、停車するたびに、空のリュックをもちだしては、白い饅頭をいっぱいにつめてもどってきた。そして、大きい口で頬張りながら、そのリュックを、三森たちの方にも廻してよこした。

最初、綏化で、彼等がこの素晴らしい食糧をみつけてきたときは、彼等は自分たち仲間だけで食うつもりだったらしい。だが、ほかの者は、みな無一文だったから、おしだまって、生つばを呑みこみながら、その場の様子をみつめていた「背広」が、そのリュックを、相沢の方におして、よこして、

「班長さん、よかったら、食べて下さいよ」

といった、それまで、相沢は、床にねそべっていたからだを起して、燃えるような目つきで、彼等の手や口の動きを、けだもののように睨んでいた。そして、「背広」から声かかかった瞬間に、相沢の手は、柔かい饅頭をおしつぶすような勢いで、つまみあげていた。

「お、お、俺も御馳走になるよ」

相沢が、ぺこぺこ頭をさげて、リュックを「背広」の仲間の方に、おしかえそうとすると、こんどは、宇津山がとびついてきて、手をのばした。相沢が、スポンジのように弾力のある饅頭にかぶりついたのを見ると、三森は、

「私も、御馳走になります」

と呟やいた。しかし、それは、誰にもきこえなかった。彼は、大きな声で、もう一度、御馳走になります、と叫ぼうとした。だが、気がついてみると、彼は両手で、まだほかほかと暖かい大きい奴を、まるで貴重品をおしいただく恰好で捧げもっていた。

「背広」の仲間の間に笑い声がおこった。

三森は、その中の一人が、捕虜になると、人なみの礼儀も忘れるほどぼやけやがるんだな、とあざけったような気がした。胸がどきどきして、涙がこぼれそうだった。食べもののことで、このようなはずかしい思いをするのは始めての経験だった。海軍武官府でも、毎日空腹に責められていたが、がつがつしている蒙疆政府顧問の向井老人を、三森は冷たく観察していた。なんぼ、おちぶれても、こんな風にはなりたくない、と思っていた。だが、今、彼は自分が向井と少しも変らない自分であることを、いやというほど思い知らされていた。

上段の連中は、この場の様子を、亀の子のように首をならべて、見下していた。生つばを呑みこむ音が、下まで聞えてきそうだった。しかし、リュックは、下段をひとまわりすると、ほとんど空っぽになって、持主の方にもどされていった。

それから、停車するたびに同じことがおこった。ときには、「背広」の仲間が、うっかりしてか、あるいは意地悪く忘れたふりをしてか、饅頭のいれものを廻さないで、彼等だけで、食べていることがあった。こんなとき、卑屈な笑いをうかべて、声をかけるのは、いつも相沢だった。

「すみません、……こちらへもひとつお願いしたいもんで、……へっへっへっ……」

三森は、そのときの相沢を、まともに見ることができなかった。相沢が声をかけないと、ほかの者は、じっと下唇を噛んで、「背広」の仲間の談笑に耳を傾けるふりをしているだけなのだ。

そして、班長の役割は、自然と、その背広の男に譲られた形になっていった。燃料運搬や、炊事用の水運び、あるいは、貨車の中にとりつけられたストーブや便器の掃除の当番も、相沢のかわりに、この男の指示によってきめられるようになった。

もう此処まできては、佳木斯《ジャムス》から南下して、牡丹江経由で羅津《ラジン》に出るという最後の望みも消えてしまった。相沢の表情から、いらいらしたものが影をひそめて、静かな諦らめがうす黒く拡がっていた。警戒も厳重ではなくなった。綏化をすぎて、しばらくすると、気温が急に下って、烈しく吹雪いてきた。曠野は次第に、凍結した雪野原と変りつつあった。こんなところで、列車から逃亡したところで、間もなく凍死するか、野犬の餌食になるだけのことだから、護送の監視兵も、気をゆるめて、めったに車外に出なかった。

ただ、相沢が妙なことをいいだして、三森をとまどいさせることがあった。

「三森さん、逃げるなら、黒河《ヘイホー》に着いてからです。……私は、あの辺の地理にくわしいし、町の日本人にも知合いがあるから、へまなことはしません。まあ、私に任せておいて下さい。あなたに迷惑をかけるようなことはしませんよ」

彼はまるで、三森が逃亡の共謀者でもあるかのような話しぶりだった。

「……あなたは、野戦の経験がないから、おわかりにならないでしょうが、冬の方が行動が容易なのです。寒さを別にすれば、ですがね。……河は自由に渡れるし、野良に人が出ていないので、発見される危険も少ない、障害物がないから直線コースで前進ができる、というわけです」

三森は、熱っぽい瞳をぎらりと光らせる相沢をみていて、この人は陸軍中尉だったのだと思いだしていた。

ストーブの当番で、三森が夜おそく起きていたときだった。列車は北安《ペイアン》の近くを走っていた。突然、眠っていたとばかり思っていた相沢が、からだをおこして、ストーブのそばにすりよってきた。

「三森さん、あなた、綏化で町にでかけたとき、子供の靴を拾ってきましたね」

「………」

三森は内心びっくりした。まさか相沢がそんなことに気がついているとは知らなかった。

あのとき、彼等は、ソ連兵に誘導されて、綏化の町の日本人住宅を壊して、板片をはがして列車に運びこんだ。三森は、その一軒の、壁土だらけの家の中で、茶褐色のフェルトで作った子供靴を一足みつけた。土足でふみ荒された床の間に、それらはちょこんとおいてあったのだ。この住宅の家族が引揚げるときに、子供にはかせてでかけるつもりだったのが、うっかりしてて、それどころでない騒ぎのために、つい忘れていったものらしい。彼は、その靴をとって、掌の上にのせてみた。新京の安民区の、公園予定地の上にある彼の家で、「お父ちゃん、って呼んでみようかな」とひとりごとをいってる男の子が思いだされた。あの子の足に、ちょうど合う大きさだ。彼は、掌の上の靴の大きさを確かめた。子供の体の重みが、掌から腕にかけて、まざまざと感じられるようだった。

その靴を、彼は貨車にもちかえって、リュックの中にしまっておいた。彼は、いっとき、旅さきで子供の土産を買いこんだような気分になっていた。そして、それは、そのときだけで、忘れていたのだった。

「……お宅の坊やは、きっと喜んでいますよ。あなたがいつも坊やのことを考えているのが、通じている筈ですから、……」

「………」

「あなたは、三森さん、……人間に霊魂があることを信じないのですか、……私は信じます。いや信じる、信じないを論じているのではありません。私は霊魂があることを知っているのです。実在するのを知っているのです」

相沢は、列車の動揺に応じて、上半身をぐらつかせながら、憑かれたように断定した。

「そりゃ、私も、人間は肉体だけじゃないと思います。肉体を支配する機構があると思います。……ただ、それを何と呼んだらいいのか、……精神というのか、魂というのか、……」

「いやいや、私がきいているのは、そんなことじゃありません。あなたと坊やを結びつけている霊魂の存在を信じないのか、ということです、……」

相沢の顔に、満足そうな微笑が浮んできた。そして、三森の無知をさげすむような口調で話しつづけた。

「……東京の工専に入って、のんきな学生生活を楽しんでいた頃、チブスに患って、死に損なったことがあるのです。……それも、あとから考えると、母に助けられたようなものですが、……その病気のとき経験したことです。入院して、医師の手当をうけていたのですが、容態は悪化するばかりでした。……私は、熱にうかされて、意識が混濁していましたが、俺の人生も青春なかばにして終ってしまうのかと思うと、残念でもあり、悲しくもありました。……ただ一つ、秋田のお袋に会えれば、そして、私の悲しみをきいて貰えれば諦らめもつく、ひと目会ってから死にたい、……それだけが望みでした。なんとかして郷里に帰りたい、からだの自由がきかなければ、私の一念だけでも母に通じたい、と必死になってねがったからでしょうか、気がつくと、私は東北線の汽車に乗って上野を発っていました。……福島で乗換えて、山形、新庄といくのですが、その汽車ののろいことに私はあきれてしまいました。やっと、郷里の駅につくと、私は一目散にわが家をめざして走りだしたものです。家が見えてきて、お袋が、いつものようにモンペを穿いて、頭に手拭をかぶった姿で、玄関の前に立っていました。……私は庭から入って、なつかしいお袋の顔が見えると、ひとりでに笑いがこみあげてくるようでした。……ところが、お袋は、難かしい顔をして、口をきゅっと結んだまま、手を振って、家に入っちゃいけない、という身振りをするのです。……おかしなことだ、と思って、たちどまると、お袋は、今にも泣きだしそうな顔を、邪険に横にふって、玄関にあともどりすると、戸をぴしゃんとしめてしまいました。……私は夢をみていたのです。そして、その夢からさめたあと、熱がどんどん下って、たちまち恢復にむかいました。私は助かりました……退院してから、医師の勧めで、田舎に帰って静養することになりましたが、あまりにはっきりした夢なので、不思議に思って、その話を母にしました。……すると、どうです。三森さん、……お袋は、私がたしかに、家の前まで帰ってきたと答えるのです。しかし、いつもの帰省とちがって、私から帰るというハガキも届いていないし、変に胸騒ぎがするので、凶事の前兆のような気がしてならないのです。……あのとき、母が、私に口をきいたり、玄関の中に入れたりすると、私の生命はそれで断えてしまうのだ、ということでした。……私は、そのときはじめて、人間には肉体と離れて霊魂があるのだということを、そして、親しい間柄では霊魂が通いあうものだということがわかったのです」

捕虜たちは、収容所でも、輸送列車の中でも、多少ともホームシックにおちいっているのは間違いなかった。それが嵩じて、神経衰弱のような病状を呈している者も少くなかった。

だから、相沢の場合も、ずいぶん度が強くなっているように、三森には考えられたが、工業専門学校を出て、建築技師になり、軍隊でも技術将校として勤めてきた、いわば科学的にものを見、考えることになれてきてる人間として、このような話をするというのは、神経衰弱だけでは説明のつかない奇妙な現象のような気がしてならなかった。

収容生活がまたはじまった。黒河の町はずれにある、もと国民学校の屋内体操場だったと思われる、天井の高い木造の建物の内部を、上中下三段に仕切って、南嶺からきた梯団がすっぽり収容された。

普段なら、新京からまる一日も走り続ければ、着く距離を、二十日あまり走ったり停まったりの旅を続けてきた。黒河に辿りついたときは、もう十一月も一週間ほどすぎていた。季節はちょうど厳寒期にはいるところで、冬のはじめに降った雪が固く凍りついて、市街や山野を白一色に覆いつくしていた。

新京時代と同じような、単純な作業が、捕虜に割当てられて、班ごとに、炊事の使役に出たり、宿舎の燃料や水を運んだり、を毎日繰返していたが、此処では新しく、入浴場の仕事が加わった。屋根に、ロシア文字で、ヴァーニャ[12]と書いてある建物が、入浴場で、構内の建物のうち、ここの屋根だけが、蒸気にあたためられて、雪がとけていた。日本式の風呂とちがって、此処ではバケツ一杯の湯で、からだを洗うだけのことだったが、人数が多いので、入浴場の使役は、夜中から火を燃やして、湯をわかさねばならなかった。

水汲みがまた大変な仕事だった。井戸は一個所だけ、構内の市街よりの、鉄条網のそばにあったが、バケツからこぼれた水が、井戸の周囲に凍りつき、それが、つぎつぎに積み重なって、井戸をふさぐばかりに盛りあがってくる。その氷の山をツルハシで砕いてたいらにして、ドラム鑵を橇にのせて、井戸のそばまでひいてくる。水汲みには、靴の上から荒繩をぐるぐるまきにして、滑って井戸の中に落ちこまないようにしなければならない。やっと一本のドラム鑵に満水して、橇をひきだすと、そのあとには、もう新しい氷の山がひとつ出来上っているという具合だった。

やがて、また新しい作業が、彼等に課せられた。収容所を出て、黒竜江沿いに東へ一粁ほどいくと、製材所があった。そこには作業員の姿もなく、製材機械も残っていなかったが、原木や製材した板が無数に散らばっていた。それを使って、各班ごとに一台づつの橇を作ることを命じられたのだ。

製材所の裏手が広い貯木場で、その背後を黒竜江が流れていた。水の流れるさまが見えるわけではなく、僅かにのぞかれる河面が水に覆われて、白く光っていた。そして、その凍った河の向うに、木立に包まれたブラゴエシチェンスクの町が、西から東へ、低く細長く連なっていた。

器用な宇津山が、開拓団の連中を指揮して、橇を組立てていた。こういうことになると、自然と宇津山が仕事の中心となるようになっていた。他の者は、彼の指図に従って、凍りついた鋸屑の中から釘を拾いあつめたり、彼が切ったり、削ったりする木材の端をおさえる役に廻った。

三森は、自分も一度、前の冬に、橇を作ったことがあるのを、思いだしていた。子供を遊ばせるための、玩具のような橇だった。安民区の彼の家の前の路は、公園予定地の方に傾斜した坂路になっていて、雪が降ると、そこは近所の子供達の遊び場になった。男の子は、そこで、年上の子供が遊んでいる橇をみてきて、三森にせがんだ。彼は、どういう風にすればいいのか、わからないので、よその家のを見せて貰って、一日掛ってなんとか恰好だけ作りあげた。その間、男の子はニコニコして彼のまわりを離れなかったが、いよいよ出来上って、曳き綱をつけ終ると、歓声をあげて、台所から母の手をひっぱってつれてきた。

「まあ、ずいぶん不恰好な橇なのね、それで滑れるかしら、……」

二本の角材をならべて、横木を三本つけ、その上に、リンゴ箱の板をうちつけただけの、まったく不恰好なシロモノだった。ただ角材の両端をはすに削って、底をサンドペーパーでこすってあるので、照子が疑ぐったように、滑らないことはないと思えた。

「細工は流々、……とにかく、試運転だよ、ね、坊や、……」

待ちかねて、足をばたばたしてる息子をつれて、もう暗くなった坂道へ出ていった。坂の下の、土建屋の家の煙突から、黒い煙がまっすぐにたちのぼっていた。

三森は、雪の斜面に橇をすえて、その上に子供を坐らせた。着ぶくれた息子は、両手で板にしがみついて、緊張した表情で父をみあげた。

「いいかい、……からだを動かしたり、手をはなしてはだめだよ。しっかり掴まってるんだ」

こくん、とうなずくのをみて、彼は橇を前の方におしてやった。すると、その不恰好な玩具は、思ったよりもなめらかに走りだして、土建屋の玄関の前まで一気にすべりおちた。彼は坂をかけおりて、得意そうに息子の前に立った。

「どうだい、いい橇だろ。……面白かったろ」

男の子はまだ橇にしがみついたまま、こわばった声で答えた。

「うん、でも、あんまり早いから、こわかった」

しかし、息子は、間もなくその橇に馴れて、いくら寒い日でも戸外に出ていった。照子に頼まれて、買物のお伴をするときなどは、からだを横にふって、ずいぶん自慢らしい様子をしていた。

「坊やが、運搬してくれるんで、大助かりだわ」

照子がわざとおだてると、息子は、橇につんできた品物を、うんうんいいながら、家の中に運びいれることまでやってのける。そんなとき、赤い頬ぺたがいっそう上気して、幼ない顔が美しく輝やいて見えた。……


まだ皮剝ぎをしてない落葉松の丸太に、腰を下して、陽のさす方にむいて休んでいた三森は、この冬は、あの子は矢張り戸外に出て遊ぶのだろうか、と考えていた。中共の軍隊が入ってくると、国民党の軍隊との間に、戦争が起るかもしれないという話があった。新京の治安がどうなっているかが案じられた。

「こんなものを作らせて、我々に何を運ばせるつもりなのですかね」

相沢が寄ってきて、彼とならんで丸太に腰かけた。無精髭がのびて、そのせいか、眼窩が深くおちくぼんでみえた。四十五歳以上二十歳未満の者は、ソ連に連行しないそうだ、という噂が拡まっていて、相沢は、少しでも年が多く見えるように、髭をそらないでいた。

「さあ、どうせ私たちを色んな労役に使うのでしょうから、……」

「物資を運搬するのなら、なにも、こんな橇を作らなくたって、ちゃんと貨車で運べばいいんだ、……アムールの上に鉄道を敷設したそうですよ、彼奴等は。そして、満洲から施設や機械をどしどし運んでるんだそうです」

三森はたちあがって、背をのばしたが、その鉄道は見えなかった。凍結した氷の上に線路を敷いて、汽車をはしらせることができるのかどうか彼にはわからなかった。もっとも、満洲でも、たとえば松花江では冬になると長距離バスが氷の上を運行していたから、満更考えられないことでもないのかもしれない。

「私はこのブラゴエの町を何度も見ているんですよ、……監視哨の望遠鏡からですがね、……」

相沢は、三森の表情をうかがいながら、この黒河に近い前線にいた頃の話をした。

「密偵の報告で、あの町の端から端まで、主な建造物は全部調べてありました。左の方の町はずれに、高い鉄塔があるでしょう、……あれ何かわかりますか」

「さあ、……」

「あれはね、落下傘塔なんです。あの塔のてっぺんから落下傘をつけて、地面まで飛びおりる訓練を兵隊や市民が盛んにやっていました」

それから、相沢は、町の中ほどの、白いホテル風の建物をさししめして、

「あのあたりでは、夏になると、浅瀬で水泳ぎをする連中がたくさん見られましたわ。若い女がのぞけるというので、望遠鏡は奪いあいでした。……ロスケの女というのは、野蛮なもので、水着もつけないで丸裸かで泳いでいるのが少くないのです。それが、あの堤防の下で大の字になって日光浴をしたり、男と抱きあっていたりしたものでした、……」

そんな話をしながら、相変らず暗く沈んでいる相沢の態度から、話は上の空で、実は何事か思い悩んでいるのではないかと想像された。

各班の橇に番号がつけられ、収容所の軒下につみあげられて、もうすぐブラゴエシチェンスクに向って

移動するのかと思われたが、何事もなく日が経った。そして、ますますつのる酷寒の中で、年が明けた。

明日、正月五日には、ヴァーニャで演芸会が開かれることになって、その前夜の収容所は騒々しく浮きたっていた。各班から、それぞれ出演者をだすことになって、浪花節や、日本舞踊の稽古をしている班もあった。賞品には、パンや煙草が準備されてるという情報が入っていた。

正月そうそう黒竜江を渡った梯団がある、という話も伝わって、それがまた賑やかな話題の種となり、屋内体操場全体が、わあーんという轟音に包まれた状態であった。

その日の昼、相沢の班で、正式に班長をきめる話合いがもたれた。輸送列車の中で、事実上班長の役目は、相沢から背広の男に譲られた形になっていたが、この収容所に入ってから、「背広」は、班長をひきうけた覚えはない、といいだした。それには、黒河に着くと、どこからともなく、ソ連側は、四十五歳以上二十歳以下の日本人は新京に帰す意向だ、という噂がとんだためもあった。「背広」の仲間や相沢は、とたんに、満洲に残留する最後のチャンスとして、ほんとうの年齢以上に老けてみせる手段を講じていた。反面、スターリン首相に陳情して、非戦闘員である一般市民は、捕虜と分離して解放させようという工作も行われた。それには、梯団の中で、班長など勤めていては不利だという判断が、「背広」の胸の中に生れたようである。

スターリン首相に対する陳情文を、ロシア語に翻訳して、申請の手続きをとって貰うために、ソ連人の通訳を買収する資金があつめられた。「背広」たちは、新京からもってきた満洲国幣をこれにつぎこんだ。だが、その嘆願の文章ができあがった話も、スターリン首相に発送された話もついぞきかなかった。

班長は結局三森におしつけられた。彼は、隣組の世話をして、散々厭な目にあってきたので、自分からひきうけるつもりはなかったが、強く拒絶すれば、ふりだしにもどって、相沢に二度の勤めをさせることになる。それは三森として忍びがたいことだった。相沢は、今は、自分が四十五歳以上に見えるように、それだけに浮身をやつしていた。そして自分でも、明治生れで、第一次世界大戦の青島陥落を祝う提灯行列が、賑やかに行われた模様などを大真面目に喋りちらしている始末だった。

夕食のあと、三森は、リュックサックの底にしまってあった、紺サージの協和服をとりだして、衛門のところで、饅頭にかえてきた。その服は、背広を作り直してソ連軍に検挙される当時着ていたもので、輪送列車の中でも、何度か食糧に換えようと思っては、考え直して手をつけなかった。三森の心の底にも、万一脱走する機会があったら、軍服ではまずい、そのときの用意に、という意識がひそんでいたのだ。しかし、もうそのような妄想は消えていた。彼等の行く手には、凍結した黒竜江があるだけだった。

三森が買いいれた饅頭は、雑穀の粉が混っているらしく、茶褐色をしていたが、美味しそうな湯気をたてていた。彼はそれを、最上段に席をしめている自分の班のものに配った。

「うわあ、内地の田舎まんじゅうそっくりだよねえ」

宇津山が、さっそくかぶりつきながら、隣りの相沢に話しかけた。相沢は、いつもに似合わず、壁にかけた雑嚢に、その饅頭をしまいこむところだった。

「なんだい、相沢さん、いらねえのなら、俺が食ってやるよ」

宇津山が、食い意地のはった相沢にしては、めずらしい行為をひやかした。

「今日は腹の調子が悪いから、明日の作業のあとでも食べようと思うのです」

相沢が、下をむいたまま、ぼそぼそと答えた。その様子をみていて、三森は、何か胸につかえるものを感じて、暗くなる少しまえ、便所で相沢が話したことを思いだした。

この収容所の便所は、野天の吹きさらしに、大きな穴を掘って、その上に板を渡しただけの、お粗末なもので、日中陽のあたるときでも、五分としゃがんでいられない寒さだった。そのかわりに、あたりに誰も見えない時分には、内密の相談をするにはもってこいの場所だった。

「いつか、私は、あなたにお話しようと思っていたのですが、……あなたは、陸軍中尉という肩書のある男が何故地方人の中に入っているのか、不思議でならないでしょう、……私には実は、戦争犯罪人として告発される危険が迫っているのです。建築技師という前歴から、国境要塞の構築に従事させられて、そこで使用したシナ人をずいぶん殺した事実があるからです。……要塞の所在は秘密でしたから、その秘密を守るために、軍命令で殺したのです。……しかし、ソ連側はスパイの情報で、要塞の位置や装備をしっかり握っていました。去年の八月、満洲に進撃したとき、彼等は抵抗をさけるために、要塞と要塞の間隙をぬって、あっという間に日本軍の背後に出てしまいました。それほどですから、シナ人虐殺の情報も証拠も掴んでいると思います。そうすると、私はソ連で裁判にかけられるか、戦犯としてシナ側に引渡されるか、どちらにしても死刑はまぬがれないのです」

「そうかなあ、……でも、それは、あなたの責任というよりも、軍命令を出した司令官なり参謀なりの責任じゃありませんかね。あなたとしては、軍人という立場上、その命令に違反するわけにはいかなかったでしょうから」

「いや、駄目ですよ、……」

薄暗がりで、相沢が首を横にふるのが、ぼんやり見えた。

「……口頭命令ですから、お偉方がそんな命令を出した覚えはないと否認すれば、それまでです。兵隊に直接指示を与えたのが、私ですから、当然追究の手がのびてくることは確かです。……この辺の地理も大体呑みこんでいますし、黒河の在留邦人もまだ残っているでしょうから、その中に紛れこむのが一番の方法だと思います。でないと、私の運命はもうおしまいです」

藍色の夕闇の向うで、ブラゴエシチェンスクの町の灯が、木立の間からちらついていた。三森は、相沢が、自分の頭の中に固定した観念にしがみついて、いつもそのことだけを、思いつめているとしか考えられなかった。そうかといって、相沢の喋ったことが真実なら、ソ連で戦犯に指名されて、責を問われる心配は全然ないと保証することもできないのだ。明日、どういうことが起るか、今は何も予測できない境遇におかれていた。三森にできることは、相沢のこりかたまった思念をときほぐして、少しでも気を楽にさせてやることしかなかった。

そう思って、饅頭をかいこんだのだ。二人でむしゃむしゃやりながら、内地の食物の話でもしてみよう、秋田のしょっつるやはたはたの味を思いださせてみようと試みたのだ。だが相沢は、この試みをかわして、せっかくの饅頭を雑嚢の中におしこんで、尾錠をかけてしまった。寝ているうちに盗まれないようにと、用心したらしい。

「班長さん、お湯わかしますから、水筒貸して下さい」

三森の左わきで寝起きしている、開拓団の若者が、どこからかお茶の葉をみつけてきて、お茶の仕度を始めた。まだ少年にしかみえない、この気のいい若者は、飯盒の蓋や、缶詰の空缶をいくつも集めておいて、時折お茶をのませてくれた。三階は、屋内体操場の中でも、一番暖かくて、住み心地は上々だったが、空気が乾燥しすぎて、咽喉がからからに乾くので、若者のサービスは評判がよかった。

彼はいつものように、身軽に梯子を降りて、入口に近い煖炉で、湯をわかしてきた。いつもの彼なら、いったん沸騰した湯を、少しさましてから、三階にのぼってくるのに、今日は、これから饅頭が食えるという嬉しさで、うかつだった。ふきこぼれるほど熱くなった水筒に、コルク栓をしっかりつめて、席にもどってきた。若者は、飯盒《はんごう》に茶の葉をいれて、それに湯をつごうと、水筒をひざの上に立てた。その瞬間に、ぽんとコルク栓がとびあがると同時に、熱湯が彼の顔面にまともに噴出した。

「おい、班長さん、こいつがじたばたしねえように、しっかりおさえてくれ。俺、炊事から油とってくるからな」

ばったり倒れた若者を前にして、ただおろおろしている三森を叱りつけるようにして、宇津山が素早く飛びだしていった。そして、炊事でわけてもらった大豆油の瓶をさげて、もどってくると、その油を掌にたらして、若者の真赤にはれあがった頬になすりつけた。

「お前目をあけてみろ、……うん、痛いか我慢してあけるんだ、……よし、目玉はやられてねえな、……それなら大丈夫だ」

油をぬりおわると、宇津山は、こんどはバケツに水をいれ、その中に氷のかけらを幾つか浮べて、運んできた。

「こいつで、ひと晩冷やしてやれば、火傷のあともつかねえよ、班長さん」

班の者から、手拭いを何本か出させて、それを固くしぼって、顔の上にのせると、宇津山は黄色い歯をみせて、三森に笑いかけた。

その夜は、おそくまで、三森と宇津山がつきそって、介抱した。苦痛に喘ぐ若者は歯を食いしばって、身悶えしたり、うわ言をいったり、そうかと思うと、

「山のふもとの薬屋さん、……
鼻くそ丸めて万金丹、……

それを飲む奴あんぽんたん、……」

と、突拍子もなく大声で歌ったりした。

「この野郎、あしたの演芸会で、この歌で一等をとるんだって、張りきっていたんだよ。……開拓団でおぼえたのは、この歌だけらしいんだなあ」

宇津山はゲラゲラ笑いながら、手拭いをとりかえてやった。

ようやく、痛みがおさまって、若者が寝入ったときは、大分更けていて、収容所の中はすっかり静まっていた。

翌朝、本部からの連絡で、相沢が脱走をはかって、射殺されたことが判明した。三森たちが眠ったあと、相沢は、雑嚢を肩にかけ、三森の防寒靴をはいて、そっと建物をぬけだしたものらしかった。壁には、相沢の古い編上靴がぶらさがっていた、黒河に着くとすぐ、関東軍の防寒靴が配給されたが、数が足りなくて、相沢はくじに当らなかった。彼はくじ運の良い連中をしきりに羨ましがったが、それも逃走を考えて、防寒具を揃えたかったからにちがいあるまい。

ソ連の軍医の検屍に、三森は班長という立場から、立合を求められて、現場に行った。そこは、井戸のすぐさきで、相沢は、つるつるに張りつめた氷を渡って水汲み場の横を通り、鉄条網の外に出て、雪に覆われた溝に、前のめりに倒れていた。

鉄条網を切った鋏が足もとにおいてあったが、いかにも技術将校らしい配慮で、鋏で切った針金の尖を外側に左右に折りまげ、そこを通過するときに、自分の帽子や外套が引っかからないように工作してあった。しかし、それほど慎重に行動しながら、彼は、三森の新品の防寒靴の底に鋲がうってあったのに無頓着だったのではあるまいか。

鉄条網をぬけだすことに成功して、おりまげたからだを起し、黒河の町の方へかけだそうとしたとき、靴が滑って前に倒れた、としか思えない。その物音で、収容所の四隅にある監視塔の探照燈が動いてきて、機関銃の掃射をあびたのであろう。三森は、暗然として、雪の中になかば埋もれた自分の防寒靴をみつめていた。

監視兵が、死体から雑嚢の紐をはずして、中味を検査した。パンのかけらや、生米や、岩塩などがぎっしりつめこんであったが、その中に、昨日三森が分けてやった、雑穀いりの茶褐色の饅頭がまじっているのをみて、彼ははじめて苦い涙があふれてくるのを覚えた。

その日は、よく晴れあがって、きびしい寒さだった。零下三十度以下になると、収容所は一切の作業を中止する規定になっていたが、その日に限って、規定を無視して、全員集合が命ぜられた。作業ではなく、移動のための集合であった。

風が強く吹きまくって、上空を無数の雪片がガラスのかけらのように光りながら渦巻いて、とんでいた。そのような気象のせいか、空を仰いでみると、淡い太陽の光芒が、二つか三つの重なった輪になって見えた。

梯団は、橇をひいて、長い列を作り、黒河の町の坂道を河岸に向って歩いていった。焼打ちされた警署が、真黒焦げの残骸をさらして、雪の中にたっていた。その少しさきに、白い壁の病院があった。その病院の窓の蔭に人の気配が感じられたが、在留日本人の姿はまるで見えなかった。

河岸に降りると、凍結した黒竜江と、対岸のブラゴエシチェンスクの全貌が展けてきた。先発の部隊が、渡河点から一直線に、氷の上をソ連領に向って進んでいくさまが見られた。

「おう、いよいよなつかしの満洲ともお別れだな」

宇津山が元気な声をはりあげた。彼は諦めのいい男で、輸送列車がハルピンを出るときに、泣きわめいたのを最後に、愚痴をこぼすところを人に見せたことはなかった。働らかざる者食うべからず、というのがソ連の法律だそうだが、俺は運転手だから、働らき口に不便はあるめえ、などとうそぶいて、あいつすっかり共産党気取りだなどと蔭口されていた。

三森は、班の先頭にたって、橇をひいている開拓団の若者を後からながめていた。噂のとおり、四十五歳以上二十歳未満の者は、国民党側に引渡されることになって、収容所に残ったが、若者は、十八歳だというほんとうの年齢をごまかして、彼等と行動を共にすることにした。班長の三森は、知らない人達と一緒にされるより、南嶺からずっと寝食を共にしてきた人達の中にいたいという若者の主張を拒《しりぞ》けることができなかった。この青年は、火傷のあとも残らずに、すっかり元気を回復していたが、宇津山に「山のふもとの薬屋さん、……」とひやかされると、顔を真赤にして照れるのであった。

「背広」の仲間三人は、どういう運動をしたのか、うまいこと四十五歳以上組に編入されて、残留した。うまいことしやがったなどと羨やむ者もいたが、満洲に残留するのがいいか、ソ連に入るのがいいか、神様だってわかるもんか、と宇津山は胸をはってみせた。

下流の氷上を、長い貨物列車がゆっくりした速度で、満洲側からソ連側に向って、横切っていた。風向の関係で、車輪や汽笛の音はきこえなかったが、それはたしかに、満鉄の機関車であり、貨車にちがいなかった。列車は、のろいとはいっても、捕虜たちが何歩も進まないうちに、たちまち河を渡りきって、対岸の町の中ほどの、木立の茂みに姿をかくしてしまった。

三森は、さむざむとした黒河の市街の方をふりかえってみた。相沢の死体を埋めた、公園の所在を探したが、もう見分けがつかなかった。河岸の小高い丘は、樹木やあずまやをあしらい、黒竜江を見下して、春から夏にかけて、在留日本人の憩いの場所であるらしかった。丘の雪は固く凍って、とても深く掘りさげることは難かしかった。死体を半分ほど埋め、その上から、かきのけた雪をかぶせて、ほうむった。射殺されて、すぐ凍ってしまった相沢の顔が、新京以来かつて見たことのないほど安らかな表情を浮べているのが、三森の心にはせめてもの慰めであった。

そういえば、寛城子の待避線で乗車する直前、ソ連兵に射たれた石黒は、どうなったのだろうか。三森は、輸送列車の中でも、黒河の収容所でも、石黒のことを殆んど忘れていたことに気がついた。だが、それはあの石黒だけではなかった。妻の照子も、二人の子供も、「大陸文化社」の神林や、隣組の人たちも、林の傍の土建業者の二号の女も、今はずっと遙かに遠のいてしまっていた。これまでの生活そのものが影の薄い存在になっていたそのかわり、三森の周囲には、各自の所持品や食糧をのせた重い橇をひいて、風にさからっていく何人かの仲間がいた。彼はこの人達と力を合せて、今を、これからを生きていく以外になかった。それだけで精一杯だった。

彼等の前に、河の真中を、上流から下流へ点々と続いてたっている、楢や柳の枯れた枝が見えてきた。それらは何米おきかに、風にゆすぶられて、国境線の標識として、氷の上にならんでいるのだった。その辺までいくと、ブラゴエシチェンスクの町の放送塔から流れてくるロシア民謡らしい歌声が、ちぎれちぎれに捕虜たちの耳にきこえてきた。

# シベリアから還った息子

バスは見渡すかぎりの田圃を左右にかきわけるように進んでいく。朝から梅雨どきの霧雨そっくりの降りかたで、おまけに異常低温つづきだから、陰気でじめじめした寒さが窓のすきまからも足もとの床からも這いあがってくる。

仙台周辺ではあらかた田植がすんでいたが、この辺の農村はまだはじまったばかりで、今日は日曜日だというのに、苗床から苗を運んだり、その苗を植えている人や車の数が多い。兼業農家が多くなったいまでは、日曜日を待って田植えをする家が増えているのかもしれない。

いまバスが走っている道は昔は軽便鉄道が通っていた。あの小さい軽便の軌道がはずされてバスに代ったのは何年前のことであろう。私はあの汽車にも何度か乗ったし、バスに代ってからも乗った経験はあるが、それから十年以上もたっている。しかし沿道の景観は殆んど変っていない。いかにも仙北の穀倉地帯らしい平坦な水田地帯、ところどころ森や林にかこまれた集落、バス停留所の部落の農業倉庫や日用雑貨を商う店、バスを乗り降りする人たちの地味な服装、こうした一見平和で安定した農村の空を薄暗い雨雲が覆うているのは、北東から吹いてくるヤマセのせいだといわれている。沿岸の海流も北からの親潮が東北から関東沖まで張りだしていて、その冷い水温の居すわりがヤマセの原因らしい。そして今年も冷夏が予想され、五年続きの不作が村や町を脅かしているのである。

登米《とよま》町でおこなわれる呑牛忌に出かけてきた私は、呑牛と自ら名乗った青年が、かつて仙台の旧制東北中学校に通っていたことを思い出す。瀬峰《せみね》と登米を結ぶ仙北鉄道が開通したのは、たしか大正十年の秋だから、青年が仙台に通学していた頃は瀬峰まで歩いて出たのであろうか。それとも自転車に乗ったのか。瀬峰から仙台までの列車はその頃でどれほどの時間を要したのかわからないが、登米の家と学校を往復するだけで大変なことだったにちがいない。

発車したときから「この車は佐沼経由です」と何度もアナウンスしていたとおり、バスは佐沼の町にはいり停車した。

呑牛青年ははじめここの旧制佐沼中学校に入っている。四年のときにストライキ事件に連座して退学処分をうけた。些細なことで上級生が下級生を殴ったり、黒板に教師の綽名を書いたりするのは、今も昔もよくある例だが、それらが原因で四年生のストライキにまで発展したのは、学校側の頑迷な管理しめつけが生徒の反発をかったものであろう。

退学してしばらくの間、青年は一里ほどはなれた石切場で人夫稼ぎをしたりしたが、翌年四月には東北中学校に編入学でき、大正八年三月に無事卒業している。

この年の夏、青年はウラジオストクに渡るのであるが、第一次世界大戦後の経済恐慌、前年夏富山に発生して全国に拡大した米騒動の余波で揺れ動いている社会を多感な若者はどううけとめていたのだろうか。米騒動は仙台にも波及し、大河原、石巻、柳津《やないづ》でも米の廉売を要求する民衆の決起がみられた。仙台では軍隊が出動して一三二人が起訴され、この一月に六七人が有罪判決をうけていた。

米騒動の原因は大戦前とくらべて米価が四倍にも暴騰したことにあるといわれるが、政府のシベリア出兵決定が米商人の投機を煽って米価を吊りあげたのである。

米騒動は民衆の生活防衛闘争であったから、労働運動をも刺激することになった。直後の九月六日に鶯沢村《うぐいすざわ》高田鉱山争議が起きたのをはじめに、牡鹿郡井内石工組合、長町の東北板紙、仙台市部小学校教員、岩井酒造店などで待遇改善を要求してたちあがり、八年に入ると、普通選挙実施を求める運動もさかんになってきた。

一方、シベリア出兵は宮城県の壮丁をも現地にかりたて、山砲兵第一連隊第二大隊が三〇〇人から一、一〇〇人に増員編成されて、九月七日仙台を出発し、ハルピン、満洲里、チタを経てウェルフネウジンスク方面に派遣された。

青年は父親に似て酒が好きだったというが、彼の中に鬱屈したものが何だったのかを勝手に想像することは許されまい。佐沼中学校長の世話でウラジオストクに渡ったと知るだけである。

バスは佐沼を出ると、農道にはいったり、北上川の堤防に上ったり、曲りくねったコースを通って終点の登米に着いた。昔の汽車の終着駅だった駅舎がそのままバスの営業所に使われている。

「青年研修所に行きたいのですが、どう行けばいいでしょうか」

今日の呑牛忌の会場は晴天なら保呂羽《ほろは》館跡、雨天なら青年研修所と案内の文書に記されているのを思い出して、窓口の係員にたずねる。霧雨があいかわらず低くたれこめた鉛色の雲から降っている。

「青年研修所……おい、どこだったっけ」

彼は同僚と相談してから、観光案内の地図をひろげて窓口にさしだした。

「駅がここね、これからこの道をまっすぐ行くと、左手に役場があって、その向い側に警察署、その横の道にはいると森林組合、その次の次の建物が青年研修所」

私はその観光地図をもらって外に出た。受付の時間より早めに着いたので、研修所の戸はまだ閉められたままだったから、役場にとびこんで休ませてもらった。当直の職員が石油ストーブをもやし、熱い茶をふるまってくれる。

会場に予定された保呂羽館跡は、観光地図によると、北上川西岸の標高百メートルほどの小山の頂上にあるらしい。この館跡は室町後期の築城と推定され、葛西氏、小野寺氏などの地方豪族の居城であったという。晴天なら呑牛忌はこの小山の中腹に建てられた顕彰碑の前で行われるのだが、さて、天気はどうかと戸外をうかがうと、さいわい空がいくらか明るくなってきた。


大正七年八月にはじまった日本軍のシベリア出兵は今ではロシア革命に対する干渉戦争、満洲・シベリア侵略を企図した汚ない戦争であったことが明らかにされている。その汚ない戦争にかりだされた日本軍隊の最後の部隊がウラジオストクから撤退したのが大正十一年十月二十五日である。

それから間もない十二月四日、一人の日本人がハバロフスクのパルチザン病院で二十二歳十一ヵ月の短い生涯を閉じた。宮城県登米郡登米町出身の佐藤三千夫である。三千夫は大正八年仙台の私立東北中学校を卒業すると、一時簿記専修学校に通ったが、七月にウラジオストクに渡り、木村格商店につとめ、マッチ製造原木の買いつけに従事した。シベリア出兵に反対し、パルチザン活動に参加するようになったのは大正十年一月頃かららしいといわれるが、その年の八月には木村商店をやめ、戸田商店にかわっている。

大正十一年の春、その三千夫が東京にあらわれ、看護婦をしていた妹キヨと幼馴染のトシヲに会っている。徴兵検査をうけに登米に帰ると三千夫は語ったが、三日めにまた現われて、検査は敦賀でもうけられるから敦賀へもどる、といって妹たちに見送られて東京を去っている。

登米で銀行の書記をしていた佐藤唯助が息子の死を知ったのは昭和四年二月十一日のことである。ナンカツ労働組合[13]の者と称する二人が東京からはるばる尋ねてきて、三千夫はパルチザンになって死んだ、と語り、パンフレット『レーニン主義の基礎』や三千夫の手帳、写真などを渡して帰った。

パルチザンときいて唯助がどんなショックをうけたか、いわゆる「尼港事件」の記憶は唯助の脳裏にすぐさま多くの日本兵や日本居留民を殺した「鬼畜」「凶賊」という文字を浮かび上らせたにちがいない。彼は息子が社会主義者になって国に迷惑をかけるので、死んだことにしているのではないか――と最後まで迷いながら、こっそり三千夫の墓をつくり、ナンカツ労働組合の者から渡された写真や手帖を遺骨のかわりに埋めた。

唯助は息子の死を秘密にしたまま昭和十二年六月に死んでいる。

プロレタリア作家の徳永直が雑誌『人間』に「日本人サトウ」を発表したのが昭和二十五年七月である。徳永は大正十三年に看護婦の佐藤トシヲと結婚した。彼はその二年前から博文館印刷所の植字工として働いていて、大正十五年一月の共同印刷大争議に参加した。そのストライキの経験から小説「太陽のない街」を『戦旗』に発表し、数少い労働者出身のプロレタリア文学者として活動した。

徳永の妻トシヲは佐藤三千夫の父唯助の姉ヨシの孫にあたり、三千夫の妹のキヨとともに東京で看護婦をしていた――という関係から、徳永は妻の口から行方不明になった佐藤三千夫という青年の話をきくようになった。

唯助が死んだ翌年、昭和十三年の春、三千夫の遠縁のものが上京してパンフレット『レーニン主義の基礎』と「於ハバロフスク、一九二二、一二、四、同志佐藤葬送の日」と裏書きされた写真とを徳永に届けた。おそらくこのときからであろう、徳永が異常な熱意をこめて三千夫の短い生涯を調べるようになったのは。

しかし、軍国主義一色に塗り潰され、社会主義運動が徹底的に弾圧された戦時中のことだから、シベリア出兵に反対して果敢な反戦活動を展開した三千夫にかかわる調査さえ公然とはできなかった。まして文章を発表などできるはずもなかった。徳永直自身、彼の作品「太陽のない街」を絶版声明するまでに追いつめられていたのである。

もっとも、三千夫の死をつたえる文献は前記の一九二八年発行『レーニン主義の基礎』の序文、三宅伊之助「佐藤進君を追憶す」のほかに、一九二三年四月『赤旗』創刊号の甲野唯「同志佐藤君の死」および『進め』一九二三年六月号の赤岐狂平「赤旗の下に眠る佐藤三千夫」が出てはいる。これらはいずれも秘密出版だから一部の限られた人の目にしかふれていない。

したがって、徳永の「日本人サトウ」ははじめて多くの日本人に佐藤三千夫の存在を知らせたといっていいだろうし、今日まだ「日本人サトウ」をしのぐ作品、記録、研究のたぐいは発表されていない。

徳永は「日本人サトウ」の末尾に—「日本人サトウ」は、いつ日本海をこえて、故郷宮城県登米町にかえってくるであろうか。いつ父親唯助は「国に迷惑をかけた」と思いこんでいる倅《せがれ》への誤解をとくことができるであろうか。それはまだ今日明日というわけにいかぬかも知れない。…いずれ遠からぬ将来に、三千夫は日本の労働者農民の花環にもかざられて、日本海をこえてもどってくるだろう—と書いている。

徳永がこの作品を書いたのは米軍占領期間中のことで、三千夫の父唯助が世間に隠して息子の墓をつくった時代とは別の意味で自由が拘束されていた時期である。日本共産党の党史資料委員会が保管している資料も「敵のはげしい攻撃とたたかわねばならぬために、結果としてやむをえず、味方の眼からも遠ざけておかねばならぬといったような事情から、いまは多くのことを明らかにする余裕がないであろう」という状況の中で、徳永は三千夫に関するいくつかの文章を書いて資料の発掘、提供をよびかけた。また、在日ソ連大使館に資料提供の要請もおこなった。

昭和三十三年一月十八日、ようやくソ連大使館からハバロフスクで発行された三千夫の死亡証明書が徳永のもとに伝達された。徳永はそのときすでに病床に伏せていたので代理の者が受領している。死亡証明書は直ちに登米町の遺族におくられ、一月二十七日法務局の審判によって三千夫の死亡が確認された。三十六年ぶりに「失踪者」だった三千夫は故郷に帰ることができたといえよう。

徳永直はこの後間もなく二月十五日に病歿している。

地元の登米では「日本人サトウ」が雑誌『人間』に発表された直後から遺族やかつての農民運動家、首藤直一郎さんらを中心に三千夫追悼行事がおこなわれるようになった。昭和二十五年九月十一日に二十八回忌がいとなまれたのをはじめ、三十回忌、三十三回忌と追悼会が催された。三十回忌には徳永も参加して、三千夫の恩師である秋山稔を会長とする佐藤三千夫記念会も結成された。

徳永直の歿後、記念会の会員が一人欠け二人欠けしてしばらくは追悼会が開けない有様で、昭和四十六年十一月二十七日に久しぶりに五十回忌がいとなまれただけであった。

三千夫の生誕八〇年を迎えた昭和五十五年になって、三千夫記念会や日ソ協会宮城県連合会などの有志の間から、佐藤三千夫記念碑建設の声が高まり、九月七日『朝日新聞』宮城県版は「若き革命家をしのんで、故郷に記念碑を」と題して、三千夫の活動を顕彰する記念碑建設の動きを報じた。

この動きに呼応するように、十一月十四日ポリャンスキー駐日ソ連大使が来仙して、日ソ協会宮城県連代表に対し三千夫関係のソ連側資料を贈った。死亡証明書（さきに徳永を通じて遺族に伝達されたもの）、三千夫の葬儀にあたりロシア共産党沿海州ビューローが発した告示二通、および新聞『フペリョート』（前進）一九二二年十二月十二日付第五五六号などのコピーである。

『フペリョート』紙の第二面モスクヴィン署名記事「戦士の思い出」はアサダ・サトウ（三千夫）がコ

ミンテルンによって派遣され、一九二二年八月から沿海州の日本軍撤兵までポシェト・フンチュン（琿春）地区で活動したとつたえている。

　三千夫顕彰碑の除幕式は翌五十六年五月十日、遺族および関係者多数参列して行われ、この日を記念して毎年「呑牛忌」を開催することがきめられた。

　今年、昭和五十九年五月十三日は第三回の呑牛忌である。三千夫が呑牛を号としていたことは登米町の友人たちによく知られ、父親に似て酒好きだった三千夫が屋根に上って漢詩を吟じていた姿が同級生たちの記憶にやきついていたという。三千夫は文学青年でもあって、石川啄木、高山樗牛、国木田独歩らの作品を愛読し、「呑牛文庫」という蔵書印を用いていた。いま残された遺品の中にこの蔵書印を押した文学士内海月杖著『戦記文評釈』一冊を見ることができる。


　保呂羽館跡は町のひとびとからは水道山とよばれている。山の頂上に登米地方広域水道保呂羽浄水場がつくられ、登米郡内はもちろん本吉郡の一部にまで給水するようになっているからである。その浄水場のすぐ手前の路傍に三千夫の顕彰碑がたっている。

　十一時すぎ三千夫記念会の金野文彦さんの司会で開会、首藤直一郎さんの挨拶と俳句の披露、日ソ協会宮城県連、共産党宮城県委員会、宮城歴史教育者協議会など各団体代表の談話、東京からわざわざ取材にきたモスクワ放送、『トルード』紙、『コムソモールスカヤ・プラウダ』紙などソ連ジャーナリストのメッセージなどが続いた。カメラマンを除く三人の記者はいずれも日本語が達者だった。

　三千夫の妹のタミヨさん、ハルさんが二人肩をよせあって謝辞をのべる。二人とも小柄だがいかにも頑健そうな体格で、「背はひくいが肩はばもひろく、がっしりした坊主頭の青年」といわれる三千夫の風貌が彷彿とする。

このあと山をおりてさきほどの青年研修所で懇談会が催されたが、まずさしだされた熱い茶のおいしかったこと。水道山の冷たい風にふるえあがった皆の話題はしばらくはこの春の異常気象でもちきりだった。不作を予想して稲作をあきらめたり、水田を手放す農家も出そうだという。私はさっきバスの窓からみてきた田植が一週間から十日もおくれている田圃の風景を思いえがきながら周囲のひとびとの話に耳をかたむけた。

隣り合わせて席をしめた人はたまたま三千夫の遠縁にあたる伊藤政雄――昭和十三年の春、『レーニン主義の基礎』と写真を徳永直に届けてくれた人――の息子さんであった。

三千夫の父唯助は昭和十二年六月に死んだが、そうなると、三千夫がハバロフスクで死んでいることでもあり、佐藤の家が絶えてしまうので、妹キヨに養子をとることになった。それにしても三千夫の死亡を戸籍上確認してもらわなければならない――その相談に証拠資料であるパンフレットと写真をもって伊藤政雄が上京したのであった。

「そうですか。あなたのお父さんが『レーニン主義の基礎』を徳永直に渡したのですか」

「はい。現物をあそこにならべてありますから、ごらんになって下さい」

私は息子さんとつれ立って窓ぎわのテーブルにならべた三千夫の遺品を見にいった。コピーや写真ではみたことがあるものの現物に接するのははじめてであった。

黄色いハトロン紙と思われるパンフレットの表紙には、ロシア文字のほかに「萬国の労働者団結せよ」「レーニン主義の基礎　スターリン著　近藤栄蔵訳」「故同志佐藤君の記念出版」と印刷され、裏表紙には「一九二八年　定価壹円」とある。

口絵のスターリン写真像の上に「遠藤始郎　朝鮮銀行浦潮斯徳支店」とある名刺がはってある。この遠藤始郎は昭和四年二月十一日、はるばる唯助のもとに三千夫の遺品をとどけてくれたナンカツ労働組合の二人のうちの一人であり、またウラジオストクにおける反戦グループの中心的存在と目される人物である。

口絵には「佐藤君死す」「佐藤君の告別式」「佐藤君の葬式」とみだしのついた三枚の写真が続き、次が目録（目次）その次が「佐藤進君を追憶す」と題した三宅伊之助（おそらく変名）の献辞である。末尾に「一九二七年メーデーの日」とある。

この献辞には三千夫が一九二二年十一月末に死んで十二月四日告別式が行われた、とあり、唯助は遠藤らから死んだのは十一月二十七日頃ときかされたらしく、そのように表紙の裏に記入してある。またこの献辞からは、三千夫が「佐藤進」とチタ当時名乗っていたことがうかがえる。

当時（以後もそうだが）ソ連に入った日本人社会主義者の殆んどが変名をつかって、日本官憲の追及をさけようとした。岸本栄太郎、渡辺春男、小山弘健共著『片山潜』第二部にはチタからハバロフスクにむかった三人の名が「長山・佐藤一・児玉三郎」と記録されているから「佐藤一」という変名もつかったかも知れない。ソ連側では三千夫を「アサダ・サトウ」とよんでいる。アサダの発音はアサドともきこえるから訳者によって「アサド・サトウ」とも書かれる。

遺品のなかには三千夫が父親にあてた手紙が一通ある。年月日は不明であるが、ウラジオストクから発信したものらしく――「英文法講義」「漢和大辞典」および「唐宋八大家文」のうち三、四、五巻の三冊を敦賀港大島大薮方石田虎十様あて送ってくれ、石田様は敦賀浦塩間の定期船鳳山丸の船員で木村商店の荷物を運搬している（以下欠）――とあり、向学心旺盛な面がみられる。

唯助の覚え書がある。三千夫の住所を記録したものである。はじめに浦潮斯徳市ペキンスカヤ街二十七番商業、木村格とあり、次に「三千夫事大正十年八月木村商店ヲ退店ス、十月四日差出《さしいだし》シ書状ニヨレバ」として、浦潮斯徳市セメノフスカヤ街二十番地森雄吉様方と第一野戦郵便局交付浦潮日本居留民会気付キタイスカヤ街十二番戸田商店内の二つの住所がならべてある。

戸田商店主と思われる戸田重之の唯助にあてた手紙と封筒が残っている。三千夫からの連絡がとだえて、心配して唯助が戸田あてに三千夫の所在を照会したのに対する返事であろう。要約すると次のような文面である。

——お手紙拝見しました。三千夫君が出発してから敦賀安着の報があっただけで、行方については心当りを調べても要領を得ず非常に心配しております。あるいは近頃神戸に労働学校なるものが設立されたので、もしや同校に入学したかとも考えられますが、これも単なる推察に止まります。ともかく三千夫君の居所わかり次第おしらせしますから貴下におかれても判明次第当方へ御回報下さい。

戸田の手紙は末尾に「封書は一応御返却申しあげます」と書き添えてあるところをみると、唯助は最後に三千夫から届いた手紙を同封して——三千夫からこんなことを言ってよこしましたが、行先をごぞんじではありませんか——とでも問い合わせたのであろうか。

いずれにしろ三千夫は、大正十年八月木村商店を退職し、次にキタイスカヤ街十二番戸田商店に勤めたものと解せられる。セメノフスカヤ街二十番地森雄吉方は止宿先であろうか。

戸田重之の手紙に「敦賀安着の報ありしに」とあるのは、大正十一年春に三千夫が日本に帰国したときのことをさすのかもしれない。九月十二日と読める月日が文面と封筒に記されているが年が書いていない。封筒の戸田の住所が第一野戦郵便局気付となっているところをみると、大正十一年に間違いないだろう。それにしても大正十一年九月十二日だとして「近頃神戸に労働学校なるもの設立」とは時期が符合しない。総同盟の神戸労働学校の設立は大正十三年四月とされている。大阪の労働学校ならば大正十一年六月賀川豊彦を校長に開設されているから、あるいは戸田が神戸と大阪をまちがえたのか。

いずれにせよ、大正十一年春敦賀到着以来消息を絶った三千夫の安否について、戸田商店主と唯助の間に文通がおこなわれていたことを物語る資料である。

女文字の小ぶりな角封筒が皆の注目をひいていた。角本静子という人が唯助にあてた手紙である。

「私は四、五年前に一度御子息、三千夫様の事にて御伺ひ申し上げた者で御座居ます。あの時まで御行方がまだおわかりになりませんでしたが、もうお帰りになりましたでしょうか。……渡浦中御世話になりました子供はもう中学の五年生になりました。もしも三千夫様と御一諸で御座居ましたら、どうぞ角本の静というものがよろしくと御伝え下さいませ……」

日付は昭和三年六月二十日、ナンカツ労働組合の人が唯助を訪ねてくる前の年のことだから、唯助は三千夫がハバロフスクで死んだことはまだ知らない。この手紙に対して唯助はどんな返事を書いたのだろう。唯助の困惑した表情が目に浮かぶようだ。

「昭和三年に中学五年生というと、大正十一年は小学校五年生か」

私はひとりごとをいいながら、男の子か女の子かしらないが、三千夫が遊び相手をしたり勉強をみてやった小学校五年生、それとも四年生か三年生だった子供が今生きていれば七十歳をすぎている筈だから、その母親の角本の静という女性はもうこの世にはいまいなどととりとめのない想いにふけった。

パルチザンに参加した三千夫、日本軍にむかって反戦宣伝活動をした三千夫、ロシア革命に一身を捧げつくした若い戦士、そうしたイメージにつけ加えて一人の子供好きの実直そうな青年の姿が浮かんでくる。

シベリアでの佐藤三千夫の生活期間は大正八年七月から十一年十二月四日死亡までの僅か三年四ヵ月余にすぎない。しかもその行動距離は大雑把にみても沿海州のウラジオストクからザバイカル州のチタにおよび、短期間ではあるが東京にも姿をあらわしているので今日となっては彼の足跡をたどるのはいたって難しい。

三千夫は大正十一年の春、おそらく徴兵検査を名目として帰国し、一週間か十日ほど東京にいたらしい。徳永直は密入国とみている。私は、この一時帰国をさかいとして三千夫の反戦運動を前期と後期に分けてかんがえたいと思う。

というのは、この帰国が三千夫にとって大きい意味をもつものだと判断するからである。徳永直は「七月に創立された日本共産党の誕生に、大きな役割をする報告をもたらした（と推測される）」と書いているが、このことについてはまだ具体的には明らかにされていない。

私は三千夫が東京に滞在している間に、共産党準備委員会のメンバーなどに接触したことによって、シベリアにおける反戦活動がコミンテルンの指示のもとに組織化され、一定の方針の下に動いている事実を知ったと思う。そしてその組織の中に自らとびこんでいったのだと想像するのである。

それは何も根拠のない空想ではない。その年の三月に、かねてコミンテルンの使者として帰国中の吉原太郎が共産党準備委員会にはたらきかけ、高尾平兵衛とともに長山直厚や印刷工五人を引卒してチタに密行していた。これはチタにおいてシベリア出兵中の日本軍に対し反戦をよびかける宣伝文だの印刷をするためであった。

もともとイルクーツクを拠点として反戦宣伝活動をなすべく、コミンテルン極東ビューロー日本セクションの田口運蔵がその準備にあたったのだが、なんらかの理由でイルクーツクからチタに変更されたのである。

東京で三千夫はこの計画のあらましを知らされ参加をもとめられたのにちがいない。それでなければその年の六月、三千夫がひょっこりチタの反戦グループの前に姿をあらわすわけがないではないか。

一時帰国以前のウラジオストクでの三千夫の活動を、私は右のような理由から前期の活動とみたいのだが、その内容はほんとのところよくわからない。後期のチタの場合とちがって、メンバーも活動の様子もはっきりしない。

徳永直は「日本人サトウ」を発表した後にウラジオストクの日本人商工会議所に勤めていた野田憲三という人を探し出して、話をきいている。そのメモが残っているが、それによると、野田は大正十年十月ごろ朝鮮銀行浦塩支店の支店長室で三千夫によく会った。当時支店長代理の遠藤始郎を中心に商店員、知識人など七人ほどのグループがあった。三千夫はそのグループの一人で材木会社（戸田商店のことか）の現地連絡をやっていたという。

野田が三千夫からきいた話では、現地へ行く途中赤軍白軍の双方につかまって税金をとられたりしたが、だんだんパルチザンに好感をもつようになり、彼等のためにウラジオストク市内で謄写インクや原紙を買ってやるという大胆なことまでやるようになった由である。

この七人ほどのグループがウラジオストクの日本人反戦運動家の全部なのか一部なのかはわからない。活動の状況もわからないが、憲兵資料に「浦塩労働者団」の名で大正十年七月市内に広く散布された反戦ビラの全文が集録されているところをみると、遠藤グループの工作だったかもしれない。

野田の話には日本軍から生命を狙われた大竹博吉の名前も出ている。大竹博吉は遠藤グループの一人か否か不明だが、大正十一年六月頃、ウエルサコフ日本人青年会長黒岩某らとともに居留民大会をひらいて日本軍即時撤兵を要求する決議をした。それで軍から脅迫されたが、遠藤らは軍司令部に抗議して、大竹は外務省の息がかかっているのだから殺したら責任問題だぞと談判したという。

のちにナウカ社を東京に創設した大竹博吉は東京日日新聞の政治部記者からウラジオストクの東洋学院（のちの極東大学）に入ってロシア史を専攻し、居留民大会の頃は外務省外郭団体である東方通信社の浦塩支局長をしていたのである。

その当時ウラジオストクおよびその周辺の在留日本人は約五千人及至六千人におよんだといわれるが、彼等はロシア人との交易やつきあいを長く続けたいと希望していたし、日本軍の出兵が居留民保護にあるのではなく革命干渉、侵略にあるのを見抜いていたので、出兵当初から反対の意向をあきらかにしていた。そういう居留民の心情が反戦グループの活動を支えていたものであろう。

野田の話で、三千夫がパルチザンと交渉があり、その活動を援けた様子はうかがえるが、パルチザンに参加したのかどうかははっきりしない。

大正十一年の春、一時帰国した三千夫は東京から敦賀を経て、いったんウラジオストクにもどったと思われるが、それからザバイカル州のチタまで一人でいったのか、同行者があったのか、経路はハバロフスクを経由したのか、満洲の東支鉄道を利用して、ハルピン、満洲里経由でチタに着いたのか、これもわからない。

しかし、ウラジオストクの前期時代にくらべると、後期のチタの状況はより詳しくわかる。

前に私は田口運蔵がイルクーツクで反戦宣伝活動の準備をしたと書いたが、それだけでは不充分なので、ソ連側の資料をここにつけ加える。

一九八〇年十一月十五日付『今日のソ連邦』第二十二号に載ったユーリー・ゲオルギエフ論文「ソビエ

ト国家の誕生と日本の国際主義者たち」は次のようにのべている。
「コミンテルン極東書記局の日本セクションが活動を開始したのは一九二一年三月で、スタッフの数人の日本語の専門家がいろいろの文献や反戦ビラを訳した。一九二一年六月には中国から買った日本文字の印刷機がイルクーツクに到着し九月から印刷を始め、一九二一年末までに九点のパンフとビラが印刷された。一九二一年夏にはブラゴエシチェンスクにも日本文字の活版印刷所がつくられ、総部数四万四〇〇〇部のビラ六種が印刷された。コミンテルン第三回大会に出席するためにソビエト・ロシアにやってきた田口運蔵は、大会後一九二一年にイルクーツクのコミンテルン極東書記局の日本セクションで積極的に働いた」

このソ連側資料を補強する二つの日本側の文献がある。一つは鈴木茂三郎『わが交友録』で、その中で鈴木は「IWWのヘイウッドを手頼って逸早く入ソした吉原太郎がハルピンから邦字の活字と印刷機をイルクーツクにはこんだ」と記している。

もう一つは高瀬清『日本共産党創立史話』で、大正十年十一月イルクーツクで開催予定だった極東民族大会が翌年一月モスクワ開催に変更され、イルクーツクに到着していた日本代表団はモスクワに移動したが、代表団の世話をしていた田口運蔵は反戦宣伝活動の準備のためイルクーツクに残った。これについて高瀬は「当時イルクーツクには日本語の活字と印刷機械が新たに設置されて、シベリア駐兵の日本軍に対し反戦活動が展開されようとしていた。田口氏はその宣伝工作のためにこの地に秘かにとどまり、指揮をとることになった」とのべている。

このようにいったんはイルクーツクにおいて、日本人の手による反戦宣伝活動が準備されたが、のちになんらかの理由でチタに変更されたのである。

モスクワの極東民族大会に出席した間庭末吉と児玉三郎がチタに派遣されたのが大正十一年六月初旬で、間もなく日本を三月末に出発した吉原太郎、高尾平兵衛、長山直厚、そして北浦千太郎ら五人の印刷工がチタに到着した。片山潜もこの頃チタに来ている。前に引用したユーリー・ゲオルギェフ論文によると、片山潜は六月二十日チタに到着し、ロシア共産党極東ビューローの会議に出席し演説した、とある。佐藤三千夫もこの前後にチタに入ったと思われるが、時間的前後関係はあきらかでない。

このとき片山はコミンテルン極東ビューローのボイチンスキーと同行して日本人グループに指示をあたえ、一週間ほど滞在したというから、日本軍兵士にむけたアジビラはこのとき書いたものであろう。片山はモスクワへ帰るとき高尾平兵衛を連れていった。宣伝文書の印刷は吉原太郎が中心となっておこなわれたという説があるが、片山がチタを離れるとき高尾だけを連れていったのに反撥した吉原が間もなく姿を消したという説もあって、確認できない。

佐藤三千夫が長山直厚、児玉三郎と共に宣伝印刷物をもってハバロフスクにむかったのは正確な月日はわからない。前掲ゲオルギエフ論文を引用しよう。

「一九二二年八月にアサダ・サトウを含めた日本の共産主義者グループがハバロフスクに到着した。彼らは日本軍が残っているプリモーリエ（沿海地方）で活動することになっていた。ハバロフスクの共産党員たちは、このグループの到着を日本のプロレタリアの国際主義の現れの一つと評価した。二ヵ月半の間アサダ・サトウは非常に困難な条件のなかで活動した。彼はポシエト＝フンチュン（琿春）地区で、日本軍のシベリア撤兵の必要を説いた印刷物をまいた」

こうして大正十一年八月にハバロフスクに着いた三千夫たちは、沿海地方における日本軍に対する宣伝活動という任務をおびて現地に入ることになるが、そのまえに、三千夫の同行者二人の簡単な紹介をしておきたい。

一人は長山直厚、山口県萩の出身、陸軍士官学校を卒業、広島第五師団のシベリア出兵に砲兵中尉として従軍したがその体験から社会主義に近づき、軍籍を離れたあと高尾平兵衛らの「労働社」に参加した。その縁で長山が高尾らとともにチタに赴いたのである。このとき長山は二十九歳、三千夫より七つ年上であった。

もう一人の同行者、児玉三郎は前年の秋、国境附近で極東共和国の官憲に逮捕され、チタ監獄に入れられていたのを、田口運蔵が頼んで釈放させ、助手として使っていた青年である。田口と同じく新潟県新発田の生まれであるが、年令その他経歴などはわからない。極東民族大会に田口につれられて出席した。正式代表ではなく審議権のみを与えられている。その児玉が間庭末吉とともにモスクワからチタにやってきたのが六月初旬だったことは前にのべた。

この三人がハバロフスクを基点として沿海地方の宣伝活動に一緒に出発したのか、別々に行動したのか、たしかなことはわからない。雑誌『進め』一九二三年六月号に掲載された赤岐狂平「赤旗の下に眠る佐藤三千夫」を読むと「同志佐藤は数名の同志—朝鮮人、支那人、ロシア人等と共に重大な任務を帯びてアヌーチノに向った」とあるから、三人はそれぞれのグループにわかれて行動したと考えられる。

シベリアに出兵したのは日本を含む六ヵ国であるが、アメリカ、イギリス、フランス、イタリア、中国の軍隊約二万人は大正九年八月までに撤兵を終っていた。これらにくらべて最高七万二千人を数えた日本軍は大正九年八月ザバイカル州から、九月ハバロフスクから撤兵したのみで大正十一年六月二十三日にようやく全面的な撤兵方針を決定し、八月二十六日からシベリア派遣軍の撤退をはじめた。

三千夫たちの反戦宣伝活動は、こうしてシベリア鉄道によってウラジオストク方面に撤退を続ける日本軍隊を追いかけるような形で実施されたのである。ハバロフスクから南下した三千夫のグループはイマンで列車を下りた。それより先のスパスカヤ、ニコリスク、ウラジオストクなどには日本軍がうようよいるから停車場に降りたとたんに逮捕されるおそれがあった。

彼等がめざしたのは沿海州パルチザンの司令部と共産党支部のあるアヌーチノで、イマンから馬車又は徒歩で数日かかる距離にあった。いま手もとの地図でみると、そこはイマンから直線距離で約二三〇粁の地点、イマンとナホトカ（当時ナホトカ港はなかったが）を結ぶ線のやや左手に位置する。このアヌーチノはニコリスク（今のウスリスク）やスパスクの停車場までいずれも八〇粁《キロ》ほど離れただけの山地だから、秘密根拠地としては屈強の場所だったらしい。ウラジオストクも一二〇粁ほどの距離である。

ただし、ここで気にかかるのは、ソ連側資料が三千夫の活動場所をポシエト・フンチュン（琿春）地区と明示している点である。

地図をみると、ウラジオストクのあるピョートル大帝湾の西南に、小さい湾にのぞむポシエトがある。このあたりでソ連と中国と当時日本支配下の朝鮮が国境を接している。フンチュンはたしかに琿春で中国領内である。昭和十三年夏、日ソ間に国境紛争がおき戦闘がおこなわれた張鼓峰事件の現地はこの近くである。

このポシエト・フンチュン地区で三千夫らが反戦印刷物をまいたというソ連側の資料は一九二二年十二月十二日付新聞『フペリョード』に――若い日本人労働者、同志アサダ・サトウは若干の他の同志とともに、コミンテルンによって日本の占領軍兵士のあいだでの活動のために派遣され、八月から沿海州の撤兵にいたるまで、彼はポシエト・フンチュン（琿春）地区で活動し――と報道されたのが基本資料にされているのだろう。

アヌーチノとポシエト・フンチュン地区とは、地図の上からすると、ウラジオストクを基点にして位置をはかると、アヌーチノは右上、ポシエトは左下と正反対の方向にあり、両者の間は直線ではかっても二五〇粁かけ距てている。

しかし今はこの二つの資料を結びつけるものがないままに、私たちの記憶にとどめておくほか仕様がない。

十月二十五日にシベリア派遣軍の撤兵が完了し、最後の軍艦がウラジオストクの岸壁をはなれた。日本の兵隊がいなくなって二時間後に赤軍が市内に入ってきた。その先頭に馬に乗り花を胸につけて入城してきた一日本人将校がいた。この人は出兵中日本軍の惨虐に飽き、退役してスパスクで百姓をしていたのだという。野田憲三が徳永直に語った話である。

その野田憲三は浦塩のマルケロフスキー、ペレウロクというところにいたが、十月末脱出してモスクワに向っている。

さきに紹介した「赤旗の下に眠る佐藤三千夫」の中で筆者の赤岐狂平は三千夫の手紙の一節を引いて、アヌーチノからの帰りスタラヤ、スキソエフカを経て十月十五日ヤコリエフカに着いたとしている。これらの地名は私の地図では確認できない。このとき三千夫は頭に熱があり、下痢がするのでテッキリ赤痢にでもなったと思われる症状で倒れるばかりであった。ハバロフスクに着いたのは十月二十七八日頃で旅館の一室に横たわったときはすでに頭が上らなかったと記している。

この文章の中に赤岐は三千夫の遺稿からみつけた次のような詩をのせている。

果てしなき過去より未来へ
一杯にひろがれる暗闇を
小さき火玉のコロコロと
ころがり行く。

人々は皆
この火玉《ひのたま》を追ひて狂乱す。

人の子を無造作に吐く暗闇は
走りつかれてかの火玉に
追ひつきかねし人々を
後から後からと呑んで行く。

火の玉はコロコロところがって行く
永遠の闇へ！

三千夫は中学時代から文学好きで漢詩を得意としたといわれるが、今の私たちに遺されたのは手帳にかかれたというこの詩だけである。
ハバロフスク市からおくられた死亡証明書によると、三千夫は十二月四日肺結核のため死亡したという。葬儀は十二月十日日曜日午前十時市会館においておこなわれ、ハバロフスク市の共産党、労働組合および赤軍の各組織団体が参列した。

チタには間庭末吉がひとり残っていた。日本軍の撤兵完了によってチタにおける日本人反戦グループの任務も終ってモスクワに引きあげたのである。長山と児玉がハバロフスク方面から無事もどってきたが、この二人もチタを通過してモスクワにむかった。

間庭は翌大正十二年一月頃おそらくコミンテルンの指令によりウラジオストクに移り、極東大学で日本語を教えたり、海員組合の仕事を手伝ったり、日本とソ連の間を往来する同志の連絡にあたったりした。三千夫とハバロフスクまで同行した二人のことを書きそえる。

長山直厚はモスクワからモンゴル、北京を通って帰国した。印刷工五人のうち北浦千太郎と水沼熊の二人はクートベ(東洋勤労者共産主義大学)に入るためモスクワに残り、その他の者はばらばらに帰国したらしい。

間もなく、大正十二年六月のことだが、高尾平兵衛が赤化防止団長の米村弁護士に射殺されるという事件がおき、長山はこの事件に関連して懲役三ヵ月の処分をうけた。彼はその後また労働運動に身を入れ、豊島合同労働組合や政治研究会王子支部で働いた。昭和三年十月、長山は王子電車にはねられて死んだ。

もう一人、児玉三郎については『改造』昭和七年三月号にのった田口運蔵「シベリア国境挿話」によると、児玉は片山潜の世話で北浦らと一緒にクウトベに入学した。田口は極東民族大会に出席したあと病気になり、ヨーロッパ経由で帰国した。

大正十四年の夏、突然児玉が田口の家にあらわれ、三十円借りてそれきり姿を消してしまった。あとで田口が同志からきいたところでは、モスクワにいたときから児玉の行動はスパイ臭いところがあったという。同郷の人間だというのでチタの監獄から救いだしたが、身元も階級的な経歴もはっきりしない人間を世話したあやまちをおかした、と田口は右の文中悔恨の言葉をのこしている。その後の児玉三郎については不明である。

霧雨がまた降りはじめていた。かえりの瀬峰行きのバスに乗りこんだのは私一人である。運転手の姿は見えない。発車まぎわに乗ってきた中年の女性が「トイレに行ってくるから頼むわね」と声をかけて駆けだしていく。私は時計をみて、あと一分半、とつぶやく。

運転手がゆっくりあらわれたおかげで女性は間に合い、私はほっとして、バスは無事発車した。

さっき青年研修所の懇談会で隣り合わした伊藤さんの顔を思いだし、いただいた名刺をあらためてみると、総合寝具・インテリアの店の主人である。この人は徳永直とよくつきあい、文通もしていた伊藤政雄の長男である。

ソ連から戦後引き揚げてきた青年が、伊藤政雄の家に遊びにきて、ソ連将校から「日本人サトウを知らないか」ときかれたという話をしたので、「それはきみ、この登米町出身の佐藤三千夫のことだよ」といって、どっちもびっくりした——という話を徳永は「日本人サトウ」の中に書いている。

私自身もシベリアからの引揚者だが、ソ連軍人あるいは市民からそのような問いかけをうけた経験もないし、話にきいたこともない。ただ、シベリア出兵にまつわる奇妙な出来事というか、忘れがたい強い印象が記憶に灼《や》きついている。

敗戦直後の九月末、私はソ連軍に逮捕されて、長春郊外の捕虜収容所に入れられた。関東軍の捕虜と私たち民間人抑留者との混合梯団は貨物列車に乗せられて北上し、正月に黒河《ヘイホー》で凍結したアムール河を渡った。対岸のソ連の町はブラゴエシチェンスクである。

ゼーヤ川のほとりの収容所を転々としているうちに春と夏をおくり秋を迎え、コルホーズの馬鈴薯掘りが日課になった。日帰りのこともあるし、一週間も農場の倉庫に寝泊りすることもあった。そうしたある日、私たちはトラックに乗るまえに、収容所本部の通訳から――今日はロシア人の部落を通るが、住民から罵声を浴びたり、石を投げられたりするかもしれない。しかし、決して手だしをしないように、冷静に対応するようにして下さい――との異例の注意をあたえられた。

私たちはそれまでブラゴエシチェンスクの市街でも、収容所周辺の部落でもロシア人たちからそのような侮蔑あるいは憎悪をむきだした扱いをうけた例はなかったから、通訳の注意に意外な感じをうけたが、さして気にもとめなかった。

それよりも、その日私たちは素晴らしい紅葉のタイガ（密林）に目を奪われて、スチュードベーカー(14)の車台から感嘆の声をあげていた。運転手のソ連兵は私たちを喜ばせるために、途中停車して、休憩時間をとってくれた。そこは丘陵の一番高いところで、密林に覆われた谷の向うにゼーヤ河の川面が秋の陽をうけて白く光っていた。

林を抜けて丘の麓にまわりこんだところに古い部落があった。日乾し煉瓦の壁があらかた崩れおちて、老人や子供や豚の姿が見えなければ廃墟そのものといった村である。私たちの車はあっという間に彼等にとりかこまれた。運転手が大声でダワイ、ダワイと叫ぶが、彼等は私たちをにらみつけ、口々に何か叫んでいる。手をふりあげ、拳をつきつけ、唾を吐きかける者、怒鳴る者、胸を叩いてみせる者、木の枝で地面をうつ者、その多くはみすぼらしい服装の老人たちである。

私たちは車台にうずくまって、この異様な光景に耐えた。

明らかに彼等は非難と抗議の意志表示をおこなっているのだが、彼等が何を責め、訴えているのか私達には理解出来なかった。

あとで、本部の通訳に、どうしてあの部落の住民が私たちにあのような敵意をむきだしにしたのか、訊ねてみた。

「ロシア革命のときに日本軍がこのあたりをあらしまわったそうですよ。あの部落はよほどひどい目にあったんじゃないですか」

通訳はそういったが、それ以上詳しいことは知らない様子だった。当時私もシベリア出兵に関する知識は皆無に近かった。小学生の頃、叔母たちが読んでいた婦人雑誌に「尼港《にこう》事件」のあらましがのっていたのをみた記憶が僅かに残っていた程度である。

まして、このシベリア出兵にあたって、宮城県出身の佐藤三千夫が反戦宣伝活動に挺身し、ハバロフスクで死んだ事実など知る由もなかった。

それにしても、馬鈴薯掘りの作業に行く途中のあの部落のロシア人たちのすさまじい非難の声と身振はトラックにうずくまった日本人に強烈な印象をあたえた。私が「日本人サトウ」をよんでいて、シベリアの捕虜たちが日本人サトウを知らないか、とよく土地のロシア人から声をかけられたという条《くだ》りで、すぐ頭に浮んだのは、あのシベリアの秋の忘れることのできない印象であった。

今、私たちはあのシベリア出兵がロシア革命に対する干渉戦争であり、アメリカなどと手を組んだ帝国主義的侵略戦争であり、シベリアの原住民に対して惨虐行為をほしいままにした恥ずべき軍事行動であったことを知っている。

ゼーヤ河周辺だけでも、日本軍はマザノヴォ村でパルチザン部隊の襲撃をうけた復讐として、パルチザンの根拠地ソハチノ村を焼きつくし全村民を銃殺したし、「田中支隊の全滅」として知られる日本軍敗北の腹いせにイバノフカ村の焼き討ち、村民の皆殺しをはかっている。紅葉の見事だった密林をぬけた丘の麓のあの部落が、これらの事件と関係があったのかどうかはわからない。しかし、シベリア出兵から三十年近くも経ったあの時期に、部落の老人たちが示した烈しい感情の爆発は、深刻な傷あとがまだ生々しく疼いていたことを物語るものであった。——

バスの前方を傘もささずに歩いてくる若者がいる。田圃の見廻りをしてきた帰りなのか、むきだしの脛が泥にまみれ、寒そうに腕組みしたままバスとすれちがう。まだ鉄道が敷かれなかった頃おそらく歩いて登米と瀬峰の間を往復していた三千夫の姿を私はその若者の上に重ねてみている。

彼は父の墓のある町に、妹のタミヨさん、ハルさんたちのもとに還ってきた。そう私は思う。しかし、徳永直が「いずれ遠からぬ将来に、三千夫は日本の労働者農民の花環にもかざられて、日本海をもどってくるだろう」と書いたおもいからすると、「いずれ遠からぬ将来」はまだ先のこととも思える。五年続きの不作におびえながら、なお減反しなければならぬ農民の暗い表情がなくならない限り、三千夫がほんとうに登米にもどってきたといえるのか、というらだちに似たものをもてあましながら、バスとすれちがった若者の後姿を私はいつまでも見送っていた。

編注

（1）Девочка　ロシア語で、一四歳位までの女子。「お嬢さん」の意。

（2）Давай Скаред　ロシア語で「おい、このしみったれ」の意か。

（3）甘粕正彦がモデル。

（4）Каша　ロシア語で「かゆ」の意。

（5）Давай бЫстрее　ロシア語で「さあ、急いで」の意。

（6）中国で使われている大型の荷車。

（7）マンドリン型のソ連製の機関銃。

（8）Домой　ロシア語で「帰る」、「帰国」の意。

（9）Один Два Три　ロシア語で「ワン、ツー、スリー」の意。

（10）戦争末期、対ソ戦に備えて行われた「関東軍特別軍事演習」の略。

（11）「共産主義青年同盟」の略。

（12）ванна　ロシア語で「風呂」の意。

（13）「南葛」を指す。同組合の活動家たちの一部が関東大震災の最中、亀戸警察所内で陸軍習志野騎兵連隊によって虐殺されている。

（14）米国製のトラック。

# 『黒死病』の背景

川村一之

## 一・「稲井衛生科長」の決意

加藤秀造の『黒死病』を読み進むと「N県」で発生したペストの防疫隊として、関東軍の「白井部隊」が登場する。「白井部隊」は防疫隊とは名ばかりで、「殆んど防疫らしい仕事をせず、死亡した患者を解剖しては、病理の研究に腐心していた」。衛生行政の責任者である「稲井衛生科長」はそのような「白井部隊」に不信感を抱くようになる。「今度の黒死病《ヘイスウビン》は白井部隊の謀略らしい」という住民たちの噂に、ひょっとしたら本当ではないかという疑いも捨てきれない。県衛生科の事務員の「王」が憲兵隊に取り調べを受けると、憲兵隊の狙いは事務員ではなく、県衛生科長の「稲井」自身にあることを悟ったとき、「稲井」は胸の内にある決意を固める。

「(今度は俺が引張りだされる番だ。しかし、俺も王君のように、そんな流説を真面目にうけとっている者はない、と証言するだろう。その他の質問についても俺はぬらりくらり返答してやろう。そのかわり、俺の方で奴等の腹を読んでやるのだ。奴等のこの汚らわしい陰謀を、日本人である俺が、摘発し、告発してやるのだ。俺の良心に対して。)」

「稲井」の胸の内に秘めた決意は加藤秀造の執筆動機でもあったろう。

この論考は「稲井」に成り代わって『黒死病』の背景となった歴史の事実を明らかにしようとする試みである。

第一に『黒死病』の舞台になっている「満洲国」におけるペスト流行と防疫態勢の実態を明らかにし、第二に「白井部隊」として登場する石井四郎を隊長とする関東軍の細菌戦部隊であった「石井部隊（七三一部隊）」の行為を通して「白井部隊の謀略」を検討したい。

## 二.「満洲国」のペスト防疫

はじめに『黒死病』の舞台となった「N県」とペストの流行した時期を特定しておきたい。その時期は第二次大戦でドイツ軍がパリを占領し、日本軍が北部仏印に進駐した八月中旬とあるから一九四〇年の夏であることがわかる。また松花江上流に位置する「N県」には新京（長春）と鉄道で結ばれた「N站」があり、一九四〇年にペストが発生した地であることから察すると、新京市から北西に六〇キロメートルほど離れた京白線沿線の農安県だと推察することができる。

中国東北部は以前から度々ペストの流行をみていたが、「満洲国」になって猖獗《しょうけつ》を極めたのはペスト患者の発生状況（表1）から一九三三年と一九四〇年であることがわかる。

『満洲国民生年鑑』（一九四三年七月）によると、「満洲帝国ノ建国早々ノ大同二年九月十五日、日満百斯篤防疫聯合委員会ヲ組織シ、ペスト共同防疫対策ヲ決定セリ」とある。「満洲国」政府は一九三三年の流行時に九項目に亘る具体的なペスト防疫対策令（九月二十三日）を制定した。その防疫対策には臨時ペスト防疫部の設置を始め、ペスト調査所、患者隔離所、ペスト監視所を整備し、ペスト病原日満共同研究調

（表１）「満洲国」におけるペスト患者発生状況一覧表

| 年度別 | 発生数 | 死亡者数 | 治癒者数 | 発生個所 | 備考 |
|---|---|---|---|---|---|
| 1933年 | 1,513 | 1,513 | | | |
| 1934年 | 884 | 884 | | 81 | 治癒者無 |
| 1935年 | 344 | 339 | 5 | 43 | |
| 1936年 | 147 | 144 | 3 | 12 | |
| 1937年 | 247 | 238 | 9 | 16 | |
| 1938年 | 718 | 687 | 31 | 54 | |
| 1939年 | 657 | 500 | 157 | 45 | |
| 1940年 | 2,551 | 2,033 | 518 | 117 | |

『満洲国民生年鑑（第４次）』（1943年７月）などより作成

査班を派遣常置し、農安方面は「満洲国」政府が担当し、通遼《トンリャオ》方面は満鉄会社が担当することなどを定めていた。

一九三二年から三三年という年は石井四郎にとっても本格的に細菌兵器を開発する重要な時期にあたっていた。「満洲」事変から半年後の一九三二年四月、東京の陸軍軍医学校では新たに防疫研究室が創設され、同時に「満洲」に研究機関を設ける準備に追われた。石井ら防疫研究室のメンバーが「満洲」で最初に行なった活動は一九三二年にハルピンで流行したコレラ対策だった。石井らは関東軍臨時防疫班として「満洲」各地からコレラ菌の菌株五〇〇株を蒐集し、コレラ菌の毒力試験などを実施した。その後、関東軍参謀の石原莞爾の協力を得て、ハルピンから南東に八〇キロメートル離れた五常県の背蔭河《ベイインホ》に細菌実験を行なう五常研究所を設け、防疫研究室の職員らを配置して人体実験を開始している。ちょうど一九三三年のペストが流行した時期だった。

一九三三年七月下旬に農安県でペスト患者が発生、年末までに死者一三〇〇名を出した。九月上旬、関東軍軍医部は「石井部隊」の北川正隆一等軍医を長とした調査班を編成し、九月十三日から一週間、農安などペスト発生地を調査し、十八日に真正ペストであると確認した。「満洲国」政府のペスト防疫対策は当初から「石井部隊」など関東軍の調査を前提として組み立てられていたのだった。この北川調査班の活動が起点となって「石井部隊」はペスト菌を兵器として利用する方策を編み出したと推測されるのである。この記述の根拠は『陸軍軍医学校五十年史』(陸軍軍医学校 一九三六年)に記載された関係者の「満洲」出張の記録や『満洲事変陸軍衛生史』(陸軍省 一九三九年)におけるコレラ菌株の蒐集やペスト菌調査の報告を参考にしたことを申し添えておく。

## 三．農安県と新京市のペスト流行

一九四〇年に農安県と新京市で発生したペスト患者(表2)は農安県で六月に初発し、八月にピークを迎えたのち、九月になって新京市で感染者が確認され、農安県と新京市とも十一月を最後に終息するという推移を示している。

(表2) 月別ペスト患者発生数

| 1940年 | 農安街 | 新京市 |
|---|---|---|
| 5月 | 0 | 0 |
| 6月 | 4 | 1 |
| 7月 | 53 | 0 |
| 8月 | 138 | 0 |
| 9月 | 80 | 11 |
| 10月 | 68 | 14 |
| 11月 | 10 | 2 |
| 12月 | 0 | 0 |
| 計 | 353 | 28 |

「高橋正彦報告書」(1943年4月)

これからは農安県と新京市のペストについて、『陸軍軍医学校防疫研究報告 第2部』に発表された「石井部隊」のペスト班の責任者であった高橋正彦の「昭和15年農安及新京ニ発生セル『ペスト』流行ニ就テ」(一九四三年四月十二日)に沿って考察を進めていくことにする。なお、これから引用する高橋報告は不二出版の復刻版を使用し、カタカナをひらがなに改めた。

高橋報告には「本報告は昭和15年9月下旬新京に『ペスト』の流行が発生したる際に其の防疫を担当した加茂部隊(部隊長 石井大佐)関係者の研究調査した業績の内参考となるべき事項を総合したものであ

る」と記されている。高橋報告にある「加茂部隊」とは七三一部隊のことで、石井四郎が千葉県の千代田村大里加茂（現芝山町）の出身であったことから正式名の関東軍防疫給水部を「加茂部隊」と呼称していた。関東軍防疫給水部の本部を通称号の「満洲第七三一部隊」と呼ぶようになったのは一九四一年七月二十五日からのことであったが、煩雑になるので、ここでは「石井部隊」と総称しておきたい。その「石井部隊」は新京のペスト流行に対処するため最初は新京に派遣され、次いで農安にも派遣されたのだった。

　高橋報告によると農安におけるペスト患者の発生状況は、「6月中旬、西大街に在る農安医院付近にて2、3人のものが不明の急性疾患にて死亡したのを診療した農安医院医師　李奎芳が6月30日に発病し、7月2日に死亡したことより始めてペスト患者の発生が公にされ、次で7月9日発病し、同月11日に死亡した呉元林に就て菌検索の結果『ペスト』であることが決定された」となっている。

　農安街における最初の患者は六月十七日に死亡した農安医院裏に居住していた陳万弟だった。『黒死病』は初発患者の発見を農安医院ではなく漢方医とし、時期も八月中旬とあるが、実際には八月までにペスト患者は累計で一九五名になっていた。

　「石井部隊」を中心とした千数百名の防疫隊は十月二十日に農安入りし、徹底した防疫態勢を敷いた。先遣隊となった「満洲国」警察隊は七六五名が動員され、十九日のうちに県城内外に配置され、夜九時までに包囲封鎖を完了したようだ。

　『黒死病』では新京の防疫班は来ず、関東軍の「白井部隊」が派遣されてきたとなっているが、事実は小説とは違い、農安のペスト発生時期は六月で、七月十二日には「満洲国」の衛生保健司が防疫班を派遣し、防疫態勢をすでに取っていたのである。「石井部隊」が農安に派遣されたのは流行のピークを過ぎた十月になってからであった。

新京憲兵分隊情報係の軍曹だった岡野金吾は中国の戦犯管理所での自筆供述書にこの時の模様を書いている。岡野は「私は部下二名と共に、吉林省農安県に派遣され吉林省偽警察官二〇〇名と共々『かも部隊（石井部隊）』軍医二〇〇名のなす所謂ペスト防疫に協力し、農安県城を包囲し、交通を遮断し、農作物の耕作を阻害し、更に生活必需物資の購買販売を阻害圧迫し、又軍医をして城内人民五〇〇名に対し強制注射、家屋侵入消毒、死亡者二〇〇名中、五〇名に対する研究解剖等、細菌戦準備研究をなさしめ、罹災家屋五〇戸を破壊させた」（中国中央档案館、二〇一五年九月一日）という。（注「満洲国」の地名や役職に「偽」の文字が冠されているが自筆供述書のため、そのままにした）

## 四.「石井部隊」の病理研究

高橋報告を紹介した慶応大学の松村高夫は「『新京・農安ペスト流行』（一九四〇年）と七三一部隊」（『三田学会雑誌 Vol.95』No.4』二〇〇三年一月）において、「石井部隊」は新京と農安で一二四体の死亡者を解剖し、臓器標本を平房の本部に持ち帰ってペスト菌を検出、五八体がペスト感染で死亡したことを確認したと記述している。同様に隔離された患者の検体からもペスト菌を検出、培養。ネズミや蚤からもペスト菌を分離・培養し、毒力試験などを行なった。ペスト菌の感染経路を調査するために下水溝のネズミを調査し、ペスト菌に感染したネズミがどの程度いるかを調べ、新京では〇・四六％、農安では二・八％のネズミがペスト菌を保有していることを確かめている。その結果、高橋はペストの流行は「ドブネズミ」の間でペストが流行し、ペストに感染したネズミから蚤を介して人に伝播したものであり、人から人への伝播は例外的であると結論付けたという。

新京での防疫業務に動員され、自身もペストに感染した七三一部隊の少年隊員だった鎌田信雄は次のような証言をしている。鎌田は「新京でペストが流行したとき、私たちは防疫のために出動しました。入船町《いりふねちょう》を高さ三尺［約一メートル］のトタン塀で取り囲み、火をつけて焼き払いました。ペストがそれ以上広がらないようにするためです。その後、この町に住んでいた日本人や中国人の診療を行ないました。家を焼いてしまったわけで、その補償もしてやりました。そのときのことです。隊長の命令で、ペストで死んで埋められていた死体を掘り出して、肺や肝臓などを取り出して標本にし本部に持って帰ったこともありました。各車両部隊から使役《しえき》に来ていた人たちに掘らせ、メスで死体の胸を割って肺、肝臓、腎臓を取ってシャーレの培地に塗る。明らかにペストにかかっているとわかる死体の臓器をまるまる持っていったこともあります。私にとっては、これが一番いやなことでした。人の墓をあばくのですから・・・。ここで採ったシャーレのペスト菌は、新京の国立衛生技術廠で培養されてオヤジのところに送られたわけです。実はこの頃、私はペストに感染してしまいました」（『細菌戦部隊』晩聲社 一九九六年）。

「石井部隊」が行なったことは「N県」の「稲井衛生科長」が不審に思った通り、「病理の研究」にあったことがわかる。それはペスト菌という細菌兵器の効果を確かめるためであった。

### 五．農安から新京へ伝播

新京で初発のペスト患者が発生したのは九月二十三日のことである。

高橋は「東三條通44番地田島犬猫病院（院主田島義次）傭人王合（同家三女忠子の子守）は9月23日朝より発病したので翌24日に実父を呼出し、同人と共に寛城子韓家屯の自宅に帰らせ療養に努めさせたけれども翌25日極めて重篤な肺症状を起して死亡した」と書いている。これが初発で、その後、田島家とその周辺でペスト患者が発生する。田島犬猫病院のあった場所は新京駅から東南方向に六〇〇メートルほど離れた南広場に接して三方を道路で囲まれた日本人居住区であった。三方を道路で囲まれていたこの区域は「三角地域」と呼ばれていた。

「石井部隊」は「関東軍臨時ペスト防疫隊」として十月五日に新京に派遣された。高橋は「其の当初は市当局が専ら防疫に当つたけれども、流行蔓延の徴あり、且重大事態を惹起する惧があつたので10月5日より軍が主体となり、軍官民一体とする防疫態勢を整へて、流行の撲滅を期するに至り、其より11月中旬に至る迄徹底的に『ペスト』防疫が実施された」としている。「重大事態」とはペストが蔓延した場合の「満洲国」の首都移転が検討されたことを指しているのだろう。だからこそ「徹底的」に防疫態勢が採られ、農安にも派遣されることになったと考えられる。

「満洲国」国務院総務庁弘報処長の武藤富男は十月九日に行なわれたペスト防疫会議で石井四郎が発言した内容を『私と満州国』（文芸春秋　一九八八年）に記述している。

石井は「新京の一隅で発生したペストをお座なりな仕方で防ごうとしても、この人口の多い大都会では、到底防ぎ切れるものでない。このペストは新京から六十キロ離れた農安から移ってきたものと推定する」と述べたとされている。石井は推定とはいえ、自信ありげにペストは農安から伝播したものだと言い放ったのである。

高橋はこの点に関して、「農安の重要商店は殆ど新京大商店の支店である為に今次流行の発生に際し、ペスト患者を出した農安の支店より使用人が逃亡して来京して来たことは確実である、又農安と新京とは鉄道によつても自由に人的及び物的の交通が行はれていた」として、農安から病毒が搬入していたことは容易に考えられるとした。そして結論的には「農安の流行地より先づ三角地域の鼠族間に運搬され、其処に鼠ペストの流行を惹起し、次で人ペストの流行を惹起したものであることは確実にして、而も其の病毒は有菌蚤によつて運搬されたものと考へられる」としたのである。

## 六．証明された謀略

農安と新京のペスト流行は「石井部隊」による謀略であろうとされてきたが、真偽のほどは長らくわからなかった。

近年になって『陸軍軍医学校防疫研究報告 第1部 第60号』に掲載された金子順一軍医の論文「PX／効果略算法」（一九四三年十二月十四日）が発見され、農安でのペスト流行が「石井部隊」によるペスト菌撒布にあったことが証明されることになった。二〇一一年の夏、NPO法人七三一部隊・細菌戦資料センターの奈須重雄が発見した金子論文はペスト菌撒布の方法として、ペストに感染させたケオプスネズミノミ（PX）五グラムを一九四〇年六月四日に農安に撒布し、さらに十グラムを四日から七日までに農安、大賚に撒布したことを記載していた。金子の「既往作戦効果概見表」（表3）によると、六月四日の撒布で農安に一次感染が八名、二次感染が六〇七名、七日までの撒布で一次感染が十二名、二次感染が二四二四名に達したと記載されている。

「石井部隊」は一九三三年のペスト流行から七年の間に背蔭河の五常研究所からハルピン近くの平房に広大な土地を占有した一大拠点を確保して移転し、中国の人々を「マルタ」と称して人体実験に使用しながら、細菌戦に向けた研究を進めていた。そしてペスト菌を細菌兵器に応用するには蚤を媒介することが

（表３）「石井部隊」によるペスト蚤撒布実績

第一表　既往作戦効果概見表

| 攻撃 | 目標 | PX kg | 効果 | | 1.0kg 換算値 | | |
|---|---|---|---|---|---|---|---|
| | | | 一次 | 二次 | Rpr | R | Cep |
| 15.6.4 | 農安 | 0.005 | 8 | 607 | 1,600 | 123,000 | 76.9 |
| 15.6.4～7 | 農安<br>大賚 | 0.010 | 12 | 2,424 | 1,200 | 243,600 | 203.0 |
| 15.10.4 | 衢県 | 8.0 | 219 | 9,060 | 26 | 1,159 | 44.2 |
| 15.10.27 | 寧波 | 2.0 | 104 | 1,450 | 52 | 777 | 14.9 |
| 16.11.4 | 常徳 | 1.6 | 310 | 2,500 | 194 | 1,756 | 9.1 |
| 17.8.19～21 | 広信<br>広豊<br>玉山 | 0.131 | 42 | 9,210 | 321 | 22,550 | 70.3 |

『金子順一論文集（昭和十九年）』の「PXノ効果略算法」より

最適であるとの結論に達し、人為的に流行を惹起する技術を得ていたのであった。

先に紹介した武藤富雄は一九四〇年十月九日の防疫対策会議における石井四郎の講義めいた演説を覚えていた。石井は「ペストは蚤の媒介により伝染する。蚤には数種あるが、ペスト菌を運ぶのは主として〝めくらねずみ蚤〟であって、農安街にはこの種の蚤が寄生している農家が、少なくない。鼠にたかっている蚤はそのもっているペスト菌を鼠の血脈に移す。あるいは皮膚の傷にこれを付着させる。ペスト菌をもつ鼠の血を吸った蚤は人の血脈あるいは皮膚にペスト菌を注入あるいは付着させる。ペスト菌に対する抵抗力のない人は、ここで罹病し、発熱後、数日にして死ぬ。これに対する治療を行ない、これをくり返して行くうちにペスト菌は抵抗力を強め、空気伝染が可能となる。その結果が菌が肺を直接に冒すこととなり、肺ペストに変ずる。肺ペストにあっては空気伝染となるから、いわゆる伝染病の爆発が起こり、数千、数万の人が死ぬ。今のところ、新京に起こったペストは腺ペストであるから、早期撲滅は可能である。ペストには四種類あり、腺ペスト、皮膚ペスト、眼ペスト、肺ペストであるが、肺ペストは人類にとって末期的症状をもたらす恐るべき伝染病である。結論としてペストは腺ペストのうちに完全に殲滅すべきであり、これを蔓延せしめてはならぬ。そしてペスト菌を運ぶものは鼠と蚤であるから、市内及び近郊にいる蚤と鼠とを駆除しなければならぬ」（武藤富男『私と満州国』文芸春秋 一九八八年九月）と警告したのである。この石井の大演説を聞いて、出席者一同の考え方が変わったと武藤は会議の雰囲気を伝えている。

石井の演説はペスト菌が人に感染することを繰り返すと抵抗力を強め、「空気伝染」が可能になると演説しているが、そういうことはなく、今日の所見では、敗血症などの症状を呈することによってペスト菌が肺に侵入した結果、飛沫感染で人から人へと感染が広がるのである。またペストを媒介する蚤も「めくらねずみ蚤」ではなくケオプスネズミノミであるが、石井のペストに関する解説は今日の所見と見比べてもそんなに大差ないことがわかる。

更に石井四郎は一連の実験に関して、一九四〇年三月三〇日に行なわれた陸軍軍陣医薬学会で講演していた。その報告が『陸軍軍医学校防疫研究報告 第2部 第99号』に掲載されている。「支那事変ニ新設セラレタル陸軍防疫機関運用ノ効果ト将来戦ニ対スル方針並ニ予防接種ノ効果ニ就テ」（一九四一年三月二八日）という長い表題がつけられている。

石井は「現行予防接種の効果の問題でありますが、是が其の基礎的の諸実験は何れも満洲で行ひましたので、茲に公表の自由を持たないのは全く遺憾であります」と断ってから講演を行なっている。わざわざ断っているのは公表できない生体実験によるものではないかと考えるのは私だけではないだろう。石井はペストワクチンの開発にあたって、一九三五年に卡《カ》拉《ラ》店、羅家店附近の住民二六〇〇名に対し人体試験を行ない、好成績を得たと述べているが、翌年の接種では十七名の感染者を出し、十六名が死亡していることには触れていない。石井は将来戦に備えて、長期保存のきく乾燥ワクチンの生産が必要であり、ワクチン生産を外国に依存する体制を改め、国内医薬学者を総動員して自給自足を図ることが重要だと強調している。このような石井の構想は中国から東南アジアへ、そして対米英戦争が勃発すると太平洋地域から果ては米国本土までも視野に入れた細菌作戦計画の立案につながっていくのである。その端緒が農安における伝染演習だったということができるだろう。

## 六．ペスト流行の真実

最後に「N県」の「稲井衛生科長」に成り代わって、農安と新京のペスト流行の真実について明らかにしておくことにしたい。先ず、時系列的に整理する（表4）と、以下のようになる。

一九四〇年の春に蚤の増殖が平房の本部で始められる。五月になって「石井部隊」は中国中部の浙江省に細菌作戦を行なうことを計画する。農安県がペスト蚤で攻撃されたのは金子論文によると六月四日から七日。ペスト患者が農安で最初に死亡した日は六月十七日であった。農安でペスト患者の発生を確認したのは高橋論文によると七月二日になってからである。ペスト蚤が撒布されてから約一か月を経過している。七月十二日に「満洲国」民生部衛生保健司が農安に防疫班を派遣。十三日に患者を隔離、農安県城を封鎖し、警官が銃を所持して警備する。八月一日、関東軍防疫部は関東軍防疫給水部と称号を変更。八月二十二日に関東軍防疫給水部はハルピンで編制を完結し、細菌戦研究に専任する。八月までに農安街では一九五名のペスト患者が発生。その頃までに新京市の鼠族にペストが流行していたと高橋報告は指摘している。新京で最初に発病患者が発生したのは九月二十三日、二日後の二十五日に死亡した。新京市がペスト患者を把握したのは九月二十九日のことだった。九月三〇日、首都警察庁衛生科と新京市衛生処は発生

## (表４)『黒死病』関係年表

| 西暦 | 事象 |
|---|---|
| 1925年 | 毒ガス細菌兵器使用禁止のジュネーブ議定書締結（6/17） |
| 1928年 | 毒ガス細菌兵器使用禁止のジュネーブ議定書発効（2/8） |
| 1931年 | 柳条湖事件「満洲事変」（9/18） |
| 1932年 | 「満洲国」建国（3/1）<br>陸軍軍医学校に防疫研究室新設（4/1）<br>「満洲国」共同防疫暫時辦法制定（6/18）<br>石井四郎ら「満洲」でコレラ菌調査（8/8～28）<br>日満議定書調印（9/15） |
| 1933年 | 7月下旬より農安県にペスト発生<br>北川正隆らが農安でペスト調査（9/13～）<br>日満ペスト防疫聯合委員会（9/15）<br>ペスト防疫対策令を制定（9/23）<br>背蔭河の五常研究所で石井ら36人が研究に従事（9/30）<br>細菌に関する特殊研究の永久企画決定（11/22） |
| 1934年 | 背蔭河の五常研究所で被験者10数人が脱走（9/28） |
| 1935年 | 石井部隊が卡拉店などでペストワクチンの接種 |
| 1936年 | 関東軍防疫部創設（6/25）<br>7月初旬、卡拉店でペストによる死者 |
| 1937年 | 盧溝橋事件（7/7） |
| 1938年 | 人体実験に供する被験者を特移扱とする通牒（1/26）<br>平房附近に731部隊の特別軍事地域設定（6/30） |
| 1939年 | ノモンハン事件で「石井部隊」がチフス菌を撒布（6月） |
| 1940年 | 3月　平房で蚤の増殖開始<br>5月　浙江省での細菌作戦を準備<br>6/4　農安県にペスト蚤を撒布<br>6/7　農安　大賚にペスト蚤撒布<br>6/17　農安街にペスト患者初発<br>7/2　農安街でペスト患者確認<br>7/12　民生部衛生保健司が農安に防疫班を派遣<br>7/13　防疫班が農安を封鎖、患者を隔離<br>8/1　関東軍防疫部、防疫給水部に称号を変更<br>9/23　新京特別市でペスト患者発生<br>9/29　新京市がペスト患者を確認<br>9/30　新京市衛生処が発生地を隔離し、交通を遮断<br>10/4　浙江省の衢県でペスト蚤8キログラムを撒布<br>10/5　関東軍臨時ペスト防疫隊が新京に到着<br>10/9　新京市で防疫対策会議　石井四郎が演説<br>10/11　新京駅で予防注射実施（12/4まで）<br>10/15　新京の発生地「三角地域」焼却<br>10/20　農安に千数百人の防疫隊を派遣<br>10/27　浙江省の寧波にペスト蚤2キログラムを撒布<br>11/7　石井部隊が新京・農安から撤退<br>11/13　新京での最後のペスト患者<br>11/26　農安での最後のペスト患者<br>11/27　警察隊が農安から撤退<br>11/30　「満洲国」防疫隊が農安から撤退 |

地を隔離し、交通を遮断した。農安でペスト蚤が撒布されて約四か月、新京の鼠族流行から約一か月経っている。

「石井部隊」が中国中部の浙江省衢県《チェイシィエン》にペスト蚤八キログラムを爆撃機で撒布したのは十月四日（金子論文）。翌日の十月五日、「石井部隊」は「関東軍臨時ペスト防疫隊」として新京に派遣され、軍主体の防疫態勢が敷かれる。石井四郎がペスト防疫について演説した防疫対策会議が行なわれたのは十月九日。この会議で防疫要領が決定される。十月十一日から新京駅で予防注射が実施される（十二月四日まで）。新京のペスト患者発生地である「三角地域」を十月十五日から十九日までの間に焼却。農安に千数百人の派遣隊が送られたのは十月二〇日。前日の十九日に警察隊が先遣隊として農安に派遣され、本隊が到着する前に農安県城を封鎖する。十月二十七日、「石井部隊」が浙江省の寧波に爆撃機を使用してペスト蚤二キログラムを撒布する（金子論文）。

「石井部隊」は十一月一日より新京から撤退準備を始める。関東軍は十一月二日、軍による防疫に代わって「満洲国」防疫委員会の設立を指示する。十一月七日、「石井部隊」は新京と農安から撤退、滞在期間は新京で十月五日から一か月、農安は十月二〇日から半月足らずだった。新京のペスト患者は十一月十三日の発病を最後に終息、五十二日間で二十八名の患者を確認した。農安県城の患者は十一月二十六日を最後に終息、一六三日間で三五三名の患者を確認した。十一月二十七日に警察隊が農安県から撤退、「満洲国」の防疫隊も十一月三〇日には農安から撤退した。新京市は石井部隊が撤退した後、十二月末まで「満洲国」防疫委員会が防疫を継続。新京の衛生技術廠は鼠と蚤を収集し一九四一年三月末まで検索作業を実施した。

このような経過を観察するとおおよそ次のようなことが分かる。

「石井部隊」は前年の一九三九年、ノモンハンでチフス菌を撒布したが、部隊員が感染するという失敗をおかした。一九四〇年に入ると失地回復とばかりにペスト蚤を使用した中国中部への細菌作戦の準備を始める。平房で蚤の増殖を行ない、ペスト蚤の撒布が本当に人為的なペスト流行を惹起するか否かを試すために六月に農安県城で撒布実験を行なった。一か月後に農安で効果が現れ出したが、防疫は「満洲国」政府に対応を任せて傍観した。秋になり、「満洲国」の首都・新京でペスト患者が発生し、関東軍は慌てて対応することになった。農安での感染実験が新京に飛び火したことを知っている「石井部隊」は先ず、新京で防疫態勢を敷き、火元である農安に部隊を派遣し、本格的な病理学的・疫学的な調査・研究に乗り出した。農安と新京の調査は中国中部での細菌作戦と同時並行的に行なわれ、双方の作戦は「石井部隊」に大きな経験をもたらした。とりわけ農安におけるペスト菌による伝染演習は人為的に行なわれたものの、自然流行と見分けがつかなかったという意味で、その後の「石井部隊」の細菌作戦に大きな転機をもたらしたといえるだろう。

（二〇二〇年十二月二〇日）

（かわむら・かずゆき　軍医学校跡地で発見された人骨問題を究明する会代表・元新宿区議会議員）

# 解説

作者は「満洲国」文学第二世代の代表的作家で、後掲の「略年譜」に見るように、敗戦後、間もなくソ連軍によってシベリアに連行され、二年間ほど「抑留」生活を送った後、日本に帰り、幸運にも故郷の宮城県庁に職を得るが、職員組合運動に専念、やがて県職員組合の書記長となり、委員長にもなる。その間、革新県政の実現にも力を尽くすが、一九五三年になって再び創作意欲が起こり、それから八年後、地元の同人文学雑誌『文芸東北』に一挙掲載されたのが、本書巻頭の中篇「黒死病」である。これは明らかに、本書所収の川村一之さんの「『黒死病』の背景」に見るように、一九四〇年の夏、吉林省は農安県に発生し、「新京」(長春)にまで飛び火したペスト禍を題材にしたものだが、このペスト禍は、現在、全世界に蔓延、劇的に拡大しているコロナ禍と違って、単なる「文明」(人間的自然)への原自然の反動であるだけではなく、悪名高い七三一部隊(別名「石井部隊」。小説では「白井部隊」)の細菌戦の予行演習の結果であった。

都市封鎖の模様、それから県や中央政府の保健機関の救助活動を認めない「白井部隊」による全市の掌握——これらの描写を見ると、現場に立ち会った人間ではないと書くことができないような細密さである。この都市封鎖については、川村論文も触れているように、他の地方の警察官も関東軍によって動員されていたというから、あるいは、「浜江省警務庁」(ハルピン所在)所属の「警備隊」の一員だった加藤も「満洲国」警察官の一人として、この作戦に動員されたのかも知れない。あるいは、実際に、この作戦に参加した同僚から、つぶさに聞くことがあったのかも知れない。
この都市封鎖に至るN県城におけるペスト菌の蔓延の経過についての細密な描写もさることながら、それ以外、この小説で特に注目されるのは、次の二点である。
第一点は、いわゆる「開拓団」が「開拓」は名のみで、多くは中国人の既耕地を略取したものであることをハッキリ述べていることだ。もともと「開拓団」は「小銃や機関銃をもって、関東軍の第二線部隊として入って」きたものだとし、最近、ようやくメディアもこの側面を取り上げるようになったが、加藤は早くもこの時点で、それを次のように明らかにしているのだ。
「はじめ満拓（「満洲拓殖会社」の略称）という国策会社が設立されたときは、満洲の農業を発展させるために、日本人の開拓者を入植させるのだから、既墾地には一切手はつけない（中略）ということだった。ところが、実際にやってみると、気候風土に馴れない日本人にとって、これは容易な仕事ではなく（中略）買収用地は自然、未墾地から既墾地へ、それも話し合いではまとまらないので、威圧的に、強制的に拡げられていった」（丸括弧内は引用者）
第二点は、中国人の皇帝を戴いた「満洲帝国」は、その行政の末端に至るまで中国人や先住民が長とされていたが、実際は関東軍が支配する植民地国家以外の何ものでもないことも明らかにしていることだ。ストレートに語っている個所もある。それらのうち二つを引用すれば、
「……民族協和という理想も、権力を背景とする連中の一人よがりの念仏に終わっていて、現実にみるものは植民地主義の搾取と強圧であった。ただ張（学良）政権時代のように露骨でないだけのことで、民衆は大豆油を絞るように、絞りとられていた」（同上）
「満洲国の中央政府も、出先機関も、一応中国人を夫々《それぞれ》の責任者に任命していたが、その補佐役に必ず

日本人をつけてある。たとえば各部大臣の下に日系の次長をおき、各省の省長の下にも日系の次長がいる。これは満洲国を独立国としての形の下に、実質的に日本人が支配するように考えた機構で、中国人側の人事異動も任免も日系上級官吏によって行われることは公然の秘密であった。そして、その日系官吏は関東軍によって支配されている。だから、N県も例外ではなく、県長が如何に衆望があり、有能であっても、副県長の意に添わないと、たちまち中央に内申され、左遷か退職の羽目におちいるので、県長の立場は完全にロボットである」

つまり、「黒死病」は、ヒーローの中国人新聞記者の個人生活がほとんど骨格だけの描写にとどまっていて物足りなさを残すが、以上のように、七三一部隊による細菌戦のために行われた予行演習がもたらしたペスト禍の全貌を見事に表現した、全体小説的な「ドキュメンタリー小説」となっている、ということだ。

小説と見れば記録に近く、記録と見れば小説に近い、そういう意味で「ドキュメンタリー小説」というほかはない、この創作形式は、処女作「雁は北へ飛ぶ」以来の傾向で、その点からいうと、「黒死病」は、その戦後での復活だということになるが、大きな違いもある。それは戦前日本と同様、表現の自由が強く拘束されていた「満洲国」では、さきの二点についても、ハッキリその実態を明らかにすることができなかったということだ。たとえば、「開拓団」についても、「さうかね、移民団だつて相当の武力はあるんだし」(「雁は北へ飛ぶ」の中の会話)というように「開拓団」が一個の武装集団であるこを示唆するにとどまり、それ以上の詮索は不可能だったということである。

次に「凍った河」だが、これは戦後第三作で、やはり「略年譜」に見るように、同人雑誌『文芸東北』に一九六一年七月から翌年七月まで一年一ヵ月にわたって連載された。さきにも触れたように、加藤は敗戦直後の九月末、中国人警官によって逮捕され、最初は旧海軍武官府に収容され、のちにソ連軍によって師道大学に設置された捕虜収容所へ護送され、次には貨物列車に押し込まれて綏化《スイホワ》・黒河《ヘイホー》の収容所に運ばれ、翌年一月、氷結したアムール河を渡り、ソ連領に入っている。つまり、この長篇小説は、その時の体験を、私小説の手法で、やはり細密に描き出したもので、元日本人捕虜の「シベリア抑留」生活についてのは長谷川四郎の『シベリヤ物語』をはじめ、多くの作品が書かれているが、「シベリア抑留」に至るまでのソ連軍による、民間人をふくむ元日本人捕虜の護送の実態を、これほどまでに細密に辿った作品を、わたしは他には知らない。

さらにいえば、この小説が、ソ連軍による元日本人捕虜たちの護送の事態を細緻に辿っているだけではなく、対ソ戦に備えるため、黒竜江省最南端、国境近くの東寧《トンニン》に軍事要塞を建設する時、それを指揮し、完成後に建設に従事した中国人労務者を多数虐殺して生き埋めにした将校が、ソ連入国後、戦争犯罪人に問われることを恐れて脱走を試み、ソ連兵による銃撃を受け、「凍った河」に転落死するドラマも組み込まれ、そのことによって、この作品も全体小説的な立体感を持つに至っているということである。

実際、「満洲国」を捏造するために、関東軍は平頂山事件をはじめ、数多くの中国人の大量虐殺を行なっている（植民地文化学会編・不二出版刊『近代日本と「満洲国」』所収の霍遼原《フォリャオユアン》「日本侵略者による中国東北各民族大虐殺」を参照）。今から二〇年前（二〇〇一年八月）、現地の東寧軍事要塞跡を訪ねたことがあるが、案内人によると、建設に従事した中国労務者の全員約四〇〇〇人が虐殺された後、穴に放り込まれたという。辺りを見渡すと、あちらこちらに土饅頭が築かれていた。同様のことが、やはり西の方、対ソ戦に備えた海拉爾《ハイラル》軍事要塞の建設でも起きている。ここでも、工事は困難を極め、中国人労務者は事故死あるいは病死する者が多く、完成後は秘密保持のために銃殺あるいは生き埋めにされている。その数、数千人と言われている。

「海拉爾の〈築塁地域〉は中国の労働者の命で作られたものだ。彼らは〈募集〉の名で、或いは強制的に、この人間地獄に連れて来られ、腹一杯食べられず、裸同然で、春夏秋冬、毎日一〇数時間、重労働に従事した。疲れ死んだり、病死したり、打ち殺された労働者は日本軍の軍用汽車で敖包山《アオパオシャン》と北山《ペイシャン》の間に運ばれ、海拉爾河北岸の砂地に埋められた。これが〈万人坑〉だ。地下壕の建設が一日延びれば、〈万人坑〉の白骨が一日分増えた。そして工事が終了した時、秘密保持のため、時期を分け、組を分け、ひどい時には数名の労働者の肩甲骨に穴をあけて組にし、銃殺、或いは生き埋めにした…」（日本社会文学会地球交流局編『記録文集　ホロンバイル踏査旅行』〈一九九九年一二月刊〉所収の海拉爾旅游局編『血まみれの「殺人工程」―日本侵略軍による軍事基地内の内幕』抄から）。

そういう意味では、この長篇小説もまた、「黒死病」と同様、全体小説的骨格を具えた、すぐれた「ドキュメンタリー小説」となっているといえるだろう。

最後は「シベリアから還った息子」（『仙台文学』第三四号、一九八四年一〇月）だが、この短篇は、歴史的事実の探索や考証を素材とした森鷗外の晩年の歴史小説と同じタイプの作品で、戦後、徳永直が「日本人サトウ」（『人間』一九五〇年七月）で、その横顔を紹介した宮城県登米《とよま》町出身の佐藤三千夫――「シベリア出兵」時、抗日パルチザンの活動に加わり、主としてチタ地方で日本軍将兵に対して反戦ビラを配布し、その後、しばらくしてハバロフスクの病院で二二歳一一ヵ月の短い生涯を閉じた男について、それ以後に入手した、さまざまな資料や情報を比較検討して徳永の佐藤三千夫像を、さらに掘り下げようとしたものである。

やはり、この作品でも注目されるのは、その全体小説的傾向だ。具体的にいえば、小説が単なる佐藤三千夫の個人的な事蹟の探究に終わらず、佐藤が反対した「シベリア出兵」が一体何であったのか、さらには、それと「シベリア抑留」とは、どんな関係にあるのか、という問題にも読者の視線を向けさせているということだ。

小説では、結末のところで、「私」が「シベリア抑留」中、コルホーズの農作業を手助けするため、ある貧しい村を通り過ぎた時、住民たちに乗っていたトラックを取り囲まれ、激しい抗議を受けた時のことを思い出すという仕掛けになっている。

「日乾し煉瓦の壁があらかた崩れおちて、老人や子供や豚の姿が見えなければ廃墟そのものといった村である。（中略）運転手がダワイ、ダワイと叫ぶが、彼等は私たちをにらみつけ、口々に何かを叫んでいる。手をふりあげ、拳をつきつけ、唾を吐きかける者、怒鳴る者、胸を叩いてみせる者、木の枝で地面をうつ者、その多くはみすぼらしい服装の老人たちである」

その時は、それが何を意味するのか、分からなかったが、あとになって「私」は、それが何であるのか知るのである。

「今、私たちは、あのシベリア出兵がロシア革命に対する干渉戦争であり、アメリカなどと手を組んだ帝国主義的侵略戦争であり、シベリアの原住民に対して惨虐行為をほしいままにした恥ずべき軍事行為であったことを知っている。／ゼーヤ河周辺だけでも、日本軍はマザノヴォ村でパルチザンの襲撃をうけた復讐として、パルチザンの根拠地ソハチノ村を焼きつくし全村民を銃殺したし、〈田中支隊の全滅〉として知られる日本軍敗北の腹いせにイバノフカ村の焼き討ち、村民の皆殺しをはかっている」

「平頂山事件」はすでに一〇数年以前シベリアでも行なわれていたのだ。このような虐殺事件については、すでに「シベリア出兵」に従軍した黒島伝治が戦後、それを素材に「パルチザン・ウォルコフ」（『文芸戦線』一九二八年一〇月）などを書いて、この種の焼き討ちと村民の皆殺しを描き出しているが、作者は、それらを読んだことがなかったと思われる。

社会主義政権に対する日米同盟は、戦後が初めてではなく、二度目ということになる。もし、ソ連政府による日本人捕虜と民間人のシベリアへの連行と強制労働、つまり「シベリア抑留」が国際法への違反であり、人道上の罪だとすれば、「シベリア出兵」もまた国際法への違反であり、それ以上に残虐な人道上の罪だといわなければならないだろう。ともに許しがたい犯罪だが、「シベリア出兵」によって命を失ったシベリア住民の数は、未だに不明のようである。ロシア革命後に起きた内戦と、列国の干渉戦争で失われたロシア人ほかの死者は九〇〇万以上だと言われている（日本社会文学会編・オリジン出版センター刊『植民地と文学』〈一九九三年五月〉所収の日ソシンポジウム《シベリア　出兵と抑留》でのハバロフスク教育大学のスベタチェフ教授の報告による）。

以上のように、加藤のこれら三つの作品は、いずれも全体小説的な骨格を持った、読み応えのある作品だが、これら三つの作品をふくめて、戦後に書かれた作品は、すべてこのような傾向を具えている。戦後文学の理想は、日常茶飯事の心理を描いて、自己以外には出ない私小説からの脱却、つまり全体小説の実現だった。そういう意味では、加藤の戦後の作品は、地方の同人雑誌に書かれたことによって、これまでほとんど知られずにきたが、忘れられた、すぐれた戦後文学の遺産の一つだといえるだろう。

加藤は戦後、一九九二年八月、七七歳で没するまで、未完の絶筆「太宰と魯迅」を除いて計三〇の小説を書いている。今、それらを一瞥すれば、「満洲国」時代を素材にしたものがやはり多く、六作品に及んでいる。「黒死病」をはじめ「李万春《リーワンチュン》の命運」・「悲しき暗殺者」・「草いきれ」・「冬の柘榴」・「龍神河を渡って」がそれで、まず「李万春の命運」だが、この作品は「犬殺し」の鑑札の入手が理想のハルピンの浮浪児が、富豪に拾われて一時、いい夢を見るが、危険な取引に加担させられて命を落とすという話を描き出したもの。「悲しき暗殺者」は皇帝溥儀の安東《アントン》訪問の厳戒警備体制を、内側から窺い見たもの。そして「草いきれ」は日本軍の移動に随伴する売春宿で働く朝鮮人女性たちとの抒情的な交情を、「冬の柘榴」は同じ「満洲」からの引揚者で、今や廃人同様になっている知人の消息に接して夜の病床に輾転反側する男の姿を、「龍神河を渡って」は敗戦直後、ソ連軍兵士の暴行を恐れて、男装してハルピンを逃れた女性が安全地帯と思って辿り着いた街がもはやそうではないことを知った時の絶望を、それぞれ表現したもの。

次は「シベリア抑留」を素材にしたもので、四つの作品がある。短篇小説「凍った河」と、それをさらに発展させた本書所収の長篇「凍った河」と「シベリアから還った息子」、それから「はるかなシベリア鉄道」がそれだ。「はるかなシベリア鉄道」は、「シベリア抑留」体験者二名をふくむ四人の旧友が、或る時、シベリア鉄道での旅行を約束するが、その直後、一人が死に、また二人が死にと、「私」一人になってしまったという話を回想的に綴ったもの。

第三のグループは戦後の日本社会を素材にしたもので、六つの作品が残されている。「キツネについて」・「匹夫発心」・「首」・「われら死刑囚」・「雁が来なくなった日」・「白い犬」・「弾正ヶ原の夕映」がそれで、「キツネについて」は、戦後初めて書いた作品だが、東北の田舎が舞台で、総選挙で革新派の代議士が当選するが、それを華々しく祝った村の小学校の校長が実は保守派のスパイだったという話をユーモラスに描き出したもの。戦後の労働組合運動の中で、もっとも過激な主張をする者が実は支配権力がひそかに送り込んできたスパイだったという場面に加藤も遭遇、強い印象を受けたことがあったのだろうか。それから二二年後、今度は舞台を一〇〇年前の福島の自由民権運動の歴史に取り、同運動の幹部だった安積《あさか》戦が実はスパイだっという事実を克明に跡付けたのが「弾正ヶ原の夕映」だ。

「匹夫発心」は実直小心な村役場の役人が定年退職前の慰労を兼ねた東京への出張を命ぜられるが、浅草のストリップ劇場など、刺激の強い大都会の空気に触れて、同宿の家出娘が持ち出してき大金に手を伸ばし、警察に捕まるという話を、「首」は藤原泰衡《やすひら》の北海道移住をひたすらに信ずる郷土史家の執念を、アイロニカルに描き出したもので、それに対して「われら死刑囚」は、一九六三年三月に起きた「吉展ちゃん事件」の犯人が何と「私」自身が勤めていた身体障害者職業訓練校の第一期卒業生であったことを知り、同事件に関する新聞記事をあまねくスクラップしながら、彼の度重なる犯行と、それに至る心的経過に迫ろうとした作品で、その結果として自分も「同じ死刑囚の一人なのだ」、「われらすべて死刑囚なのだ」と呟くに至るもの。

「雁の来なくなった日」は、ある会社の独身寮での時計盗難事件を通じて非行や反抗に走る少年たちの屈折に眼を凝らしたもの。題名は独身寮の周辺が工場排水によって鳥たちが餌さ場を失い、雁も飛来しなくなった環境破壊を現わしたもので、少年たちの心の崩壊を暗喩することにもなっている。「白い犬」もやはり現代資本主義文明の批判を試みた作品で、「私」自身の交通事故を取り上げて「自動車優先、人命は次」という現代日本社会の構造に迫っている。

最後のグループは、「鬼を見た」以下一二の作品で、いずれも、かつて奥州街道の宿場だった生まれ故郷を中心に家族の歴史や友人関係を回想風にスケッチしたもの。しかし、当然ながら、「満洲国」や「シベリア抑留」や北朝鮮での兵営生活が、それらのスケッチにフラッシュ・バック風に挿入され、そのことによって中田宿はもはや昔の中田宿ではなく、中国東北部や北朝鮮、シベリアとつながっていることを知らされ、この地域の戦前から戦後にかけての歴史の一断面に読者を誘なっている。

これら戦後の作品は、いずれも佳作でなければ問題作で、加藤は、かつて「満洲国」の末期に、いくつかの大輪の花を咲かせたが、戦後の日本においても、見ごたえのある花々を咲かせたといっていいだろう。

では、「満洲国」時代の彼は、どうだったのか？　それについてもざっと一瞥すれば、彼は勤め先のハルピンで発行されていた『哈爾賓日日新聞』に、一九三九年五月中旬から翌月にかけて「ジイドに関するノート」と題するジイド論を寄稿、「満洲国」の文壇に登場している。彼は、その中で、ジイドを「全人類一致の感情」の「狂熱」的な探求者で、その本質は、一切のイデオロギーに囚われず、自分の魂に忠実であろうとするところにあったとし、ジイドがコミュニストであることを宣言したのも、ソ連を訪問して、その画一主義を批判したものも、そのためで、なかでも加藤が注目したのは『コンゴ紀行』で、ジイドが「装置の後ろの舞台裏」に見たものは、フランスの殖民政策の恐るべき実態だったと結んでいる。これはまさに加藤にとって文学的マニフェストだった。

というのは、加藤は、その翌年、『洽爾賓日日新聞』が「皇紀二千六百年」（一九四〇年）を記念して「現地報告文学」を募集するが、それに応募し、第一位で入選した作品「雁は北へ飛ぶ」が、「五族協和」を掲げて「王道楽土」の建設を謳った「満洲国」の「装置の後ろの舞台裏」を垣間見せたもの以外ではなかったからだ。しかし、「垣間見せる」にとどまらざるを得なかったのは、言うまでもなく『コンゴ紀行』が発表された当時のフランスと違って、さきにも述べたように「満洲国」では言論表現の自由が強く拘束されていたからだ。

「雁は北へ飛ぶ」は、北満の貧しい一「集団部落」（当時、治安の必要上、部落の家を一個所にまとめ、周囲を壁で囲んだ）に派遣された「警備小隊」の副隊長である「私」の見聞録だ。この作品で描かれているのは主として北満のきびしい気候と自然と、極度に貧しい中国人農民の生活と、神出鬼没の「匪賊」（主として抗日ゲリラ）によって緊張を強いられている「治安」の状況だ。ここで垣間見られているのは、もちろん、後二者で、まず極度に貧しい中国人農民の生活についてだが、「私」は何よりも部落民たちの外観と健康状態に驚いている。

「この孫海山《スンハイシャン》（派遣された「集団部落」の名）の人間は、男も女も子供も、非常に背が低い、骨格が貧弱で、栄養不良なのだ。私も佐伯警佐（隊長）も、五尺三寸余で背丈は自慢出来ない方なのだが、それでもこの部落では大きい方だ。（中略）／それに何と病人の多いことであらう。結核で肺や肋膜を冒されてゐる（これは働きざかりの男たちにも多いのだが）もの、小児の栄養不良、子供たちの胃腸障害、炕《カン》の上でごろごろしてゐる少年期の男の子たちの腹は、蛙をのんだ蛇のやうにふくれてゐる。／女の子に多い疥癬《かいせん》や其他の皮膚病、中年や老年の女たちは喘息で気味悪いほど咽喉をぜいぜい鳴らしながら、しよつちゆう煙管をくはへてゐる」（丸括弧内は引用者）

しかし、この部落には、医者だけではなく、初歩的な医療設備もなく、住民たちの病気や外傷を治療する手段としては、ただ「ピンセット、ガーゼ、オキシフル、切開用小刀、鋏《はさみ》、脱脂綿、沃度丁幾《ヨードチンキ》」などがあるに過ぎない。

次は「匪賊」と対峙する治安状況だが、「警備小隊」は「関東軍」の補完部分とはいうものの、その実態は、隊長と副隊長を除けば、すべてが雇われ中国人なのである。そのため、「私」は彼らが心の底から日本人に服従しているとは思わないので、彼らに威圧をあたえている、破壊力のある軽機（軽機関銃）を就寝中も手元から離さない。以下は、そのような「私」から見た中国人隊員の印象である。

「……襲撃を受けた場合、咄嗟《とっさ》に銃を執つて応戦できるやう、今夜はゲートルと靴を脱がない、（中略）と色々な注意が与へられてあるので、彼等は不安な予想に、冗談を飛ばす元気もないらしい。意外なことであつた。／私はまだ二十歳までの少年もゐる若い警官たちの顔を一人々々眺め入る様にして、彼等の表情が、老人臭い陰気な青黒いもので彩られてあるのを今更のやうに感じとつた。それは只不安や恐怖への期待からだけではなく、若人らしい闘争力の欠除、果敢性、冒険性の稀薄によるものだと思ふ」

実際、この小説には、「匪賊」と射撃戦を展開、双方に被害者が出る場面もある。また、抗日ゲリラの女性スパイと思われる人物も登場している。

以上のように、「雁は北へ飛ぶ」は、「五族協和」と「王道楽土」を謳っていた「満洲帝国」の一般には知られていない恐るべき実態を、これぞとばかりに垣間見せているのだ。いわば『コンゴ紀行』の「満洲」版と言ってよい。

加藤は「満洲国」時代、ジイド論と、この「雁は北へ飛ぶ」をふくめて八つの小説と一つの戯曲と二つの紀行、それから一二の感想あるいは批評文とを発表している。

一つの戯曲というのは、「雁は北へ飛ぶ」をドラマに仕立てたものだが、成功しているとはいえない。ここでは、そのうち、「雁は北へ飛ぶ」以外の四つの小説と一つの紀行だけ、発表順にその内容を紹介すると、まず「P・二哥《アールグ》の話」だが、これは「乞食よりも哀れな暮らしをしてゐた」ところを「拾ひあげ」られて、村役場の小使いとなった男が、事もあろうに村長の美貌の娘に懸想し、思いが叶わなければ首を吊ると言って自死するが、後日、H市で関東軍御用の馬車曳きになっていたという話をユーモラスに描き出した、ゴーゴリの作品を思わせる佳作だ。

「活佛会見記」はラマ寺の訪問記で、「活佛」選考過程の裏側に迫ったもの。新たに選ばれた「活佛」は「日本の田舎の青年によく見られる、日灼けして肉付きのがつちりした、人懐つこい顔、何処にもありふれた平凡な、しかし一家の中堅として働いてゐる篤農青年と云つた風」に見え、モンゴル人の一人が問わず語りに「活佛も中々辛いだらう（中略）酒も煙草も喫めず、勿論結婚は出来ず、終日勤行と独居に身を慎んでゐるのは、青年として堪らないことだらう」といっている言葉も書きとめている。

「馬」は、日本種の馬は「鼻疽《びそ》」という伝染病にかかると、ほとんどが食欲をなくし、倒れてしまうが、在来種の「満洲馬」の方は「鼻疽」にかかっても一週間か一〇日ほど働かせずに遊ばせておけば治ってしまうという事実を「私」が知って驚くというもの。

それに対して、「凍麦《ドンマイ》」は、宣撫工作のための映画を持って「満洲国」南西の山岳地帯に赴いた「私」が雪の深い苛烈な冬を越して実をつける麦に出会って深い感動を味わうというもの。しかし、この作品は、それだけではなく、電灯を始めて眼にする山岳地帯の人々の姿も印象深く描かれ、また「開拓団」が原野を開拓するどころか地主化して行く事情や、在「満」の朝鮮人がどんなに努力しても、ほとんどが「開拓団」の小作人にとどまり、土地の所有者になれない絶望感、さらには日本人と中国人との間の賃金格差にも眼を届かせている。

敗戦前の最後の小説「霙陽《アイヤン》」は、フトとしたことから「私」が知り合った、「満洲国」南西の山岳地帯に住む養蚕農との交渉を通じて、この地域の「大東亜戦争」下の養蚕の実態を、やはり細やかに写し出したもの。この地方の養蚕は、農耕だけでは食べていけない農民たちが始めた副業だが、それでも十分に食べられないので、彼らは故郷を遠く去って出稼ぎにも行かなければならない。「私」が知り合った養蚕農は篤農家であるにもかかわらず、その家を訪ねてみれば、それは、これまで見たことのある「満農」の家で、「最も惨憺たる茅屋《あばらや》」だった。

「……家は傾いてゐた。三つの窓には硝子は勿論のこと戸板も障子も嵌めてなかつた。炕《カン》にはべとべとにしめつたアンペラの古物が一枚敷いてあるだけであつた。家具とか台所用具といふものは、見渡したところ殆ど見つからない。竈《かまど》の上の鉄鍋と、土間で痩せた驢馬がくゝりつけられてゐる石の曳臼と、壁に沿ふて並べられた幾つかの汚い茶碗ぐらゐのものである。（中略）／だが、この家に住んでゐる人たちもかうした光景に劣らず悲惨であつた。私の主人公は四人の家族を抱えてゐるのであるが、父親はまだそれほどの年でもないのにすつかり耄碌してゐた。蒼白い病身らしい媳婦《よめ》は大きな腹を抱えてゐた。家族がまた一人増えると、一体どういふことになるのだろう。三つ位になる女の子は、ぞく〳〵と寒気を催すほどのこの雨空の下で素裸であつた。主人公の妹である十七、八の姑娘《むすめ》は、おそらく主人公のお古らしい襤褸《ぼろ》を身につけてゐた…」という状態だ。

この「鑁陽」も、処女作の「雁は北へ飛ぶ」や「凍麦」などともに、「満洲国」日本人文学を代表する傑作の一つといってよく、これもやはり「満洲国」という「装置の後ろの舞台裏」を見事に垣間見せたもの以外ではない。

二〇二一年一月一六日

東京逓信病院東病棟で

編　者

# 略年譜

## 一九一五年

二月二八日、宮城県名取郡中田村（現・仙台市太白区中田町）に生まれた。江戸時代は奥州街道の中田宿があったところで、加藤家は代々酒屋だったが、祖父の幼い頃、廃業、成人して村役場に勤め、一男六女を儲けた。その一男が父の清吾で、彼は県立農学校を卒業したあと、一年志願兵で近衛歩兵第三聯隊に入り、歩兵少尉として除隊、蚕糸試験場の技手となった。そして一九一四年、二三歳の時、結婚、翌年、加藤が生まれるが、ほどなく両親が離婚したため、祖父の家で暮らすようになる。その後、父清吾は再婚、税務署に勤務が変わり、東北各地を転々とした。

## 一九二一年

四月、中田尋常高等小学校に入学、六年間在学して一九二七年三月、「学術優等」「操行善良」「出精勉励」という成績で同校を卒業し、翌年四月、県立仙台第一中学校（現・仙台第一高等学校）に進み、五年間在学し、一九三二年四月、卒業、四月に東北学院英文科に進んだ。加藤自身は東京に出て、私立大学に通いたかったようだが、財政状態が許さず、地元の学校に落ち着いたようだ。

東北学院に入るると、学生運動に加わるとともに、マルクス主義の洗礼を受け、市電の労働者に対して

「アジ演説」を試みたり、学内でミッションの名において学校当局を巻き込んでの軍用機献納への反対運動を起こそうと企てるが孤立、「どす黒い挫折感」を味わい、同院を退学した。
その直後、徴兵検査があり、その際、検査官に入営先を、「満洲の独立守備隊」とするか、あるいは「朝鮮の部隊」とするかを問われて、後者を選び、一九三五年一一月末、大阪に集合、北朝鮮の羅南に向かい、入営すると、幹部候補生乙種の試験を受け、翌年一一月、予備役伍長として仙台に帰還したが、就職先がなく、ハルピンにいた友人の紹介で「満洲国」に入り、同市にあった国策会社に一時勤めたが、のち「浜江省警務庁」に入り、「警備隊」に配属された。その任務の一つは「抗日ゲリラ」を殲滅することだった。
その後、一九四三年のはじめ安東省の警務庁に転勤。その間、ハルピンまで尋ねてきた女性と結婚、一男二女を儲けている。しかし、長女を、その任地の安東《アントン》(現・丹東市)で「流行性脳脊髄膜炎」で失っている。一年三ヵ月足らずの生命だった。長男も一九四六年夏、母親と葫芦島《ころ》から博多へ向かう引揚船の中で甲板から誤って船底に落下、命を落としている。五歳と四ヵ月だった。加藤がそれを知ったのは、シベリア抑留から帰国、妻と再会した時だった。

**一九三九年**

五月から『哈爾賓日日新聞』に「岸辺の牧人」などのジィド論を発表しはじめる。

**一九四一年**

四月、『哈爾賓日日新聞』の「皇紀二千六百年」を記念した懸賞募集「現地報告文学」に応募、「雁は北へ飛ぶ」が第一位に入選した。
九月、小説「p・弐哥《アールク》」が『北窗《ほくそう》』第3巻第5号に発表された。

**一九四二年**

一月、紀行「活佛会見記」が『北窗』第4巻第1号に発表された。
九月、小説「馬」が『芸文』第1巻第9号（芸文社版）に発表された。

**一九四三年**

九月、小説「凍麥《ドンマイ》　巡回映画班記録より」が『北窗』第5巻第4号に発表された。
一一月半ば、ジャーナリストして生きることを決意、単身、「新京」（長春）に出、雑誌『地方行政』や『警友』の嘱託に。「新京」は極度の住宅難で、しばらくは妻子を呼び寄せることができなかった。

**一九四四年**

三月以降、小説「靉陽《アイヤン》」が『旅行雑誌』に連載された。第11巻第3号から第5号（五月）まで。

**一九四五年**

九月末、元「警備隊」だったためか、中国人警官によって逮捕され、旧海軍武官府に収容された。その後、師道大学に設置された捕虜収容所へ、さらに綏化《スイホワ》・黒河《ヘイホー》を経て、翌年一月、氷結したアムール河を渡った。抑留中はゼーヤ河沿いの鉄道建設工事に使役されたが、栄養失調になり、ブラゴエシチェンスク近くのＯＫ《オーカー》収容所（療養施設）に。その後、同地からナホトカに輸送され、一九四七年四月、引揚再開第一船で舞鶴港に着き、三日間、足止めされたのち、仙台に向かった　それから三ヵ月後、幸運にも加藤は宮城県庁に入ることができた。途中、左遷されることもあったが、定年まで勤め上げている。定年までの職歴を示せば、以下の通りだ。

一九四七年六月　民生部労政課（のちに労働部労政課となる）に就職。
一九五一年五月　伊具地方事務所総務課に勤務。のち経済課に移る。
一九五七年二月　総務部総務課に復帰。それと同時に中田町の屋敷を整理、仙台市小松島一丁目七番地に家屋を新築する。
一九五九年八月　労働会館兼仙台労政事務所へ配属。役職は主事。
一九六一年九月　宮城県身体障害者職業訓練所（現・障害者職業能力開発校）庶務課長に。
一九七〇年四月　仙台専修訓練校（現・仙台高等技術専門校）教務課長に。
一九七三年四月　県庁を退職。

この間、一九四八年四月、県庁職員組合副委員長に選ばれ、次いで五〇年七月には同組合の書記長となっている。そして、年末、賃上げ闘争で玄関前でのハンスト、一斉定時退庁を指導し、占領軍による圧力を受け、地方勤務に飛ばされる。それが一九五一年五月での伊具地方事務所への転勤だ。

この転勤で、いくらか時間と心境に余裕ができたのか、創作活動が始まった。

一九五七年二月、六年間の地方事務所勤務を経て本庁に戻ったのは、その直前に加藤たちの運動が実って革新県政が誕生したからで、同年五月、今度は県職員組合の委員長に選ばれ、一九六〇年五月まで努めている。この間、自治労県委員長も兼ねている。

一九五三年

二月、小説「キツネについて」が『河北新報』主催の懸賞「河北よみもの文芸」に当選、同紙に発表された。戦後最初の作品。

一九六〇年

一二月、中篇「黒死病」が『文芸東北』第2巻第12号に発表された。

一九六一年

七月、長篇「凍った河」が『文芸東北』第3巻第6号から第5巻第7号（一九六三年七月）に連載された。

一九六四年

九月、「匹夫発心」が『東北文芸』第6巻第8号に発表された。

一九六七年

一二月、「李万春《リーワンチュン》の青春」が『仙台文学』第11号に発表された。

**一九七〇年**

一二月、「われら死刑囚」が『仙台文学』第17号に発表された。

**一九七一年**

七月、「雁が来なくなった」が『仙台文学』第18号に発表された。

**一九七三年**

二月、「草いきれ」が『仙台文学』第20号に発表された。

**一九八四年**

一〇月、「シベリアから還った息子」が『仙台文学』第34号に発表された。

**一九八八年**

九月、「龍神河を渡って」が『仙台文学』第40号に発表された。

**一九八九年**

一二月、「白い犬」が『仙台文学』第42号に発表された。

## 一九九〇年

八月、「羊たちの円卓会議」が『仙台文学』第43号に発表された。県庁退職後、まず宮城県労働組合評議会に依頼されて『宮城県労働運動史』1・2（1は一九七九年九月・菊判・本文五二六頁、2は翌年九月・同判・本文四七六頁、労働旬報社刊）を、また宮城県自治労本部に依頼されて『宮城の自治労運動史』（一九八五年二月・菊判・本文四一二頁・付録八五頁・同部刊）を、さらには県職員組合に依嘱されて『宮城県職員組合運動史』（一九九八年五月・菊判・本文六〇五頁・同組刊）を編纂・執筆している。

一九九二年八月一六日、加藤は入院二ヵ月後、膵臓癌で亡くなった。享年七七歳と六ヵ月だった。絶筆は未完のエッセイ「太宰と魯迅」。

〈編者作成〉

初出一覧

「黒死病」
『文芸東北』第二巻第一二号（一九六〇年一二月）
「凍った河」
『文芸東北』第三巻第六号～第五巻第七号（一九六一年七月～六三年七月）
「シベリアから還った息子」
『仙台文学』第三四号（一九八四年一〇月）

編者紹介

**西田　勝**（にしだ　まさる）
1928年、静岡県に生まれる。1953年、東京大学文学部卒業、法政大学文学部教授を経て、現在〈西田勝・平和研究室〉主宰、植民地文化学会理事。主要著書に『近代文学の発掘』、『近代日本の戦争と文学』、『グローカル的思考』（以上、法政大学出版局）、『社会としての自分』（オリジン出版センター）、『近代文学閑談』（三一書房）、『私の反核日記』（日本図書センター）、『復刻版 反戦小説集 戦争に対する戦争』（解題、不二出版）、編訳書に『核戦争の危機に文学者はどのように対するか』、『近代日本と「満州国」』、『《満洲国》文化細目』（以上共編、不二出版）、『田岡嶺雲全集』全７巻、呂元明『中国語で残された日本文学』、葉石涛『台湾男子簡阿淘』（以上、法政大学出版局）、ゴードン・C・ベネット『アメリカ非核自治体物語』（筑摩書房）、『世界の平和博物館』（日本図書センター）、『中国農民が証す《満洲開拓》の実相』（共編、小学館）などがある。

黒死病《こくしびょう》――加藤秀造小説集《かとうしゅうぞうしょうせつしゅう》

2021年４月20日　第一刷発行
著者　加藤秀造
編者　西田勝

---

発行者　小林淳子
発行所　不二出版株式会社
〒112-0005
東京都文京区水道２－10－10
電話 03（5981）6704
振替 00160・2・94084
http://www.fujishuppan.co.jp
組版/印刷/製本　昴印刷
装　幀　秋田公士


ISBN 978-4-8350-8461-9　C 0093